# DER KULT DES TODES

EIN WIRTSCHAFTS-THRILLER MIT KATERINA
CARTER

COLLEEN CROSS

Übersetzt von
ANIKA ABBATE

eBook ISBN: 978-1-989268-94-0

Herausgegeben durch Slice Thrillers

# AUSSERDEM VON COLLEEN CROSS

**Verhexte Westwick-Krimis**
 *Verhext und zugebaut*
 *Verhext und ausgespielt*
 *Verhext und abgedreht*
 *Die Weihnachtswunschliste der Hexen*

**Wirtschafts-Thriller mit Katerina Carter**
 *Exit Strategie: Ein Wirtschafts-Thriller*
 *Spelltheorie*
 *Der Kult des Todes*
 *Greenwash*
 *Auf frischer Tat*
 *Blaues Wunder*

Zu Neuigkeiten über Colleens Bücher, besuchen Sie ihre Website: http://www.colleencross.com

 Einfach für den Neuerscheinungen Newsletter anmelden, um immer direkt über die Neuerscheinungen informiert zu werden!

# DER KULT DES TODES
## EIN WIRTSCHAFTS-THRILLER MIT KATERINA CARTER

**Manchmal ist es besser, wenn die Vergangenheit begraben bleibt...**
Betrugsermittlerin Katerina Carters Reise auf eine einsame Insel deckt einen mysteriösen Kult aus den 30er Jahren, Geheimgänge und Gerüchte über einen Goldschatz auf. Die obskuren Geheimnisse der Aquarian Foundation sind im Sand der Zeit verloren gegangen, aber ein finsteres Verbrechen liegt im tiefen Wasser verborgen.

Kat enthüllt eine schreckliche Wahrheit. Eine Wahrheit, die der Mörder um jeden Preis beschützen will. Wird das Geheimnis aufgedeckt, dann schlägt der Mörder wieder zu und nur sie kann ihn aufhalten. Wenn sie Glück hat, kommt sie mit dem Leben davon, aber ist ihre Glückssträhne schon zu Ende?

Ein fesselnder Psycho- und Justizthriller, den Sie bei Licht lesen sollten!

# 1
---

Frank saß in der Kajüte und sah zurück auf das Kielwasser des Bootes. Der Tag war perfekt. Sonnenschein, eine steife Brise und kaum Seeverkehr sorgten für eine perfekte Überquerung, als sie auf dem Weg über die Georgia Meeresenge nach Vancouver Island waren. Ein perfekter Tag für einen neuen Anfang. Nach Monaten Vorbereitung war das Ende endlich in Sicht.

Er warf einen Blick auf Melinda, die sich an Deck sonnte. Sie lag auf ein Strandtuch ausgestreckt auf dem Bauch. Ihre eingedellten, kreidebleichen Oberschenkel bildeten einen starken Kontrast zu ihrem sonnenverbrannten Rücken, der sich optisch fast genau ihren roten Shorts anglich. Sie bewegte sich nicht, war entweder eingeschlafen oder bemerkte ihn nicht. Er war sich nicht sicher, welches von beiden.

Sie sah hässlich aus mit Sonnenbrand und ohne, aber das machte sowieso keinen Unterschied mehr. Nach Emilys Geburt hatte sie sich wirklich gehen lassen und es sogar abgelehnt, Sport oder eine Diät zu machen. Er konnte sich nicht mal daran erinnern, wann er sie das letzte Mal in Shorts gesehen hatte. Sie trug normalerweise ausgeleierte Tshirts, Jogginghosen und kein Makeup, was, ehrlich gesagt, eine Verbesserung gegenüber den Shorts war. Die Frau, die er vor sieben

Jahren geheiratet hatte, war eine Schlampe, die keinerlei Bedürfnis hatte, ihm zu gefallen. Genug war genug.

Seine Situation war unerträglich wegen ihres Egoismus. Sie hatte ihn zum Handeln gezwungen. Schade, dass es dazu gekommen war, aber es war ihre Schuld. Er hatte monatelang geplant. Jetzt musste er seinen Plan nur ausführen.

Das Leben würde bald so viel besser werden. Er lächelte, als er an den nächsten Tag dachte. Die Möglichkeiten waren endlos.

Eigentlich mochte er Melinda immer noch, was ihn überraschte. Als Ehefrau hatte sie viele Defizite und er verdiente Besseres. Aber könnte er es wirklich durchziehen? Natürlich konnte er. Wenn er es nicht tat, könnte er niemanden als sich selbst für sein erbärmliches Dasein verantwortlich machen. Er würde dieses Spiel nicht mitmachen. Alles, was er tun musste, war, sich an das Drehbuch zu halten und seinen Plan auszuführen.

Nur schwache Menschen handelten ihren Gefühlen gemäß. Das war etwas, was ihn endlos amüsierte. Die meisten Menschen ließen ihre Gedanken und Handlungen von ihren Gefühlen beherrschen. Das führte zu schlechten Entscheidungen und machte sie auch zu leichten Zielen. Er war nicht von seinen Emotionen beherrscht. Er war ein Meister der Logik, kontrollierte sein eigenes Schicksal. Er wusste besser, als die meisten, wie und wann man weiterziehen sollte. Er hatte sich fast einem verschwendeten Leben gefügt. Dann hatte er endlich Licht am Ende des Tunnels gesehen. Er hatte die alte Melinda geheiratet, nicht diese trutschige Version. Es war Zeit für eine Veränderung. Eine permanente Veränderung. Keine schmutzige Scheidung oder Kämpfe um das Sorgerecht. Wenn sie ihm nur mehr Aufmerksamkeit geschenkt und ihn nicht zum Handeln gezwungen hätte. In ein paar Stunden würde sie nicht das Geringste spüren.

Melinda war seine zweite Wahl auf der Dating Webseite gewesen. Die Auswahl war dürftig gewesen, aber dagegen hatte er nicht viel tun können. Er hatte in einem Moment der Schwäche geheiratet, als sie ihn hereingelegt hatte, indem sie schwanger wurde. Eine teure Verpflichtung, aber eine, die er jetzt ungestraft beenden konnte. Er könnte sein Leben wieder aufnehmen und seine Zukunft jetzt retten.

Alles, was er tun musste, war, diesen Plan durchzuführen. Allein der Gedanke an eine zweite Chance belebte ihn.

"Schatz? Ich hätte nicht gedacht, dass es hier draußen so heiß sein würde. Ich habe Durst." Sie lächelte und schütze ihre Augen mit der Hand vor der Sonne.

Er lächelte zurück. "Ich hole dir etwas zu trinken." Die perfekte Möglichkeit. Er öffnete die Kühlbox und nahm die Flasche mit dem vorgemischten Getränk heraus. Er goss es in ein Glas und gab Eis dazu. Geschmacklos und geruchlos. Sie würde gar nichts bemerken.

Er ging langsam zu ihr hin und beruhigte seine zitternde Hand. Er bückte sich hinunter und küsste sie auf die Wange und stellte das Glas neben sie.

"Danke, Schatz. Ich wünschte, du hättest Fotos von unserem neuen Haus. Ich kann kaum erwarten, es zu sehen."

"Ich habe mich so sehr darauf konzentriert, den Deal unter Dach und Fach zu bringen, dass ich es vergessen habe. Du wirst es bald sehen." Melinda wusste nur, was er ihr gesagt hatte. Er verwaltete ihre Finanzen und sie hatte keine Ahnung, dass da kein Haus war, kein neuer Job. In Wahrheit waren sie bankrott. Er hatte Melindas Erbe verschleudert und seine wohlhabenden, finanzierenden Eltern existierten gar nicht.

Sie hatte ihn gezwungen, schneller zu handeln, indem sie wieder schwanger geworden war. Ungeplant, genau wie beim letzten Mal. Das hatte ihn richtig wütend gemacht. Ihre Sorglosigkeit hatte ihn dazu gezwungen, ein paar Monate früher zu handeln. Das bedeutete, dass er eigentlich nicht genug Zeit gehabt hatte, alles in Bewegung zu setzen.

Solange er nicht schlampig war, würde er improvisieren können. Das Timing war nicht perfekt, aber je schneller er sich um die Dinge kümmerte, um so schneller begann sein neues Leben. Er fühlte einen Schauer der Erregung, als er sich seine neu gefundene Freiheit vorstellte.

Er hatte alles bis ins kleinste Detail geplant. Selbst pedantische Planer flogen auf, aber er war schlauer als die meisten anderen. In den Serien über wahre Verbrechen, vergaßen die Leute zwangsläufig irgendein kleines Detail, eine Textilfaser oder ein Tierhaar. Oder einen argwöhnischen Freund. Er war schlauer, als die meisten Leute, daher würde er keinen Fehler begehen.

Er hatte auch einen großen Vorteil, den die meisten von diesen Leuten nicht hatten. Melinda hatte keine Geschwister. Ihre Eltern waren beide vor fünf Jahren bei einem Autounfall ums Leben gekommen und sie hatte keine anderen engeren Verwandten. Sie hatte wenige Freunde und sie kannten keine ihrer Nachbarn aus dem Hochhaus.

Seine Frau war schon von ihren Kollegen vergessen worden. Sie hatte ihren Mindestlohnjob im Einzelhandel vor einigen Monaten auf sein Drängen hin aufgegeben. Und niemand rief je an oder kam vorbei. Melinda war eine unwichtige Person in einer unwichtigen Welt. Ihre wenigen Freunde und Bekannte würden sie bald ganz vergessen nach dem tragischen Unfall.

Diese Mal würde auch der Ehemann sterben. Ein toter Ehemann würde wohl kaum ein Verdächtiger sein.

Er öffnete die Angelbox und prüfte sein Schlauchboot und seine Pumpe zum zigsten Mal. Licht, Kamera, Action. Monate sorgfältiger Planung hatten ihn mit einem wolkenlosen Julitag und den perfekten Gezeitenzuständen belohnt, um seinen Plan auszuführen.

Sein 14-Fuß-Flitzer war kaum seetüchtig, aber angemessen genug für ruhige See. Die Meerenge zwischen Vancouver und Vancouver Island war halbwegs ruhig im Sommer. Daher erwartete er keine Probleme. Er hatte das Boot erst vor einigen Monaten gekauft und gehofft, es nicht anzünden zu müssen. Doch irgendein Abweichen von seinem sorgfältigen Plan und er würde auch sinken. Aber wenn er sich an seinen Plan halten würde, könnte er Dutzende besserer Boote kaufen, um es zu ersetzen.

Die Georgia Meerenge wimmelte vom Sommerbetrieb, eine konstante Schiffs-Hauptverkehrszeit mit kleinen Sportbooten und großen Passagierfähren, die zwischen dem Festland und der Insel fuhren, während Einwohner und Touristen hin und her segelten. Der Sommerwind war frisch, aber angenehm und sorgte für Abkühlung von der Hitze, die die Küste die ganze Woche lang umhüllt hatte.

Frank hielt den Kurs etwas südlich, gerade weit genug weg von den Handelsschiffen, um keine Aufmerksamkeit zu erregen. Sie hatten schon die halbe Distanz der Meerenge bis zu ihrem Ziel Victoria geschafft.

Das hatte er ihr jedenfalls erzählt. Es gab keinen neuen Job oder Haus in Victoria, aber das wusste Melinda nicht. So weit, so gut. Es war ein guter Tag für den neuen Anfang, den er seit Monaten geplant hatte.

Es war sein Mantra für sein neues Leben. Mantras und Affirmationen trieben ihn vorwärts zu seinem Endziel. Er hatte seit Jahren eine Lüge gelebt, aber es war eine notwendige Lüge gewesen. Er war geduldig gewesen und jetzt konnte er die Freiheit fast schmecken. Noch ein paar Stunden und sie gehörte ihm.

Er hatte den Samen für eine erfolgreiche Zukunft gesät. Jetzt war Erntezeit.

Ein perfekter Julitag.

Der erste Tag von dem Rest seines Lebens.

Es war ein Klischee, aber wahr. Und er konnte es kaum erwarten, sein nächstes Abenteuer zu beginnen. Er betastete die Taschen seiner Cargoshorts und fühlte die versichernde Ausbuchtung seiner neuen Ausweispapiere. Pass, Führerschein und Kreditkarten mit hoher Kreditgrenze waren bereit. Gefälscht natürlich. Er hatte sie vor ein paar Tagen schon einmal getestet. Das war alles, was er brauchte, um sich ein neues Leben aufzubauen.

Frank und Melinda waren aus ihrer Mietwohnung in Vancouver ausgezogen und hatten ihre Möbel eingelagert, da ihr vorläufiges neues Heim in Victoria komplett möbliert war. Sie hatten es von einem Lehrer gemietet, der ein Jahr lang auf Studienreise in Indien war. Es war der gleiche Lehrer, dessen Stelle Frank ein Jahr lang übernehmen würde. Er sollte im September anfangen. Wenigstens war es das, was Melinda dachte. Es war alles eine riesengroße Lüge, an die sie glaubte, war ihm völlig auf den Leim gegangen. Endlich war sein Plan im Gang.

Die Wahrheit war etwas ganz anderes. Es gab keinen Umzug, jedenfalls nicht für Melinda. Das war das Schöne an einem arbeitsbedingten Umzug. Er gab vor, dass die Verwaltungsleute an der Schule sich um alle Details gekümmert hatten und dass es nicht genug Zeit gegeben hatte, Melinda hinzuzuziehen. Sie könnte sich in die Details vertiefen, wenn sie in Victoria ankam, sagte er ihr. Schade für sie, dass sie das nie würde.

Aber erst würden sie einen letzten Tag auf dem Boot genießen.

Es war anstrengend gewesen, aber bis jetzt hatte alles nach Plan geklappt. Die Nachbarn, die sie wirklich nicht kannten – dafür hatte er gesorgt – hatten erst gestern festgestellt, dass sie weggingen, als er den Truck mit den Dingen belud, die eingelagert werden sollten. Die vier Jahre alte Emily war zu jung, um in die Schule zu gehen und war nicht in die Kinderkrippe gegangen, seitdem Melinda ihren Job aufgegeben hatte. Keiner in ihrem kleinen Bekanntenkreis würde am Montag Morgen bemerken, dass sie nicht mehr da waren.

Melinda wusste nur, was er ihr gesagt hatte und er hatte absichtlich nur wenige Details gegeben. Sie glaubte alles, was er sagte, egal wie haarsträubend. Sie war dumm auf eine einfältige, vertrauenswürdige Art.

Oder vielleicht doch nicht so dumm. Sie hatte ihn mit der Schwangerschaft hereingelegt, hatte gewusst, dass er keine Kinder wollte, sie niemals haben wollte. Sie hatte ihn hinters Licht geführt, aber auch er hatte ein paar Tricks.

Melinda lag wie eine Last auf ihm. Sie hielt ihn davon ab, sein volles Potential zu entfalten und es war Zeit, etwas zu verändern. Aber diese Veränderung beinhaltete keine neue Stadt oder einen Lehrerjob. Sie kam nicht mit einer neuen Schule und ganz sicher nicht mit einem einzugsbereiten neuen komplett möblierten Haus. Die ganze Sache war eine Lüge, eine notwenige Lüge. Es hatte sehr viel Arbeit gekostet, bis zu diesem Punkt zu kommen. Besonders, da er den Plan schon Monate früher, als er es wollte, in Gang hatte setzen müssen. Alles wegen Melinda.

Man sollte niemals zurückblicken.

Sein Plan funktionierte genauso, wie er es erwartet hatte. Er hatte die Macht, seinen Leben jetzt zu verändern. Genau jetzt, wie es im

Seminar gesagt wurde. Er hatte, was man brauchte, um erfolgreich zu sein. Es lag bei ihm.

Jetzt musste er nur seinen Plan vollenden.

Emily schlief unter Deck. War sich zum Glück nicht bewusst, was für einen plötzlichen Umweg ihr Leben nehmen würde.

Er zögerte. Vielleicht könnte er sich stattdessen scheiden lassen.

Nein. Zu viel Unerledigtes. Die Unterhaltszahlungen würden ihn fast zwanzig Jahre an die Kuh binden. Das verkomplizierte die Dinge. Er hasste Komplikationen und er hasste es, für andere Leute verantwortlich zu sein.

Begnüge dich nie mit weniger, als du weisst, dass du verdienst.

Er war froh, dass er an diesem Morgen seine Motivationsaufnahmen angehört hatte. Frisch im Gedächtnis, halfen sie, seine Überzeugungen nochmal zu bestätigen und gaben ihm die Kraft, den nächsten Schritt anzugehen.

Sie waren schon vor Stunden in der Nähe ihres Zielorts gewesen, aber waren wieder umgedreht, als er in der letzten Minute nervös geworden war. Jetzt war er okay und Melinda hatte wie immer nichts bemerkt. Er schaltete den Motor ab und wartete darauf, dass Melinda es bemerkte.

"Schatz? Warum stoppen wir?" Sie schlürfte den Rest ihres Drinks und stellte das Glas neben sich.

"Ich weiß nicht. Der Motor ist stehengeblieben." Er fummelte am Motor herum, während er seine Frau betrachtete. Sie war auf dem besten Weg, bewusstlos zu werden.

Melinda gähnte. "Ich schlafe fast ein. Muss die Sonne sein."

Ihre Wörter waren undeutlich. Die Medikamente fingen an zu wirken.

Weniger als fünf Minuten später war sie komatös. Ihre gemurmelten Worte wurden von Schnarchen ersetzt. Ihr rechter Arm rutschte vom Sessel und landete mit einem Schlag auf dem Deck. Sie wachte nicht auf.

Weitere zehn Minuten. Frank überlegte, ob er ihre Handgelenke zusammenbinden sollte, aber das wäre offensichtlich falsches Spiel, wenn ihr Körper wieder auftauchte. Was für eine interessante Formu-

lierung. Falsches Spiel. Ein so schwerwiegender Begriff, aber
trotzdem wurde es Spiel genannt. Oder vielleicht bedeutete es, dass
man mit jemandem spielte, so wie bei einer Betrügerei.

Er hatte wieder dieses Gefühl in der Magengrube. Was, wenn
etwas schrecklich falsch lief und sie aufwachte? Zusammengebun-
dene Handgelenke würden sie davon abhalten, sich zu befreien. Gab
es Raubfische, die ihren Körper auffressen würden? Darüber hatte er
gar nicht nachgedacht.

Letztlich entschied er, ihre Handgelenke nicht zusammen zu
binden. Im unwahrscheinlichen Fall, dass ihr Körper entdeckt würde,
hätten die Schnüre Blutergüsse hinterlassen. Diese Male wären nicht
nur Beweise für Mord, aber könnten auch Informationen auf den
Todeszeitpunkt geben. Er ließ die Schnüre aufs Deck fallen.

Sie war totes Gewicht. Er hatte ihr eine dreifache Dosis gegeben,
also war es nicht möglich, dass sie wieder zu Bewusstsein kam. Er
hob ihren Arm und ließ ihn wieder fallen, um seine Hypothese zu
testen.

Keine Reaktion.

Ihr Arm war schlaff in seiner Hand, totes Gewicht.

Er ließ ihn los und er fiel auf den Boden.

Er trat zurück und betrachtete sie. Er hatte ihren Deckstuhl nah
an den Rand gestellt, was es leichter machte, sie von Bord zu bekommen. Er erinnerte sich an seine Ingenieurstheorie vom College und
hatte sich ein einfaches Flaschenzugsystem zurechtgebastelt, was er
nun am Stuhl befestigte.

Sein Herz pochte in seiner Brust, aus Angst, entdeckt zu werden,
aber auch wegen dem Rausch, es endlich getan zu haben. Er fühlte
sich nicht das kleinste Bisschen schuldig.

Er nahm die Plane aus dem Staukasten und faltete sie auseinander. Es war wahrscheinlich ein unnötiger Schritt, weil er das Boot in
Brand setzten würde, aber man konnte nicht vorsichtig genug sein. Er
hasste auch die Schweinerei danach und wollte nicht noch mehr
Arbeit für sich schaffen.

Schweiß brach auf seiner Stirn aus, als er den Deckstuhl so nah
an den Rand wie möglich zerrte. Er hielt inne und wischte sich über

die Stirn, entrollte dann die Plane und warf sie über den Stuhl. Er stopfte sie um den Stuhl herum und wuchtete ihn dann über den Rand.

Kein Blut, keine DNA oder andere Beweise. Keine Schweinerei.

Nur eine kleine, separate Szene, die er kontrollieren konnte, ohne Sorge, dass Beweise mit der Hilfe von Luminol oder anderen forensischen Hilfsmitteln auftauchen könnten.

Eine Extra-Vorsichtsmaßnahme wahrscheinlich, da das Boot verbrannt werden würde. Aber man konnte nie vorsichtig genug sein.

Er atmete tief ein und sah zu, wie der Klumpen im Meer versank. Er wischte sich die Hände an den Shorts ab, als die Plane ein paar Meter weiter an die Oberfläche trieb.

Verdammt. Daran hatte er nicht gedacht.

Er griff nach einem Paddel und streckte den Arm so weit wie möglich aus, aber die Plane war gerade außer Reichweite.

Er rang nach Luft, als ein Arm unter der Plane hervorkam. Sie war überhaupt nicht gesunken. Sie war immer noch in die verdammte Plane eingewickelt.

"Daddy"?

Frank zuckte vor Schreck zusammen. Er drehte sich zu seiner Tochter um.

"Emily? Ich dachte, du schläfst."

"Wo ist Mami?" Sie trug das überteuerte pink- und gelbfarbene geblümte Kleid, dass Melinda nur für den Anlass, in ein neues Haus zu ziehen, ausgesucht hatte. So war Melinda. Gab ein kleines Vermögen für etwas so albernes aus.

"Sie ist unten, Liebes." Er hatte auch Beruhigungsmittel in Emilys Saft gegeben, als sie Vancouver verlassen hatten. Es hätte sie stundenlang außer Gefecht setzen sollen. Stattdessen war Emily nur zerzaust. Ihr Haar war wirr. Eine kleine pinkfarbene Sandale fehlte und die andere war offen.

Frank brach der Schweiss aus. Was zum Teufel war passiert? Emilys Dosis war die Hälfte von dem gewesen, was er Melinda gegeben hatte und sie wog weniger als ein Drittel. Was, wenn

Melindas nicht wirkte? Was, wenn der Schock des Wassers sie aufweckte und sie irgendwie gerettet wurde?

"Nein, ist sie nicht. Daddy, mein Kopf tut weh." Sie rieb ihre Augen und runzelte die Stirn. "Wo ist Mami?"

Er blickte zur Plane, unter der Melindas Bein teilweise zum Vorschein gekommen war, als die treibende Plan sich von ihrem Körper trennte. Er musste das schnellstens in Ordnung bringen.

"Sie macht ein Nickerchen, Liebes. Jetzt geh' auch wieder schlafen." Was, wenn Melinda entdeckt und irgendwie gerettet werden würde? Es gab eine Menge Seeverkehr auf der Meerenge an einem Sommertag, also war es schon möglich. Warum hatte er nicht daran gedacht, sie mit Zement zu beschweren, wie es die Mafia machte?

Egal. Er war immer auf seine schnelle Reaktionsfähigkeit stolz gewesen und das war diesmal nicht anders. Er würde sich anpassen und weiter machen.

"Warum hast du den Stuhl über Bord geworfen? Wird das den Fischen weh tun?"

Er fühlte einen Kloß im Hals. Wie viel hatte sie gesehen?

"Komm' her und gib Daddy einen Kuss." Er kniete sich hin und breitete die Arme aus.

Sie schlurfte nach vorn, nur eine Sandale an den Füßen und fiel schläfrig in seine Arme.

Er fing sie mit einem Arm auf und hielt die andere Hand über ihre Nase und ihren Mund.

Emily versuchte zu schreien. Sie wehrte sich und schlug mit ihren winzigen Armen um sich, während sie versuchte zu atmen.

Wie lange, fragte er sich.

Wie ein frisch gefangener Fisch, der um seinen letzten Atemzug kämpfte.

Er nahm Bewegung in seinem Augenwinkel war, als sich die blaue Plane in den Wellen entfaltete. Es war wie ein riesiges Ziel, während es auf dem Wasser trieb. Melindas Körper hatte sich endlich von der Plane getrennt und sank langsam unter die Wasseroberfläche. Er sah zu, während er Emily festhielt und wartete.

In weniger als einer Minute hörte sie auf, sich zu wehren und erschlaffte. Er bemühte sich darum, die Hand nicht von ihrem Mund und ihrer Nase zu nehmen, löste seinen Griff um ihren Körper und fühlte nach ihrem Puls. Nichts. Er wartete eine weitere Minute, um sicherzugehen, dass sie tot war und ließ sie dann über Bord fallen.

Gerade rechtzeitig. Er entdeckte ein Segelboot, das sich von Süden her näherte. Gleichzeitig bemerkte er, dass der Wind aufgefrischt hatte. Er sah hinunter auf das Wasser, auf die Stelle, an der Emily hineingefallen war. Er erwartete, Riffeln zu sehen.

Doch sie war nicht untergegangen. Sie trieb mit dem Gesicht nach unten im Wasser. Ihre pinkfarbene Sandale hing immer noch halb an ihrem Fuß. Aber alle Toten sinken. Jedenfalls hatte darauf seine Nachforschung hingewiesen. Verdammt!

Wieder dieses dumme Kleid. Der Stoff hatte sich durch die Luft aufgebläht.

Das Segelboot war jetzt näher, ungefähr 100 Fuss. Nah genug, dass er deutlich von ihnen gesehen werden konnte und vielleicht sogar Emilys Körper im Wasser. Mit einem Fernglas hatten sie vielleicht sogar gesehen, was er getan hatte. Er wurde panisch und ergriff ein Ruder. Er stieß es in Emily's Rücken und drückte sie unter die Wasseroberfläche. Die Luftblasen in ihrem gerüschten Kleid lösten sich auf und sie ging unter.

Dann fiel ihre Sandale von ihrem Fuß und trieb im Wasser. Er war kurz davor, den Schuh mit dem Ruder herauszuholen, als er erkannte, dass dadurch Emilys Körper wieder an die Oberfläche freigegeben würde.

Sein Herz hämmerte, als das Segelboot sich näherte.

Er unterdrückte einen Fluch. Er hatte das Wichtigste übersehen. Es war ihm nicht in den Sinn gekommen, dass die Körper vielleicht nicht sofort sinken würden.

Das Segelboot änderte den Kurs und glitt weniger als fünfzig Fuß entfernt durch das Wasser. An Deck war nur ein Mann zu sehen. Er war damit beschäftigt, die Segel auszurichten.

"Gott sei Dank," sagte Frank laut, während er sein Paddel im Wasser gegen Emilys Körper hielt. Er hob seinen anderen Arm und winkte.

Es war Melindas Fehler, dass sie ihn hereingelegt hatte und schwanger geworden war. Er wollte das Leben genießen, etwas, was unmöglich war mit einem Baby, einer Ehefrau, die zu Hause blieb und Rechnungen, die bald folgen würden. Er hatte es satt, manipuliert zu werden und mit all den Kompromissen zu leben, die er hatte eingehen müssen. Er hatte nur ein Leben und er würde es nicht verschwenden.

Er zog sein Handy, Portmonnaie und seine Schlüssel und warf sie über Bord. Im unwahrscheinlichen Fall, dass sie gefunden würden, hätte es den Anschein, dass er mit Melinda und Emily über Bord gegangen war. Sein Körper würde nie gefunden werden, aber darüber machte er sich nicht zu viele Sorgen. In diesen Gewässern wurde viele Körper nicht mehr gefunden. So lange man ihn nicht mit dem abgefackelten Boot im Hafen in Verbindung bringen konnte, sollte er okay sein.

Es fügte ein bisschen Geheimnis und Intrige hinzu. Das gefiel ihm. Warum sollte er nicht ein bisschen Spass dabei haben, während er sie austrickste.

Er sah auf seine Hand und bemerkte seinen Ehering. Er zog ihn vom Finger und betrachtete ihn auf seiner Handfläche. Es war symbolisch, dachte er, während er ihn über Bord warf. Raus mit dem Alten, rein mit dem Neuen.

Ein neues Leben. Ein reiches. Und es begann in diesem Moment.

## 2

Das Fenster von Katerina Carters Büro in der Innenstadt rahmte einen spektakulären Blick des Vancouver Hafens ein. Gut zum Tagträumen, nicht so gut, um Arbeit zu erledigen. Sie sah auf ihre Uhr und bemerkte zwei Dinge: sie hatte gut zwanzig Minuten lang aus dem Fenster gestarrt und ihr Freund Jace Burton war spät.

Jace war immer pünktlich, aber er hätte schon da sein sollen für ihren Wochenendausflug. Sie hatten nicht viel Zeit, bevor ihr Charterflug nach De Courcy Island abflog, eine kleine, dünn besiedelte Insel in der Juan de Fuca Strait in der Nähe von Vancouver Island.

Jaces neuestes Projekt für den Sentinel waren historische Überlieferungen, die auf einem Kult aus den 1920er Jahren basierten. Jace zufolge, hatte der Kult eine Menge Skandale, Sex und sogar Gerüchte über einen versteckten Schatz. Der Mann hinter allem war unter dem Namen Bruder Zwölf, oder eher Brother XII - so sollte es seinem Wunsch nach geschrieben werden - bekannt. Angeblich hatten die ägyptischen Götter, mit denen er kommunizierte, eine Vorliebe für römische Zahlen.

Die Reise war eigentlich ein Arbeitswochenende für Jace. Sein Brother XII Auftrag war Teil einer historischen Reihe, die er schrieb.

Jace arbeite freiberuflich, also war eine Langzeitreihe wie diese gut. Sie ermöglichte stetige Arbeit und Vorteile, wie kostenlose Reisen durch ganz Nordamerika, je nach Geschichte.

Der Auftrag war in der Nähe, aber es hätte genauso gut tausende von Meilen entfernt sein können. De Courcy Island lag im südlichen Teil der Golfinselkette, zwischen Vancouver Island und Gabriola Island. Die Insel lag weniger als dreißig Meilen vor der Küste, konnte aber nur mit einem Privatboot oder einem gecharterten Wasserflugzeug erreicht werden.

De Courcy hatte etwas von einer Geisterinsel. Wie eine Geisterstadt hatte die Insel ihre Glanzzeit hinter sich. Es gab nur noch wenige Dutzend Einwohner. Vor weniger als hundert Jahren war die Aquarian Foundation, der mysteriöse Kult von Brother XII auf De Courcy gewesen. Kurz nachdem er begann, verlagerte der Begründer die Organisation von Cedar-by-the-Sea auf Vancouver Island auf die isolierteren De Courcy und Valdes Inseln, um der öffentlichen Kontrolle und Kritik zu entkommen.

Kat war von Kulten fasziniert, und der Tatsache, wie charismatische Führer ansonsten intelligente Menschen hinters Licht führten. Brother XII war das perfekte Beispiel. Sein richtiger Name war Edward Arthur Wilson. Er behauptete, in Indien als Sohn einer Prinzessin geboren worden zu sein, obwohl es Beweise gab, dass er eigentlich der unteren Mittelschicht in Birmingham, England entstammte.

Brother XII gründete seinen Kult auf den Lehren der theosophischen Gesellschaft und gewann ansehnliche Spendengelder von Tausenden reicher Individuen, millionenschwere Tycoone eingeschlossen. Sie befürchteten ein finanzielles Armageddon, als die globalen Finanzmärkte zusammenbrachen.

Er behauptete, dass sein New Age Okkultismus sie retten würde und dass sie in den eigenständigen Inselsiedlungen der Aquarian Foundation sicher sein würden. Doch stattdessen war die Aquarian Foundation in Flammen aufgegangen. Brother XII verschwand und wurde nie wieder gesehen und seine Anhänger blieben im finanziellen Ruin zurück.

Heutzutage war die Aquarian Foundation größtenteils vergessen, aber zu ihrer Blütezeit war es ein riesiger weltweiter Skandal gewesen. Komisch, wie die Geschichte das gleiche Drama wiederholte, mit nur geringfügigen Änderungen an der Besetzung und Kulisse. Die Leute glauben, was sie glauben wollen, selbst mit überwältigenden Beweisen für das Gegenteil. Kat sah das jeden Tag als kriminaltechnische Buchhalterin und Betrugsermittlerin.

Carter & Asscociates, ihr Unternehmen für kriminaltechnische Rechnungsprüfung und Betrugsermittlung war ausgelastet und profitabel und sie hatte Extrastunden gearbeitet, um für ihre Wochenendreise vorzuarbeiten. Sie war in Feierstimmung, bereit für ein paar Tage Sonne, Sand und Erholung.

Die ganze Woche lang hatte sie die Tage gezählt, war gespannt darauf, mit eigenen Augen zu sehen, was von den Siedlungen übrig geblieben war. Sie hatte auch geplant, Strandgut zu sammeln, während Jace Brother XII und den Kult erforschte.

Sie sah auf ihre Uhr und fühlte einen Anflug von Unruhe. Jace war jetzt eine halbe Stunde zu spät und sie liefen Gefahr, ihren Charterflug zu verpassen. Sie suchte den Hafen ab und fragte sich, welches der halb Dutzend Wasserflugzeuge dort ihres war.

"Er ist endlich hier, Kat." Onkel Harry schob sich überraschend rüstig für seine über siebzig Jahre in ihr Büro. "Der Typ braucht eine neue Uhr."

"Onkel Harry, langsam oder du brichst dir die Hüfte." Technisch gesehen war ihr Onkel nicht bei Carter & Associates angestellt, aber er verbrachte fast genauso viel Zeit in ihrem Büro wie sie. Er hatte sich in einen permanenten Freiwilligen verwandelt – ein festes Inventar – im Büro. Mit keinen zugewiesenen Aufgaben hatte er keinen wirklichen Grund hier zu sein. Er war aber gut um sich zu haben.

"Oh, Kat. Ich bin ziemlich fit. Du musst mir schon vertrauen." Harry drehte sich zur Seite, bevor er gegen die Wand fiel. "Aua."

"Bist du okay?"

"Sicher." Er zuckte zusammen. "Yoga wird morgen weh tun."

"Du könntest dir einen Tag frei nehmen." Onkel Harrys Yoga war anscheinend ein Extremsport, dokumentiert durch seine allgegenwärtigen blauen Flecke. Warum meldete sich ein siebzigjähriger Mann überhaupt für Yoga an? Zweifellos wegen weiblicher Siebzigjähriger.

"Ich denke schon. Aber dann würde meine Flexibilität den Bach runter gehen. Oh, und Gia ist auch hier."

"Aber wir sind jetzt schon spät dran." Kat und Gia Camiletti waren seit der dritten Klasse eng befreundet. Sie hatte seit Wochen nichts von Gia gehört und wollte sich mit ihr unterhalten, aber jetzt war nicht die richtige Zeit.

"Sie hat einen jungen heißen Typen dabei." Harry beugte sich hinunter, um seine Zehen zu berühren. Er schaffte es bis zur Mitte seiner Waden, bevor er ächzte und sich wieder aufrichtete.

Ein blumiges Parfüm waberte in Kats Büro und Sekunden später folgte Gia in einem hellen fuchsienfarbenen geblümten ärmellosen Kleid mit passenden vier Zoll hohen Stöckelschuhen. Ihre ganzen fünf Fuß und zwei Zoll kurvenreichen Figur dehnten die Säume ihres Kleides. Sie hatte zwanzig Pfund mehr, als ihr Kleid vertragen konnte. "Kat! Hier ist mein neuer Freund Raphael."

Raphael war unglaublich gutaussehend, auf einer Höhe mit den bestaussehendsten Filmstars oder Reality-TV Stars. Der Typ an Gias Arm schien nicht mal echt zu sein. Seine mediterane Bräune bildete einen Kontrast zu seinem maßgeschneiderten weißen Leinenhemd. Das halb aufgeknöpfte Hemd vermittelte einen lässigen Look und entblößte gleichzeitig eine muskulöse Brust. Er trug Baumwollhosen und teuer aussehende Slipper.

"Schön, dich kennen zu lernen." Raphael lächelte und küsste Kats Hand mit einer überschwenglichen Geste. Seine Zähne blitzten so weiß, dass sie fast ultraviolet erschienen. Sein Hemd klebte an seiner Haut von der Hitze draußen, unterstrich seine breiten Schultern und schlanken Körper. Er war perfekter als ein Zeitschriftmodell, wenn das möglich war.

Kat war sofort misstrauisch. Typen wie Raphael fühlten sich selten von molligen Friseurinnen wie Gia angezogen. Obwohl er von Natur aus gut aussah, war es offensichtlich, dass er auch Geld für sein Aussehen ausgegeben hatte. Die meisten Männer scherten sich wenig um teure Kleidung oder Zahnbehandlungen. Vielleicht war er eitel oder vielleicht betrachtete er es als eine Art Investition.

Sie war auch überrascht, Gia mit Raphael zu sehen, seitdem sie Männer aufgegeben hatte, als ihr Highschool-Freund sie vor zwei Jahren am Altar versetzt hatte. Der Bräutigam war nie erschienen – und hatte nicht mal angerufen – und Gia gedemütigt und mit einem Racheschwur hinterlassen.

"Kat?" Gia zog ihren Liebhaber näher heran. "Guck' nicht nur. Sag' Hallo."

Kat wurde rot, schämte sich, dass sie sich schon jetzt Raphaels Untergang durch Gias Hand vorstellte. Wenigstens hoffte sie, dass es passieren würde. Sie gruselte sich vor dem Typen. Sie murmelte ein Hallo.

Raphael hielt ihre Hand einen Moment länger als notwendig und starrte ihr verführerisch in die Augen. Er war kalt wie Regen und sie misstraute ihm instinktiv.

Es war offensichtlich, was Gia anzog. Der Typ sah aus, als ob er jeden Tag ein paar Stunden im Fitnessstudio verbrachte. Gia, auf der anderen Seite, würde niemals in ein Fitnessstudio gehen. Trotz seines Modellaussehens schien er nicht die Art von Mann zu sein, der Gia glücklich machen würde. Jemand wie Raphael würde Gia dazu bringen, sich noch unsicherer über sich zu fühlen. Er war groß, gebräunt und absolut eine Nummer zu groß für Gia. Sein elegantes Aussehen kam direkt von den Seiten eines Männermagazins.

Raphael schien auch das genaue Gegenteil zu sein von Gias skurrilem und ausgefallenen Stil. Während Gias ansteckender Enthusiasmus Spaß machte, tendierten Männer wie Raphael dazu, mehr nach dem Aussehen, anstatt der Persönlichkeit zu gehen. Es war falsch, ein vorschnelles Urteil über den Typen zu fällen, aber ihr Instinkt traf meist den Nagel auf den Kopf.

Raphael beugte sich vor und küsste Gia auf die Stirn, während er noch immer Kats Hand umklammerte. "Bellissima, du hast deine hinreißende Freundin gar nicht erwähnt." Er drehte sich zu Kat, musterte sie von oben bis unten und warf dann einen abschätzigen Blick auf ihr Büro.

"Und sie ist auch intelligent." Gia blinzelte Kat zu. "Kat ist eine kriminaltechnische Buchhalterin. Sie ermittelt in Betrugssachen."

Raphael ließ Kats Hand fallen, als ob sie radioaktiv war. Von hinreißend zu toxisch in nur wenigen Sekunden. "Raphael kauft und verkauft Unternehmen." Gia strahlte ihn an. "Er ist gerade aus Italien gekommen und hat einen Deal von mehreren Millionen Dollar für die nordamerikanische Linie seines revolutionären Haarprodukts abgeschlossen. Wir ziehen zusammen."

"Interessant." Es war alles, was Kat sagen konnte, ohne ihren Verdacht preiszugeben. Gia war ihre Kindheitsfreundin und erzählte Kat alles. Sie wusste genau, dass Gia bis vor einigen Wochen keinen Mann in ihrem Leben gehabt hatte und doch machten sie Pläne, zusammen zu ziehen. Es war, als ob Raphael aus dem Nichts aufgetaucht war. Alles ging viel zu schnell.

Gia runzelte die Stirn, während sie Kat betrachtete. "Das ist alles, was du sagen kannst? Ich dachte, du wärst fasziniert. Geschäfte sind doch dein Fall."

"Ich würde die Details gern hören, aber wir sind spät dran für unsere Reise." Sie sollte sich für Gia freuen, aber stattdessen ärgerte sie sich. Nicht über ihre Freundin, aber über Raphael. Innerhalb von Minuten, seit sie ihn getroffen hatte, fühlte sie sich unsicher und unzureichend in ihrem schäbigen kleinen Büro. Sie hasste das, denn sie war stolz auf das Geschäft, das sie aus dem Nichts aufgebaut hatte. Aber im Vergleich zu Raphael, sah es aus, als ob sie nicht sehr viel erreicht hatte.

Was konnte nur revolutionär sein bei Haarprodukten? Sie war zynisch, wenn es um Schönheitsprodukte ging. Shampoo war nur verherrlichte Seife, neu verpackt und für gutgläubige Konsumenten vermarktet – und Friseurinnen. Sie würde bei ihrem Drogerieshampoo bleiben, anstatt überteuerte Salonprodukte zu nehmen, obwohl sie das Gia gegenüber nie zugeben würde.

Gia, eine Friseurin, dachte anders. Jedes neue Shampoo oder jede Stylinghilfe war wie die Entdeckung des Feuers oder so ähnlich. Sie schimpfte bei jedem Haarschnitt mit Kat, weil sie billige Haarprodukte benutzte. Kat versprach zu wechseln, wenn Gia irgendwie beweisen könnte, dass ihre Salonprodukte besser seien. Natürlich konnte Gia das nicht, da es keinen wissenschaftlichen Beweis oder einen Formelunterschied in den Produkten gab.

"Kat?" Jace stand hinter dem Paar, eine Tasche über die Schulter gehängt.

Raphael drehte sich sofort um und stellte sich vor. Die beiden Männer schüttelten die Hände, während Gia Kat anlächelte.

Er drehte sich zu Raphael und stellte sich vor.

Endlich gerettet. Sie gab Jace ein Zeichen und tippte auf ihre Uhr.

"Wir sind spät dran, Jace. Wir verpassen den Flug, wenn wir jetzt nicht losfahren."

"Eine Sekunde. Habe gerade eine Textnachricht von der Fluggesellschaft bekommen." Jace runzelte die Stirn, während er das Display seines Telefons betrachtete. Selbst mit seinem gesenkten Kopf reichte er fast bis zum Türrahmen. Er war einige Zoll größer als Raphael, aber schlaksig und drahtig im Gegensatz zu Raphaels muskulösem Körperbau.

Harry drückte sich an Jace vorbei ins Zimmer. Er hielt Raphael eine Hand hin. "Ich bin Harry Denton, Kats Mitarbeiter." In Wahrheit hatte Carter & Associates keine Mitarbeiter, aber Harry mochte den Rummel im Büro und arbeitete halbtags. Er war technisch nicht sehr begabt, daher gab es nicht viel für ihn zu tun, außer am Empfang und ein bisschen Ablage hier und da. Doch die Klienten mochten ihn sehr und es war schön, Gesellschaft im Büro zu haben. Es war ein Gewinn für beide Seiten.

Raphael schüttelte seine Hand. "Was genau macht denn ein – äh - Mitarbeiter hier?"

"Ich helfe Kat mit den Betrugsermittlungen." Harry zeigte auf Kat. "Sie hat einige Prachtexemplare aufgedeckt. In Milliardenhöhe sogar, wie der Liberty Blutdiamantenfall."

"Wirklich?" Raphael erstarrte und überflog ihr Büro mit Abneigung. "Das hätte ich nie gedacht bei dem Äußeren dieses Orts."

Kat wurde rot. "Ich treffe meine Klienten normalerweise in ihren Büros, daher sind Äußerlichkeiten nicht wichtig. "Sie bereute ihre

Antwort sofort. Sie hatte sich praktisch selbst beleidigt. Jetzt hörte sie sich nur noch abwehrend an.

"Ich würde wahrscheinlich das Gleiche tun." Raphael wandte sich ab.

Unterstellte er etwa, dass ihr Büro nicht gästewürdig war? Substanz triumphierte bei Kat jeden Tag über Äußeres. Sie mochte Raphael schon jetzt nicht. Was gab ihm das Recht hier hiereinzumarschieren und ihr Büro zu kritisieren?

"Ich habe einige Renovierungen geplant. Dieser Ort braucht nur ein bisschen Muskelschmalz," Harry wischte sich die Stirn. "Ich muss den Holzfußboden neu machen, neu streichen und täfeln. Es gibt einfach nie genug Zeit am Tag. Ich werde immer abgelenkt.

Raphael lachte. "Da haben Sie alle Hände voll zu tun."

Egal. Sie mochte ihr Gastown Büro aus dem frühen zwanzigsten Jahrhundert so wie es war. Shabby-chic, mit seinem freigelegten Holz und großen Fenstern, die den Hafenblick umrahmten. Unmodern bedeutete auch niedrige Miete und niedriger Mehraufwand. Ignorier ihn einfach, ermahnte sie sich.

Sie steckte ihren Laptop in ihre Tasche und stand auf, bereit zu gehen. Sie zählte die Sekunden, bis sie Gias unhöflichen Freund hinter sich lassen konnte.

Jace runzelte die Stirn, als er von seinem Handy hochsah. "Es tut mir leid, dir das zu sagen, aber unsere Flug wurde gecancelled. Mechanische Probleme und keine anderen Flüge bis Dienstag."

"Das ist fürchterlich." Kat seufzte. Ein Wochenende im August mit Jace in einem gecharterten Flugzeug zu einer kaum bewohnten Insel, alle Unkosten bezahlt? Natürlich war es zu schön, um wahr zu sein. "Vielleicht nächstes Wochenende?"

Jace hob die Achseln. "So lange kann ich nicht warten. Meine Deadline ist am nächsten Freitag. Ich muss einen anderen Weg finden, dahin zu kommen."

"Warum bringe ich Sie nicht nach De Courcy Island?" Raphael wies auf den Hafen. "Auf meiner Jacht?"

"Das ist also doch super!" Gia klatschte in die Hände. "Jetzt können wir Zeit miteinander verbringen."

Gias Freund hatte eine Jacht? Das wurde immer unglaublicher.

"Äh, nein. Ich kann mich Ihnen nicht so aufdrängen." Jace ließ seine Tasche auf Kats Bürostuhl fallen. "Sie beide müssen andere Pläne haben."

Ja, bitte habt andere Pläne. Kat konnte andere Leute schnell einschätzen und war sich sicher, dass Raphael nichts Gutes im Schilde führte. Was sah Gia in ihm?

Dumme Frage. Raphael war nicht nur gutaussehend, aber anscheinend auch reich.

"Nein wirklich, das macht mir überhaupt keine Umstände," sagte Raphael. "Ich wollte mir die Inseln schon immer ansehen. Das ist die perfekte Gelegenheit."

Gias Armbänder klimperten, als sie auf ihren vier Zoll hohen Absätzen auf und ab hüpfte. "Das wird so ein Spaß! Wir werden Zeit haben, die Inseln zu besuchen und Jace kann seinen Artikel schreiben. Wir können die Insel erkunden und uns nachher an Bord erholen!"

Jace verlagerte sein Gewicht von einem Fuß auf den anderen. "Wenn Sie sich wirklich sicher sind, das wäre großartig. Ich muss wirklich meine Deadline einhalten und die einzig andere Möglichkeit dorthin zu kommen, ist mit dem Boot. Ich kann ein bisschen Geld für das Benzin beisteuern..."

"Vielleicht gibt es eine andere Fluggesellschaft..." Kats Gedanken wirbelten durcheinander. Benzin für die Jacht kostete bestimmt Tausende von Dollar. Jace war sich nicht bewusst, wozu er sich da bereit erklärte.

"Seien Sie nicht verrückt." Raphael lachte. "Ich wollte sowieso dahin fahren. Worüber ist Ihr Artikel?"

"Einen Kult aus den 1920ern, inclusive Sexskandal und verborgenem Schatz," sagte Jace. "Ein Typ namens Brother XII gründete 1927 die Aquarian Foundation. Er behauptete, es sei eine spirituelle Gemeinschaft, die auf das Zeitalter des Aquarius wartete. Aber der Eintrittspreis war hoch. Er wählte nur wohlhabende Mitglieder. Weil er von jedem Geld nahm, war es entweder ein Kult, Betrug oder beides."

"Betrug," sagte Kat. "Ein Kult ist fast immer Betrug." Besonders wenn der erste Punkt auf der Tagesordnung ist, die Anhänger zu überzeugen, all ihr Geld auszuhändigen.

Raphael spöttelte. "Sie sind eine "Glas-halbleer-Person", wie ich sehe."

Kat runzelte die Stirn.

Gia flüsterte eine Entschuldigung zu Kat und zog Raphael am Arm. "Ich liebe Schatzsuchen!"

"Ich habe das nicht so gemeint, wie es sich angehört hat," sagte Raphael. "Aber meiner Erfahrung nach, sind die Erbsenzähler immer die Pessimisten. Sie sagen immer "nein", wenn alle anderen "ja" sagen."

Jace lachte. "Realisten klar, aber es gibt einen Vorteil. Kat ist besser als alle anderen darin, Kriminelle zu erschnüffeln. Und sie kriegt auch das Geld zurück."

Sie redeten über sie, als ob sie nicht mal da wäre. Sie öffnete den Mund um zu antworten, aber hielt dann inne. Jace hatte Raphaels Kommentar nicht als unhöflich verstanden, also reagierte sie wahrscheinlich zu heftig. Obwohl es sich schon wie eine Beleidigung angefühlt hatte. Aber sie wollte keinen Streit anfangen, also biß sie auf die Zähne und lächelte.

"Brother XII hört sich wie ein faszinierender Typ an," sagte Raphael.

"Wenigstens charismatisch," sagte Jace. "Sein richtiger Name war Edward Arthur Wilson. Er behauptete, die Wiedergeburt des ägyptischen Gottes Osiris zu sein und seine Aquarian Foundation basierte auf der Prämisse eines drohenden Weltuntergangs. Er behauptete, dass das Ende nah war und nur einige auserwählte Glaubende ihre Seelen gerettet haben können."

"Die Leute sind darauf reingefallen?" Raphael hob die Augenbrauen. "Nicht sehr schlau."

"Überraschenderweise waren die meisten sehr schlaue, gebildete Leute," sagte Jace. "Einer der Vorstandsmitglieder der Aquarian Foundation war ein bekannter internationaler Zeitungsverleger. Er hat viel Presse bekommen wegen seiner Veröffentlichungen und

andere auch. Das hat Brother XII ein Publikum aus der ganzen Welt
verschafft. Bald schon hatte er Tausende von reichen und einflussrei-
chen Anhängern.

Sie gaben Wilson und seiner Aquarian Foundation Millionen und
er benutzte die Gelder, eine unabhängige Gesellschaft zu gründen
mit Wilson an der Macht. Hunderte von Menschen aus der ganzen
Welt sind hier her gezogen, um sich ihm anzuschließen. Die meisten
haben all ihren weltlichen Besitz übergeben.

"Sie mussten verrückt gewesen sein, ihm ihr Geld zu geben,"
sagte Gia. "Wer würde es riskieren, es so zu verlieren?"

"Überraschend, was Leute tun," Raphael rieb sich das Kinn. "Sie
bezahlen große Mengen an Geld, um zu bekommen, was sie wollen.
Es hat nicht immer mit Geld und Reichtum zu tun. Manchmal
wollen sie nur Teil von etwas sein, das größer als sie ist."

Jace nickte. "Im Rückblick ist es 20/20. Raphael hat Recht. Die
meisten von ihnen waren schon wohlhabend. Was sie wirklich wollten, war, akzeptiert zu sein und zu etwas zu gehören. Brother XII
erfüllte dieses Bedürfnis. In der Mitte der 1920er veröffentlichte er
eine Serie in England im The Occult Review. Er behauptete, übernа-
türliche Fähigkeiten zu haben und dass das Armageddon bevorstand.
Es war leicht, seine ersten Anhänger zu überzeugen, ihm 1927 zu
folgen. Zum Glück für Brother XII waren alle wohlhabend und sie
überließen ihm und der Aquarian Foundation ihr gesamtes
Vermögen."

"Warum würde irgendjemand das machen?" fragte Harry. "Das ist
verrückt."

"Das finde ich auch," sagte Jace. "Aber sie waren von der Idee
gefangen, dass sie in das neue Zeitalter des Aquarius eintreten
würden. Sie erwarteten einen Tag der Abrechnung und dachten sich,
dass sie dies auf die richtige Seite des Zaunes bringen würde, wenn
das Armageddon letztlich käme.

Außerdem sorgte Brother XII dafür, dass sie sich als etwas Besonderes fühlten, da er anfangs nur zwölf Leute eingeladen hatte."

Raphael nickte mit Anerkennung. Nur für geladene Gäste. Nettes
Konzept."

"Darauf würde ich nicht reinfallen," sagte Harry.

"Du würdest dich wundern," sagte Jace. "Es gab viel Rummel in der Presse. Die Leute sahen es als eine einmalige Gelegenheit an. Außerdem, wozu all das Geld, wenn die Welt vor dem Ende steht?"

"Ich kann das verstehen," fügte Gia hinzu. "Alle Zeitungen brachten seine Behauptungen, also leuchtet es ein, dass die Leute von der Hysterie mitgezogen wurden."

"Genau," stimmte Jace zu. "Und den reichen Konvertierten von Brother XII waren die Motive von Pessimisten suspekt, also wiesen sie jegliche Anschuldigungen gegen Brother XII ab."

"Schlauer Mann, auch wenn er ein Betrüger war." Raphael klatschte in die Hände. "Na? Worauf warten wir? Lassen Sie uns auf De Courcy Island fahren. Wir können zu Fuß zum Schiff gehen. Ich habe unten am Hafen festgemacht."

"Ohh, ein echtes Abenteuer!" rief Gia. "Ich kann es nicht erwarten."

"Ich auch nicht! Lass' mich meine Sachen holen." Onkel Harry rannte aus Kats Büro, bevor sie protestieren konnte. Ihr romantischer Ausflug mit Jace war irgendwie zu einer Party geworden. Aber Jace brauchte den Artikel, wie konnte sie da Einwände machen?

# 3

Raphaels Jacht, die *The Financier* erwies sich als mehr als hundert und fünfzig Fuss lang, bei weitem die Größte im Hafen. Ihr makelloser weißer Rumpf glitzerte in der Nachmittagssonne, als sie mit ihrem Gepäck die Gangway hinuntergingen.

In ihrem früheren Job als Beraterin für internationale Finanzen, hatte Kat schon für viele Millionäre und einige Milliardäre gearbeitet. Sie hatte ihren Anteil an Tycoon Spielzeugen gesehen und war selbst auf Parties auf einigen von ihnen gewesen. Sie wusste wenig über Jachten, aber *The Financier* war größer und nobler, als alle, auf denen sie gewesen war. Raphaels Jacht stellte alle anderen Boote im Hafen in den Schatten bezüglich Größe und Prunk.

Kat spürte die neidischen Blicke, als sie hinter Raphael und Gia den Steg entlang gingen. Die Aufmerksamkeit verlieh ihr ein seltsames Gefühl von Wichtigkeit, als ob sie berühmt wäre oder so.

Die Nachmittagssonne brannte auf sie herunter, als sie an Bord der *The Financier* gingen. Sie gingen sofort unter Deck in eine geräumige, klimatisierte Kombüse und einen Gang, der nach hinten oder nach achtern des Schiffes führte. Das luxuriöse Innere bestand aus teuer aussehenden Lampen und Einbaumöbeln aus Teak. Raphael deutete auf eine Kabine auf der rechten Seite. Jace hatte ihre Unterkunft gecancelt, als Raphael darauf bestanden hatte, dass sie an Bord der Jacht blieben.

"Diese ist für Sie beide und Harrys ist nebenan," sagte Raphael.

Kat folgte Jace in ihre Kabine. Sie war geräumiger, als sie gedacht hatte, bestimmt doppelt so groß wie die Kabine auf ihrer Karibik-kreuzfahrt im letzten Jahr. "Wow."

Sie ließ ihre Tasche aufs Bett fallen und ging zurück in den Flur. Sie blickte in Harrys Kabine nebenan. Sie war kleiner, aber nicht weniger luxuriös.

"Daran könnte ich mich gewöhnen." Harry sah aus dem großen Bullauge. "Vielleicht werde ich ein Handelsmatrose, bekomme einen Job an Bord."

Kat lachte. "Du bist über siebzig, Onkel Harry. Zu spät, um nach einem neuen Job zu suchen und bekommst schon eine Rente. Und überhaupt, ich denke, dass die Crew sehr hart arbeitet, um alles am Laufen zu halten."

Kat ging aus der Kabine ihres Onkels und sah den Gang entlang. Hinter Harrys Kabine lagen die Quartiere der Crew. Raphael zufolge war das Schiff mit der neuesten Technologie und Navigation ausge-stattet. Sie hatte die Crew noch nicht gesehen, aber sie waren wahr-scheinlich damit beschäftigt, alles für das Ablegen bereit zu machen.

Sie ging zurück in ihre Kabine, wo Jace seine Reisetasche auspackte und alles in den Einbaukleiderschrank legte.

"Diese Jacht muss mehr wert sein als unser Haus." Sie setzte sich auf das Bett und strich mit der Hand über die Decke aus ägyptischer Baumwolle. Sie freute sich für Gia, aber hatte das Gefühl, dass ihre Liebesbeziehung zu Raphael ein bisschen zu gut war, um wahr zu sein. Alles an ihm war einfach zu perfekt.

"Ich bin sicher, mehr als ein paar Häuser." Jace lachte. "Ich bin froh, dass Raphael mein Angebot, für das Benzin zu bezahlen, nicht angenommen hat. Als er 'Jacht' sagte, dachte ich, er würde über-treiben."

"Offensichtlich nicht. Findest du nicht, dass Gia und Raphael ein komisches Paar sind?" Raphaels maßgeschneiderte Kleidung, seine perfekte Figur und sein offensichtlicher Milliardärstatus sind fast unglaublich. Nicht, dass Gia nicht für jeden Typen ein guter Fang wäre. Es war nur so, dass die Männer es normalerweise nicht so sahen.

Gia war lustig, attraktiv und erfolgreich, aber sie war nicht gerade ein Model für Bademode. Typen wie Raphael standen normalerweise auf Image und Aussehen. Die Frauen, die ihren Arm dekorierten, waren normalerweise eine Erweiterung davon.

"Ein bisschen." Jace zog die Achseln hoch. "Sie scheinen sich aber sehr zu mögen. Gut für Gia."

Kat nahm sich vor, Raphael genauer unter die Lupe zu nehmen, um zu sehen, ob er der war, der er vorgab zu sein. Sie würde ihn schon bald bloßstellen.

"Ich nehme es an." Sie hatte nur ein paar gemeinsame Momente mit Jace, bevor sie wieder nach oben gingen und sie wollte seinen Eindruck von Raphael hören. "Bist du dir sicher mit dieser Sache, Jace? Ich komme mir komisch vor, dass wir uns Raphael aufdrängen. Wir kennen ihn doch kaum."

"Du hast ihn gehört," sagte Jace. "Er sagt, er wollte schon immer zu den Inseln fahren. Wenn ich so ein Boot hätte, würde ich auch nach Ausflüchten suchen, irgendwo hin zu fahren. Aber ich muss eine Möglichkeit finden, mich zu revanchieren. Vielleicht kann ich etwas Geschäftliches für ihn schreiben oder so."

"Vielleicht." Kat fühlte sich unbehaglich. Raphael hatte bestimmt einen Hintergedanken; sie wusste nur noch nicht welchen. Er war ihr nicht geheuer, aber sie hatte nichts Konkretes, auf das sie ihre Gefühle basieren konnte. Aber ihr Instinkt sagte ihr, dass irgendwas mit ihm nicht stimmte.

"Gia hat mir erzählt, dass er auf dem Boot lebt," sagte Jace. "Kannst du dir so ein Leben vorstellen? Das Schiff muss Millionen wert sein."

"Es muss schwer sein zu reisen und ein Geschäft zu führen, wenn man auf der anderen Seite der Welt ist," sagte Kat. "Ich wette, es kostet ein Vermögen dieses Ding zu unterhalten."

Jace setzte sich neben sie auf das Bett. "Er hat ein Vermögen. Ich bin sicher, dass er sich darüber keine Gedanken macht.

"Muss aus einer sehr reichen Familie stamen," sagte Kat. "Er ist viel zu jung, als dass er all das Geld selbst verdient hätte." Wo fand Raphael die Zeit, genau während seiner neuen Geschäftseröffnung von Italien aus hier her zu segeln? Die meisten Tycoons hatten keine Zeit für spontane Segeltrips.

"Vielleicht verrät er uns sein Geheimnis," sagte Jace. "Wäre es nicht wunderbar so zu leben?"

"Es ist sehr luxuriös," stimmte Kat zu. Ihre Kabine war prunkvoll ausgestattet, bis hin zur luxuriösen ägyptischen Baumwolle, der Damastbettwäsche und der echten Ölgemälde von Meereslandschaften.

"Warum schreibst du nicht einen Artikel darüber, wie er seinen Erfolg erlangte? Wir werden viel Zeit mit ihm verbringen. Du kannst zwei Aufträge haben, anstatt nur den einen über Brother XII."

"Das ist eine tolle Idee. Er ist ein faszinierender Typ. Eine Menge Leute würden sich dafür interessieren, wie er sein Vermögen gemacht hat."

"Da bin ich sicher." Und sie war eine von ihnen, denn sie zweifelte daran, dass Raphaels Reichtum ehrlich erlangt worden war. Ein schnelles Vermögen bedeutete oft Abkürzungen und ihr Instinkt sagte ihr, dass er einigen gefolgt war. Wie viele Leute hatte er ausgenutzt bei seinem Aufstieg? Jaces Artikel könnte vielleicht einige Antworten geben. "Du kannst seine Geheimnisse herausfinden."

Jace zwinkerte ihr zu. "Das ist mein Plan."

"Ich mache mir Sorgen wegen Gia." Auf der einen Seite freute sie sich für Gia. Sie verdiente es, glücklich zu sein. Aber Gia's stürmische Romanze mit Raphael machte Kat unruhig. Sie war so heftig verliebt, dass sie die Dinge – und Raphael – nicht klar sah. "Vielleicht kannst du mehr über seinen Hintergrund herausfinden. Sehen, ob er echt ist."

"Ich werde ihn nicht verhören, wenn es das ist, was du meinst."

Jace schüttelte den Kopf. "Gia kann sehr gut auf sich selbst aufpassen. Wenn sie sich keine Sorgen macht, warum dann du?"

Gia hatte eine Gabe für's Geschäft. Sie hatte ihren Salon aus dem Nichts ohne jede Hilfe aufgebaut. Aber sie war naiv, was Männer anbelangte und Kat zweifelte daran, dass sie ebenso kritisch war, wenn es um die Liebe ging. "Ich hoffe nur, dass er nicht ihr Herz bricht."

"Du beurteilst den Typen vorschnell." Jace legte einen Arm um ihre Taille. "Du must zugeben, dass es ziemlich großzügig von ihm ist, uns alle nach De Courcy Island zu bringen."

"Stimmt schon, aber es ist alles so plötzlich. Gia hat ihn erst vor ein paar Wochen kennengelernt und sie sind schon ein festes Paar." Sie musste mit Gia allein sprechen und zwar bald.

Ihre Unruhe wegen Raphael wuchs, auch wenn sie nicht genau sagen konnte warum. Es war, als ob er sich nach einer Ablauffrist verliebt hatte. Die Liebe hielt sich selten an einen Plan, und schon gar nicht an einen aggressiven. Wenn Raphael Hintergedanken hatte, musste sie herausfinden warum. Ein bisschen heimliches Herumschnüffeln könnte nicht schaden, solange sie es im Verborgenen machte.

"Ich kann immer noch nicht glauben, dass Gia mit einem Typen ausgeht, der eine Jacht dieser Größe hat. Er muss mindestens hundert Millionen schwer sein."

"Jace, Gia geht es auch nicht gerade schlecht. Sie hat innerhalb von fünf Jahren zwei profitable Salons eröffnet." Gias harte Arbeit und Geschäftssinn hatte sich ausgezahlt. Hinter Gias quirligem Äußeren war eine scharfsinnige Geschäftsfrau mit einem Talent für das Unternehmertum.

"Ihr Curl Up n'Dye Franchise ist jetzt schon sehr erfolgreich. Sie braucht Raphael nicht, um erfolgreich zu sein."

Kat war stolz auf den eigenhändigen Erfolg ihrer Freundin. Kat hatte gesehen, wie Gias Geschäft wuchs und hatte ihr mit finanziellem Rat geholfen, als sie ihr Salongeschäft vor zehn Jahren begonnen hatte.

"Sie braucht ihn vielleicht nicht, aber es ist schön, seine Hoffnungen und Träume mit jemandem zu teilen." Jace zog sie zu sich heran und küsste sie. "Es lässt all die harte Arbeit die Mühe wert sein."

Kat seufzte, als sie aufstand. "Gia verdient Glück, aber irgendwas stimmt hier nicht meiner Meinung nach. Ich weiß noch nicht genau was, aber ich mache mir ein bisschen Sorgen."

"Freue dich einfach für sie, Kat. Vermassel die Sache nicht, indem du ihn verhörst oder verdächtigst." Jace schüttelte den Kopf und ging zur Tür. "Nicht jeder ist ein Krimineller."

Vielleicht nicht, aber Raphael hatte allerdings das äußere Erscheinungsbild von den vielen Gaunern, denen sie als Betrugsermittlerin schon begegnet war.

"Ich weiß. Ich könnte nur nicht damit leben, wenn mein Verdacht wahr war und ich nichts getan hätte." Sie verbrachte so viel Zeit in der Nähe von Wirtschaftsverbrechern und war dadurch zynisch geworden. "Natürlich freue ich mich für sie. Ich will nur nicht, dass sie verletzt wird."

"Du bist nur neidisch. Wir haben so ein Geld nicht und werden es wahrscheinlich auch nie haben." Jace seufzte. "Ich gebe zu, dass ich auch ein bisschen neidisch bin. Aber wir sollten uns um unsere eigenen Angelegenheiten kümmern, okay?"

Jace hätte nicht mehr anders sein können als Raphael. Er war nicht versessen darauf, Reichtum oder Status anzuhäufen oder zur Schau zu stellen. Sie und Jace waren nicht gerade reich, aber sie hatte alles, was sie brauchten und es ging ihnen gut. Aber vielleicht hatte er Recht. Sie war neidisch. Wenn Raphaels Demonstration von Reichtum und Zuneigung wahr waren. Doch sie vermutete Probleme.

Jace hielt die Tür auf, als sie aus ihrer Kabine traten. "Sie es mal so, Raphael ist viel erfolgreicher als Gia. Wenn sich jemand Sorgen machen sollte, dann er und nicht sie."

Die Motoren begannen zu rumpeln und vibrierten unter ihren Füßen, als sie die Treppe zum oberen Deck hochstiegen. Auch wenn Raphaels Angebot sie zu De Courcy Island zu bringen, großzügig war, sollte es sie auch mit Sicherheit beeindrucken. War das alles ein Teil von Raphaels Plan? Irgendetwas ergab keinen Sinn, und sie plante herauszufinden, warum das so war.

# 4

---

at und Jace traten ins grille Sonnenlicht auf dem Deck. Die Strahlen reflektierten vom schimmernden weißen Glasfaserdeck und Chrom. Raphaels Jacht war makellos und mit der neuesten Ausrüstung ausgestattet. Sie gingen nach achtern, wo sie sich an der Außenbar verabredet hatten.

Kat strich mit der Hand die Reling entlang und zuckte zurück, als das Metall ihre Haut versengte. Einen Moment lang war sie aus dem Gleichgewicht gebracht, als das Schiff in Gang kam. Der Liegeplatz schien sich zu bewegen, als die Jacht rückwärts aus ihrem Platz im Hafen setzte.

Sie entschied sich, ein bisschen mehr in Raphaels Hintergrund herumzugraben. Ihre Bedenken würden zerstreut werden, wenn er sich als echt herausstellte, und Gia würde es nie wissen. Angenommen, dass er legitim war. Und wenn er es nicht war, könnte sie, je mehr sie wusste, Gia besser warnen, dass ihr Milliardärsfreund in Wahrheit ein Betrüger war. Kats Intuition sagte ihr, dass er einfach zu gut war, um wahr zu sein.

Gia und Raphael standen Arm in Arm am Heck. Sie lehnten sich gegen die Reling mit dem Hafen als Hintergrund. Sie waren ein solch unpassendes Paar. Der fitte Raphael mit seinem mediterranen

Aussehen und seiner maßgeschneiderten Kleidung stand in scharfem Gegensatz zu der plumpen Gia, die ein paar Pfunden loswerden konnte. Ihr zu enges Kleid war eine billige Designerimitation und für eine jüngere, dünnere Person gedacht. Wie lange, bis Raphael sie gegen ein Supermodel eintauschte? Ihre quirlige Persönlichkeit würde seine Aufmerksamkeit nicht lange halten.

Gia lächelte. "Ich habe mich gewundert, wo ihr zwei seid. Lasst uns den Blick genießen, während wir den Hafen verlassen."

Anscheinend waren sie die Hauptattraktion, nach den Dutzend oder so Leuten zu schließen, die stehen blieben und starrten, als *The Financier* durch den Hafen fuhr. Die Aufmerksamkeit gab ihr ein berauschendes Gefühl. So musste es sich für berühmte Personen anfühlen, wenn sie erkannt werden. Die Zeichen von Reichtum zogen immer bewundernde Blicke auf sich.

Kat hatte gehofft, Gia allein anzutreffen. Sie nahm an, dass Raphael beschäftigt sein würde, als das Schiff ablegte, aber das war nicht der Fall. Raphaels Crew hatte alles gut im Griff und seine Hilfe war nicht notwendig.

Onkel Harry tauchte neben ihr auf und klopfte auf ihren Arm. "Ist das nicht großartig? Vergiss' es, an Bord zu arbeiten. Ich werde einfach blinder Passagier. Aber sag' nichts, wenn ich nicht von Bord gehe, okay?"

"Klar." Sie lächelte. Auch wenn ihr Geschmack einfacher war, war es mit Sicherheit nicht schwer, sich an das Schiffsreisen zu gewöhnen.

Sie verließen den Hafen und setzten einen westlichen Kurs in Richtung offenes Meer. Die Landschaft zog an ihnen vorbei, als das Boot an Fahrt aufnahm. Die Berge der nördlichen Küste ragten höher und befanden sich nun auf ihrer rechten Seite – oder war das Steuerbord? – anstatt vor ihnen.

Raphael und Jace sprachen über das Segeln, während Onkel Harry ein paar Schritte weiter weg zu ihnen an das Heck trat. Sie beobachteten das Kielwasser der Jacht, als sie aus dem Hafen hinaus fuhren.

Gia winkte Kat hinüber zu einem kleinen Tisch, an dem sie allein saß. "Ich kann es nicht erwarten, dir alles zu erzählen. Ist er nicht wunderbar?"

Kat sah hinüber zu den Männern, als sie sich hinsetzte. Sie standen einige Fuss weiter weg, vertieft in ein Gespräch über Motordrehzahl und andere Männerdinge. Endlich konnte sie mit Gia allein sprechen und mehr über ihren neuen Liebhaber erfahren.

Sie setzte sich Gia gegenüber an den Tisch. "Was für ein perfekter Tag, um auf dem Wasser zu sein."

Gia nickte. "Ein Drink?" Gia hielt ein Martiniglas hoch, das mit einer glimmernden pinkfarbenen Flüssigkeit gefüllt war und zeigte auf die gut ausgestattete Bar ein paar Fuss weiter.

Kat schüttelte den Kopf. "Ich trinke nur Wasser." Sie nahm einen Schluck aus der Wasserflasche, die sie für die Reise mitgebracht hatte.

Gia trank ihren Drink hastig. "Ich hätte nie gedacht, dass ich mal mit einem Milliardär ausgehe."

"Milliardär?" Wenigstens hatte Gia das Gespräch auf Raphaels Hintergrund gebracht. Jetzt könnte sie Fragen stellen, ohne aufdringlich zu wirken. "Er ist so reich?"

Gia kicherte. "Er ist reich, heiß und steht total auf mich. Verrückt, oder? Ich kann mich nicht mal mehr an mein Leben vor Raphael erinnern. Ich bin total in ihn verliebt."

"Wie lange kennst du ihn schon?"

"Lange genug, um zu wissen, dass wir den Rest unseres Lebens miteinander verbringen werden."

Endlich eine Antwort, nur nicht die, auf die Kat gehofft hatte.

"Übereil' nichts, Gia. Du kennst ihn seit einer oder zwei Wochen?" Gia hatte den neuen Mann nicht erwähnt, als sie sich vor einigen Wochen zum Abendessen getrofffen hatten.

Gia drehte das halbleere Glas in ihrer Hand. "Ich weiß schon alles, was ich wissen muss. Er ist ein faszinierender Mann."

"Er ist ziemlich jung, um so viel Geld zu haben. Ist seine Familie wohlhabend?"

Gia nickte, als sie ihr leeres Glas auf den Tisch stellte. "Sie sind es jetzt, wegen dem Produkt, das Raphael und seine Mutter vor ein paar

Jahren erfunden haben. Sie haben alles selbst gemacht. Keins dieser Dotcom-Technologie Sachen. Sie haben ausgerechnet ein Haarprodukt hergestellt! Ist das nicht ein Zufall?"

"Ein erstaunlicher Zufall. Hast du es schon probiert?"

"Noch nicht. Aber er gibt mir einen Anteil an der Firma." Gia warf Raphael einen Handkuss zu. "Ist das nicht fantastisch?"

"Aber was ist mit deinem Salon? Wie willst du Zeit finden, für ihn zu arbeiten?"

"Nicht als eine Angestellte, Dummerchen. Als Investorin," sagte Gia. "Meine Erfahrung auf dem nordamerikanischen Schönheitsmarkt ist etwas, was sie brauchen und wollen."

Kat hob die Augenbrauen.

"Ich kann ihnen einen Zugang zu diesem Markt hier eröffnen."

Gias Salon war eine hiesige Erfolgsgeschichte, aber das qualifizierte sie kaum als nordamerikanische Geschäftsexpertin. "Wie willst du das Produkt vermarkten und verkaufen?"

"Raphael hat alles ausgearbeitet. Ich werde den Geschäftsplan auf dem Boden ausführen. Er sagt, dass ich perfekt bin, da ich das Geschäft wirklich verstehen." Sie drückte Kats Hand. "Ist das nicht großartig? Ich hätte mir nie erträumt, dass ich die Liebe meines Lebens im Schönheitsgeschäft treffen würde. Wir haben dieses unglaubliche Produkt. Bellissima ist ein Haarglätter, der kurz davor ist, die Welt der Schönheit im Sturm zu erobern."

"Wie ein brasilianisches Blowout oder so?" Kat hatte die halbpermanente Glättungsmethode einmal an ihren Haaren ausprobiert, aber entschieden, dass ein bisschen Krause besser war, als eine Menge Chemie auf dem Kopf."

"Ein bisschen, aber viel besser. Ein brasilianisches Blowout ist nur vorübergehend. Bellissima glättet dein Haar permanent. Für immer."

"Hast du es denn überhaupt schon gesehen? Wie funktioniert es?" Wenn das Produkt so lukrativ war, warum hatten es die großen Kosmetikfirmen und die Firmen für Schönheitsprodukte nicht schon entwickelt? Sie hatten ganze Armeen von Wissenschaftlern, Produktentwicklern und Budgets in Millionen Dollarhöhe. Es erschien ihr seltsam, dass Raphael und seine Mutter ein besseres Produkt erfinden konnten.

Gia drehte sich um und zog die Achseln hoch. "Frag' Raphael. Alles, was ich weiß, ist dass er mit Bellissima schon ein Vermögen in Europa gemacht hat."

"Wie heißt seine Firma?" Kat hatte vor, alles was möglich war über Raphael ans Tageslicht zu bringen. Da Gia alle Bedenken in den Wind geschlagen hatte, musste sie auf ihre Freundin aufpassen.

"Ich weiß nicht, irgendein italienischer Name. Deine Paranoia wegen all dem ist absolut lächerlich."

"Du bist italienisch und kannst dich trotzdem nicht an einen italienischen Namen erinnern?" Wenn Raphaels Firma so erfolgreich war, warum brauchte er Gias Geld überhaupt? Warum ist er nicht zur Bank gegangen? Kat zögerte. Gia würde ärgerlich sein, egal was sie sagte, also könnte sie auch fragen. "Hast du seine Behauptungen überprüft, um sicherzugehen, dass sie wahr sind?"

"Du denkst, er hat über all das gelogen? Warum sollte er das tun?" Gias Gesicht wurde rot vor Ärger. "Wirklich, Kat. Du bist unglaublich."

"Ich sage das gar nicht. Es ist nur gut, Dinge zu überprüfen."

"Unsere Beziehung basiert auf Vertrauen. Warum würde ich fragen, wenn der Beweis genau hier ist." Gia winkte mit dem Arm. "Der Typ hat diese Jacht, Mensch. Er ist echt."

"Wie findet er die Zeit, auf seiner Jacht herumzusegeln? Muss er nicht sein Geschäft führen?"

"Es heißt delegieren, Kat. Das ist, was reiche Leute tun. Ihre Lakaien machen die Arbeit." Gia warf ihr Haar in einer übertriebenen Geste nach hinten. "Ihre Lakaien und ihr Kapital. Du solltest es mal versuchen."

Ihr Gespräch war völlig aus den Bahnen geraten. Auf der einen Seite wünschte Kat, das sie nie nach Raphael und seiner Firma gefragt hätte. Auf der anderen Seite steckte Gia zu tief drin. Sie musste dagegenhalten, ob sie wollte oder nicht. "Du hast nie gesagt, wo du ihn getroffen hast."

"Das ist der beste Teil. Er ist einfach in meinen Salon gegangen.

Er sagte, dass er genau aussah, wie der Salon seiner Mama zu Hause. Ist das nicht ein Zufall?"

Kat glaubte eher an Verurteilte als an Zufälle. "Das ist interessant."

"Es ist mehr als interessant. Mein ganzes Leben hat sich in weniger als einer Woche verändert."

"Du bist dramatisch. Du bist nur in ihn verknallt."

Gia schüttelte den Kopf. "Nein, es ist so viel mehr als das. Ich habe meinen Seelenverwandten getroffen, Kat. Er ist der Mann, mit dem ich den Rest meines Lebens verbringen werde."

Bevor Gia ein weiteres Wort sagen konnte, erschien Raphael an ihrer Seite. Er legte besitzergreifend seinen Arm um ihre Schultern. "Alles gut, Bellissima?"

"È perfetto." Gia strahlte zu ihm hoch.

Er beugte sich hinüber und küsste ihre Stirn. Er drehte sich um und ging wieder zu Jace und Harry. Sie motorten durch den Burrard Zufluss auf dem Weg hinaus aufs Meer.

Gia strahlte. "Nicht nur ist er der Mann meiner Träume, er ist sogar italienisch!"

"Er hat keinen Akzent. Er hört sich genau an wie einer von uns."

Gia schüttelte langsam den Kopf. "Natürlich hat er keinen Akzent. Er ist auf ein internationales Internat gegangen. Er kann auch sieben Sprachen fließend sprechen."

"Oh. Das hört sich an, als ob er in Allem gut ist." Eher ein guter Schauspieler, aber warum hatte er Gia zum Üben ausgewählt?

"Sei nicht eifersüchtig, Kat. Lass uns nicht wieder zurück zur Grundschule gehen." Gia schien zufrieden mit Kats Reaktion zu sein.

Raphael sah kurz zu ihnen hinüber, bevor er sich wieder den anderen Männer zuwand.

"Wieviel hast du investiert, Gia?"

Schweigen.

"Gia, hast du darüber nachgedacht, was du machst? Du hast den Typen gerade erst getroffen und er hat dich um Geld gebeten?"

"Ich bin eine erwachsene Frau, Kat. Ich kann selbstständig denken."

In diesem Moment, hielt Raphael mit dem, was er sagte inne und alle drei Männer sahen hinüber. Ein paar Sekunden später kehrten sie zu ihrem Gespräch zurück.

Kat senkte die Stimme. "Ich mache mir nur Sorgen, dass du es nicht durchdacht hast, Gia."

Harry stand vom Tisch auf und Kat hörte, wie er Jace und Raphael sagte, dass er auf die Brücke gehen würde, um sich die Navigation anzusehen. Das gab ihr eine Idee für später. Raphaels Crew war vielleicht weniger abgeneigt, über ihren Boss zu sprechen oder wenigstens die Fahrten der Jacht. Sie könnte wenigstens seine Behauptungen über die Fahrt von Italien überprüfen. Ein zwangloses Gespräch sollte keinen Verdacht erregen.

"Er hat nicht gefragt, Kat. Ich habe es angeboten."

Kat hob die Augenbrauen.

"Okay, ich habe ihn praktisch angeflegt, mich hinzuzunehmen." Gia strich eine lose Haarsträhne hinter ihr Ohr. "Er wollte nicht, aber ich habe darauf bestanden. Es ist eine Investition in meine Zukunft. Unsere Zukunft."

Kat wurde schlecht. Ein wachsendes Gefühl von Angst sagte ihr, dass was auch immer Raphael vor hatte, es war nichts Gutes. Gia war zu verknallt, um es zu sehen.

Raphael und Jace kamen zu ihnen und Kats Hoffnung auf ein weiteres Gespräch mit Gia schwand. Raphael hatte ein ausdruckslose Miene, aber Jace schien verärgert. Wahrscheinlich hatte er Teile ihres Gesprächs mit Gia überhört.

Raphael zog seinen Stuhl neben Gias und legte seinen Arm auf den Rücken ihres Stuhl. "So ein schöner Tag, um auf dem Wasser zu sein."

"Das übertrifft einen Charterflug jederzeit. Ich kann gar nicht sagen, wie dankbar ich Ihnen bin." Jace stellte sein Bier auf den Tisch und lehnte sich zurück in seinem Stuhl. Er drehte sich zu Raphael. "Ich würde auch gern einen Artikel über Sie schreiben, wenn Sie interessiert sind."

Raphael lachte. "Sind Sie sicher? Ich langweile nur alle."

"Auf keinen Fall. Die Leute sind fasziniert von Erfolg. Von Ihrem besonders. Sie sind noch nicht einmal vierzig und leben den Traum. Lust, das Geheimnis zu verraten?"

Perfekt, dachte Kat. Sie würde einfach aufnehmen, was auch immer Raphael Jace sagte und dann die Fakten später prüfen.

"Kein Geheimnis. Man muss nur wissen, in was zu investieren und seinem Instinkt folgen," sagte Raphael. "Das Timing ist alles."

"Was sagt Ihr Instinkt Ihnen jetzt?" Er würde kaum Details haben, weil es keine gab.

Raphael lächelte. "Ich habe gerade eine unglaubliche Option. Ich würde davon erzählen, aber es ist zu früh."

Gia zupfte ihn am Arm. "Kat und Jace sind meine engsten Freunde. Sie sind wie Familie. Du kannst es ihnen sagen. Sie werden es keiner Menschenseele erzählen."

Sie blickte zu Kat hinüber, im Sinne von 'Habe ich es dir nicht gesagt?'"

"Ich weiß nicht, Gia." Raphael wandte sich zu Kat und Jace. "Ich will es Ihnen erzählen, aber ich bin an eine Verschwiegenheitsvereinbarung gebunden."

"Sie können ein Geheimnis bewahren. Sag es ihnen, Schatz." Gia kicherte. "Ich habe Kat schon ein bisschen verraten. Ich will sie auch mit dazu holen, damit sie große Profite machen kann wie ich."

"Na gut, warum nicht," sagte Raphael. "Ich mache eine Ausnahme. Ich riskiere aber etwas hier. Verraten Sie ein Wort und ich muss sie umbringen und über Bord werfen."

Jace lachte. "Ich verspreche, wir können ein Geheimnis bewahren."

Raphael lehnte sich hinüber und küsste Gia auf die Stirn. "Erzähle du es ihnen, mein Schatz."

Gia rückte näher mit ihrem Stuhl und lehnte sich vor. Sie flüsterte. "Raphaels neues Haarprodukt ist einfach erstaunlich. Es ist ein patentiertes Haarglättungsprodukt mit dem Namen Bellissima und es ist die beste Erfindung seit Shampoo."

"Warum flüsterst du?" fragte Jace. "Wer könnte hier draußen schon zuhören?"

"Man kann nicht vorsichtig genug sein." Gia sah über ihre

Schulter in Richtung Schiffsmitte. "Bellissima ist revolutionär. Es ist, als ob man eine Dauerwelle bekommt, nur anders herum. Du trägst es auf lockiges Haar auf und es glättet es. Für immer."

Gia hörte sich an wie eine Werbesendung, als sie wiederholte, was sie Kat schon erzählt hatte.

Gia legte ihre Hand auf ihre Brust. "Ich bin die alleinige Lieferantin für Nordamerika. Jeder Salon muss es von mir kaufen. Es wird gleich nach den Oscars auf den Markt kommen. Wir haben einen Werbedeal mit einigen A-Liste Stars und wir werden Saloncoupons in den Oscartaschen haben. Raphael hat an alles gedacht!"

Die Oscars waren nicht bis Februar und es war erst August. Raphael könnte dann schon lange weg sein. Warum hatte Gia investiert, ohne das Produkt auszuprobieren? Sie war doch eine Friseurin. Ein Haarprodukt gehörte zu ihrem Fachgebiet.

"Was macht Raphaels Produkt so besonders im Vergleich zu anderen?" fragte Jace.

Gia zog auf einmal an einer von Kats Haarsträhnen.

"Aua!" Kats Hand schnellte zu ihrem Hinterkopf. Gia war ärgerlicher, als sie gedacht hatte. "Du hast mir gerade Haare ausgerissen!"

Gia lockerte ihren Griff und glättete Kats Haar. "Diese Krause wäre mit nur einer Anwendung und einmal Föhnen weg."

"Was für eine Krause?" Kat schob genervt Gias Hand weg. Sie hatte an diesem Morgen ihr Haar kurz mit dem Glätteisen geglättet und gedacht, dass es ziemlich gut aussah. Es war nicht mal feucht draußen. Wie konnte ihr Haar also kraus sein? Oder vielleicht rächte sich Gia für ihre vorherigen Bemerkungen über Raphael.

Jace und Raphael schalteten ab, sobald das Gespräch auf Haare kam. Die Männer standen vom Tisch auf. Jace sah Kat an und runzelte die Stirn, drehte sich dann um und folgte Raphael zur Reling.

Gia seufzte. "Sei nicht so sensibel. Du kannst nichts für das Haar, mit dem du geboren bist. Aber du kannst es ändern. Bellissima verwandelt Krause und Locken in geschmeidiges, glattes Haar."

"Du hast in ein Produkt investiert, das du noch nicht mal ausprobiert hast? Was für Beweise hast du, dass es tatsächlich funktioniert?"

"Mensch, Kat. Denkst du wirklich, ich bin so dumm?" Sie schüttelte den Kopf. "Ich werde das Produkt nächste Woche sehen, wenn ich mit Raphael nach Italien fliege. Wir können es jetzt nicht benutzen und dabei riskieren, dass es in die falschen Hände fällt, bevor das nordamerikanische Patent registriert worden ist. Es ist genau wie die Coke™® Formel. Mein Leben könnte in Gefahr sein, wenn ich das Geheimrezept kennen würde. Ich könnte gekidnappt werden oder so was."

"Du meinst wie Wirtschaftsspionage? Das ist lächerlich!"

Das Produkt gab es schon in Europa zu kaufen, also gab es kein zusätzliches Risiko. Irgendwas stimmte hier nicht.

"Mach dich ruhig über mich lustig, aber Bellissima bedeutet eine Spielwende. Die anderen Produkte funktionieren zur zeitweise. Bellissima ist für immer."

"Ist das nicht etwas Negatives?" fragte Kat.

Gia runzelte die Stirn? "Warum?"

"Keine Chance auf Stammkunden. Eine einmalige Anwendung vom Bellissima Haarglättungsprodukt bedeutet null Stammkunden. Nie wieder irgendwelche anderen Produkte oder Glättungsanwendungen. Dafür müsstest du ein Vermögen verlangen."

Gia winkte ab, aber sie hatte einen Nerv getroffen. "Sprich mit Raphael. Es hat in Europa funktioniert, also wird es hier auch funktionieren. Wenn es erst in den Geschenktüten der Oscar Awards in Hollywood ist und die Stars es benutzen, wird es jeder haben wollen. Wir werden ein Riesengeschäft machen!"

"Ich bin überrascht, dass du dein Geld investiert hast, ohne mehr Details zu wissen, Gia." Kat verlagerte ihr Gewicht auf dem Stuhl.

"Ich weiß genug, Kat. Als eine Stylistin weiß ich einfach, dass das Produkt riesig sein wird. Und Raphael hat mich nicht mal gefragt, ob ich mitmachen will. Ich habe ihn überzeugen müssen, mein Geld überhaupt zu nehmen."

"Stimmt das?" Raphael schien, wie alle Betrüger, gut in Psychologie zu sein.

"Ja, das stimmt." Gia schniefte. "Jetzt wünschte ich, dass ich dir nie davon erzählt hätte. Hier biete ich dir die Chance, auch ein

Vermögen zu machen, aber alles was du tust, ist zu kritisieren. Musst du mich auf jedem Schritt bekämpfen?"

"Ich danke dir auch dafür, aber du hast mir gar nichts über das Produkt erzählt. "Kat verlagerte ihr Gewicht. "Ich dachte, diese Glättungsprodukte wären verboten. Beinhalten die nicht Formaldehyd oder etwas Gefährliches?

Gia schüttelte den Kopf. "Das ist ja das Revolutionäre an Bellissima. Es ist vollkommen natürlich."

"Wie kann es denn patentiert werden, wenn es vollkommen natürlich ist?"

"Alles kann patentiert werden. Menschliche Gene, Maissorten, was auch immer."

Die fröhliche Stimmung hatte sich in Luft aufgelöst. "Ich würde trotzdem noch mehr Details haben wollen, bevor ich Geld hineinstecke. Wenn es komplett natürlich ist, warum hat es bis jetzt noch niemand entdeckt?"

"Raphael kann dir alle Details geben. Dann kannst du nach Herzenslust über den Zahlen sitzen."

Kat zweifelte ernsthaft daran, dass Raphael so mitteilsam sein würde. Ihr Wochenendausflug entwickelte sich schnell zu einem neuen Fall, allerdings ein sehr persönlicher.

# 5

The *Financier* motorte durch den Active Pass und dann Richtung Norden durch die Juan de Fuca Strait. Eine steife Brise kühlte die Meerluft, eine willkommene Befreiung von der drückenden Sommerhitze in Vancouver. Harry und Gia spielten unter Deck in der klimatisierten Kombüse Karten, während Jace und Raphael an Deck saßen und über das Segeln sprachen.

Kat saß allein etwas weiter weg auf einem Deckstuhl. Sie war außer Hörweite, aber konnte sich nicht konzentrieren, da sie wusste, dass Gia in Schwierigkeiten steckte. Sie las die gleiche Seite ihres Krimis wieder und wieder, konnte aber die Geschichte nicht aufnehmen. Sie konnte nicht aufhören, an Gia und Raphael zu denken. Trotz Gias Behauptungen, sagte ihr Instinkt ihr, dass ihre Freundin kurz davor war, einen schlimmen Fehler zu machen.

Mit ein paar generellen Fragen hatte sie Jace und Gia verärgert, aber das waren Fragen gewesen, die gefragt werden mussten. Jemand musste es tun und sie konnte sich nicht einfach zurück setzen und zusehen, wie ihre Freundin ausgenutzt wurde. Es war schwer genug, Raphael gegenüber höflich zu bleiben.

Wenn sie auch keinen Beweis hatte, dass er nicht der war, für den er sich ausgab, vertraute sie immer ihrem Instinkt. Der Mann verschwieg etwas und sie würde nicht aufhören, bis sie sein Geheimnis aufgedeckt hatte.

Ein Ortswechsel war genau das, was sie brauchte, um eine Strategie zu entwickeln. Sie stand auf und ging langsam auf dem Deck umher, um sich die Beine zu vertreten. Es gab Wege, sich Raphael genauer anzusehen, ohne Gia weiter zu verärgern. Wenn sie keine Leichen in seinem Keller fand – um so besser. Aber wenn sie eine fand, würde Gia wenigstens die Fakten kennen.

Ein paar Minuten später stand Kat allein auf der gegenüberliegenden Seite des Schiffes. Durch den Abstand zu Raphael vergaß sie ihn fast. Sie lehnte sich gegen die Reling und atmete die salzige Seeluft ein. Irgendetwas am Meer vertrieb immer ihre Sorgen.

Sie erschrak, als etwas spritzte und die Wasseroberfläche durchbrach. Es war eine Herde von Killerwalen hundert Fuß entfernt. Sie schossen durchs Wasser und sprühten feinen Wasserstaub, während sie einander verspielt umkreisten, sie und das Schiff gar nicht wahrnahmen.

Die Wale tobten herum und schossen höher und höher aus dem Wasser. Kreisförmige Wellen weiteten sich aus, während sie spielten. Sie waren wunderschön, so sorglos und wild.

Sie überlegte, ob sie die anderen rufen sollte, aber entschied sich dagegen. Die Wale würden bald wieder verschwunden sein. Sie würde sie einfach genießen, bevor der Bann brach. Es war schön, eine Zeitlang mit seinen Gedanken allein zu sein.

Sie wollte auch nicht noch eine Auseinandersetzung mit Gia riskieren. Sie kannten sich schon so lang, dass sie fast schon die Gedanken der Anderen lesen konnte. Ein bisschen Abstand gab ihnen die Möglichkeit, sich zu beruhigen.

Die Wale verschwanden aus ihrem Blickwinkel, als die Jacht an ihnen vorbei motorte. *The Financier* hatte die Juan de Fuca Strait durchquert und würde innerhalb einer Stunde auf De Courcy ankommen.

Ihre Zeit allein gab ihr auch die Möglichkeit, allein an ein paar Informationen zu kommen. Sie ging ihre Runden auf dem Deck als eine List, auf jemanden von der Crew zu treffen, ohne dass Raphael oder die anderen es bemerkten.

Ein zwangloses Gespräch mit den Mitgliedern der Crew könnte ein Weg sein, weitere Informationen über Raphaels Hintergrund herauszufinden. Für den Anfang könnte sie herausbekommen, wie und wann er seine Jacht bekommen hatte. Eine sich unschuldig anhörenden Frage, die seine Behauptungen entweder bestätigen oder anzweifeln und vielleicht sogar weitere Informationen zu seinem Hintergrund liefern könnte. Gias Informationen waren zu dürftig, um zu beurteilen, worauf sie sich eingelassen hatte. Ihre verknallte Freundin hatte anscheinend nicht das Bedürfnis, mehr herauszufinden.

Zehn Runden später hatte Kat nicht eine Menschenseele gesehen. Wo auch immer die Crew war, sie war nicht an Deck. Alles womit sie aufwarten konnte, war verschwitzte Kleidung und eine trockene Kehle. Sie seufzte und machte sie auf den Weg zur Treppe und dem Komfort ihrer klimatisierten Kajüte.

"Ahhh!" Sie ging um die Ecke und rannte direkt in einen drahtigen, blonden Mann. Er war unrasiert und trug ausgefranzte Shorts und ein fleckiges Tshirt. Er sah eher aus wie ein Drogenabhängiger, als ein Mitglied der Crew. Auf jeden Fall fehl am Platz auf der luxuriösen *Financier*. Er roch auch so, als hätte er sich eine Woche lang nicht gewaschen. Ebenso schien er darauf bedacht, ihr auszuweichen. Ein beachtliches Unterfangen, waren sie doch gerade ineinander gelaufen.

"Tut mir leid." Er blickte schnell weg und trat zur Seite.

"Warten Sie einen Moment – Sie gehören zur Crew, nicht wahr?" Während sie erwartet hatte, dass Raphaels Crew Uniformen trug, dachte sie wenigstens, dass sie respektabel aussehen würden. Und ihr in die Augen schauen würden. Dieser Typ tat beides nicht, was ihr ein unbehagliches Gefühl gab.

"Ja." Er trat zurück und wandte sich zum Gehen.

"Muss faszinierend sein, an Bord eines supermodernen Schiffs wie diesem hier zu arbeiten." *The Financier* hatte alles: die neueste Navigationstechnik, sowie führende Elektronik in den Kabinen. Sie sah hoch zu der kleinen Kamera, die über ihnen angebracht war. Natürlich hatte eine Jacht dieser Größe ein Überwachungssystem.

Er zuckte die Achseln. "Es ist ein Job."

Eine seltsame Antwort. Sie hätte gewettet, dass die meisten Matrosen sich umgebracht hätten, um auf einem solchen luxuriösen Hi-Tech- Schiff zu arbeiten. "Sie haben gar keinen italienischen Akzent. Sind Sie gerade erst eingestellt worden?" Er sah auch nicht italienisch aus. Von seiner Kleidung nach zu schließen und seinem Englisch ohne Akzent, könnte er sogar aus der Umgebung stamen.

Er wurde rot. "Ich muss gehen."

"Muss nett sein, um die ganze Welt zu segeln." Kat blockierte seinen Weg und lächelte. Ihr Bemühen, ein Gespräch anzuregen war erfolgreich.

"Davon weiß ich nichts." Er drehte den Kopf, als ob er sich nach jemandem umsah. "Ich habe erst vor ein paar Wochen angefangen."

"Sie segeln also noch nicht lang mit Raphael?"

"Nicht wirklich." Er sah einen Moment lang verwirrt aus. "Wie ich gesagt habe, ich bin gerade erst eingestellt worden." Er drehte sich, um zu gehen.

Von Italien aus herzusegeln bedeutete eine Menge offenes Meer und wenig Häfen, um eine neue Crew anzuheuern. "Von woher sind Sie der Crew beigetreten?"

Der Mann ignorierte sie. Er tat so, als ob er das Geländer inspizierte, während er zurücktrat.

"Warten Sie – wie ist Ihr Name?"

Er hielt inne, schien verunsichert. "Pete".

"Schön, Sie kennenzulernen, Pete. Ich bin Kat." Sie hielt die Hand hin.

Nach einem unbehaglichen Moment trat Pete nach vorn, um ihre Hand zu schütteln. "Ich muss jetzt wirklich gehen. Sollte nicht rumstehen. Ich habe zu arbeiten."

"Sie bringen uns also nach De Courcy Island?" Obwohl sie ihr ganzes Leben in Vancouver verbracht hatte, hatte sie noch nie von De Courcy Island gehört, bis Jace es erwähnt hatte. Nicht überraschend, wenn man an den begrenzten Zugang zur Insel per Privatboot oder

Flugzeug dachte. Es gab nur ein paar Dutzend Häuser dort und keine anderen Gebäude. Lebensmittel und Vorräte mussten per Boot auf die Insel gebracht werden.

Er schmunzelte leicht. "Das stimmt."

"Kennen Sie die Legende über Brother XII und die Aquarian Foundation?"

"Das ist der Kult, stimmt's?" Pete trat nach einem eingebildeten Stein bei seinen Füßen auf dem makelosen Deck.

Kat nickte. "Es gibt auch Gerüchte über Sklavenarbeit. Die Leute wurden hereingelegt und dazu gebracht, ihr Geld auszuhändigen, sobald sie die Insel erreicht hatten. Sie haben Ehemänner und Ehefrauen voneinander getrennt und sie dazu gezwungen, stundenlang zu arbeiten."

"Einiges davon ist wahrscheinlich übertrieben." Petes Gesicht verdunkelte sich. "Über die Jahre habe ich von Schwarzer Magie gehört, Okkultismus und so weiter. Meist erfundene Geschichten."

Worte, die man auch leicht auf Raphael anwenden konnte, dachte sie. Pete kannte die Geschichte. Er musste aus der Umgebung stammen.

"Schwer, das genau wissen," stimmte Kat zu. "Ich bin sicher, dass die Geschichte über die Jahre ausgeschmückt worden ist." Sie musste daran denken, Jace zu fragen.

"Sicherlich."

"Dieser Brother XII Typ – ich habe gehört, dass er jedem das Geld abgenommen hat, sobald sie angekommen waren. So als ob es Gemeingut war oder so," sagte Kat. "Bis auf die Tatsache, dass er das Geld für sich genommen hat. Die Aquarian Foundation bezahlte das Grundstück, aber all die Eintragungen ins Grundbuch waren auf seinen Namen."

Pete lächelte. "Das ist, was sie behaupten. Es gibt auch ein Gerücht von einem verborgenen Schatz irgendwo auf der Insel. Schatzsucher haben über die Jahre danach gesucht, sind aber immer mit leeren Händen zurückgekommen. Gefäße voller Gold sollen unter dem Boden vergraben sein, obwohl niemand jemals etwas gefunden hat."

"Das hört sich faszinierend an. Ich würde gern mehr wissen."

Kat konnte es nicht erwarten, die Insel zu erkunden. Sie wollte den mysteriösen Brother XII selbst ein wenig erforschen. Aber jetzt blieb ihr Fokus auf Raphael. Jetzt, da sie das Eis mit Pete gebrochen hatte, würde er sich ihr gegenüber vielleicht öffnen und ihr verraten, wie er überhaupt auf Raphaels Jacht gekommen war. Das könnte ihr einen Anfangspunkt geben, um Raphael selbst zu untersuchen. Gia vertraute ihm, aber sie tat es nicht.

"Bis später." Er nickte und verschwand um die Ecke.

Sie verbrachte die nächsten paar Minuten damit, den Horizont abzusuchen. Sie waren von Inseln umgeben, obwohl sie keine von ihnen identifizieren konnte. Sie fragte sich, warum Brother XII diesen Ort für seinen Kult ausgewählt hatte. Er war nicht leicht zu erreichen. Natürlich war es dadurch auch schwieriger, von dort wegzukommen.

Sie brachte ihre Gedanken wieder zu Pete und fragte sich, wie er und Raphael sich überhaupt getroffen hatten. Wahrscheinlich an einem der hiesigen Häfen, aber warum hatte Raphael eine hiesige Crew für seine italiensche Jacht angeheuert? Die Crew reiste normalerweise auf dem Schiff, egal wohin es fuhr.

Vielleicht hatte einer der italienischen Besatzung gekündigt oder war gefeuert worden. Aber das schien unwahrscheinlich im Ausland so weit weg von zu Hause. Der gammelig aussehende Pete schien wie eine letzte Option für eine Mannschaft, besonders für einen Milliadär. Milliadäre überprüften und durchleuchteten ihre Beschäftigten normalerweise, besonders solche, die auf ihrer Jacht lebten. Wenigstens sahen sie professionell aus. Pete passte daher überhaupt nicht.

Abgesehen von Raphaels bunt zusammengewürfelter provisorischer Crew und seinen Sicherheitskameras, gab es keine andere Sicherheit an Bord. Sie hatte wenigstens einen Bodyguard erwartet. Wenige Milliadäre verhielten sich so angreifbar und ungeschützt auf der nicht bewachten See.

Vielleicht hielt Pete einen Teil des Puzzles in der Hand, um Raphaels wahre Absichten zu aufzudecken. Wenn sie ihn nur zum Reden bringen könnte.

Sie drehte sich zum Gehen um und wäre fast mit Harry zusammengestoßen. Die Ecke war anscheinend anfällig für Unfälle. Raphael sollte wirklich einen Spiegel oder so etwas installieren.

Pete erschien plötzlich wieder hinter ihm.

Harry zeigte nach Steuerbord. "Land ahoy!"

Pete folgte ihm und brach in Gelächter aus. "Das habe ich schon lange nicht gehört."

"Sie haben den besten Job auf der Welt," sagte Harry. "Den zweitbesten, verglichen mit ihrem Boss natürlich. Wie lange arbeiten Sie schon für Raphael?"

"Seit einigen Wochen," sagte Pete. "Ich bin bis Ende des Monats hier, wie die anderen Typen."

Kat hatte nicht mal erwogen, dass Pete vielleicht nur zeitweise hier arbeitete. Selbst wenn Raphaels Jacht im Hafen lag, konnte er sie nicht ganz ohne Mannschaft lassen, besonders da sie sein Heim war.

Was passierte am Monatsende, das Raphael dazu brachte, seine Crew gehen zu lassen? Sie wollte es fast nicht wissen.

Überlass' es Harry. Innerhalb von einer Minute hatte er die Informationen, so ganz ohne Herumzuschnüffeln. Die gesamte Crew war neu, was bestätigte, dass Raphael wahrscheinlich gelogen hatte, als er sagte, dass er von Italien aus losgesegelt war. Er brauchte mit Sicherheit eine gesamte Crew-Ergänzung für mehr als ein paar Wochen, wenn er plante, nach Italien zurückzukehren.

Raphael würde sicher nicht viel zugeben, aber sie plante, mehr aus Pete herauszubekommen.

Vielleicht gehörte das Boot Raphael nicht mal. Er hätte es leicht chartern können. Diese Theorie machte Sinn, wenn die Crew am Ende des Monats gehen würde.

Aber wenn Pete am Ende des Monats weg sein würde, war es Raphael wahrscheinlich auch. Das bedeutete, dass die Nullstunde in weniger als zwei Wochen sein würde. Natürlich zog sie voreilige Schlüsse, weil sie keinen Beweis für irgendein Fehlverhalten hatte. Nur einen

Verdacht.

Wenn Raphael schon Gias Geld hatte, könnte er jederzeit verschwinden. Es sei denn, er wollte mehr Geld. Sie hatte keine

Ahnung, wieviel Gia schon investiert hatte, aber man brauchte nur für das tägliche Unterhalten der Jacht ein kleines Vermögen. Selbst wenn Gia alles, was sie hatte investiert hatte, würde es kaum Raphaels Ausgaben abdecken. Er schmiedete wahrscheinlich Pläne, um an mehr Geld zu kommen. Entweder das, oder sie hatte sich komplett getäuscht in dem Mann. Raphael konnte komplett legitim sein wie Gia behauptete.

Pete öffnete einen Staukasten und nahm Rettungswesten heraus.

"Lassen Sie mich Ihnen helfen." Harry packte mit an und die beiden Männer stapelten die

Rettungswesten an Deck neben den Staukasten.

"Was machen Sie, wenn Sie fertig sind?" fragte Harry.

"Keine Ahnung. Ich denke, ich suche mir einen anderen Job."

"Auf einem Boot?"

Pete seufzte. "Das wäre schön, aber es ist Moment ziemlich schwer, Arbeit zu finden. Dies hier ergab sich in der letzten Minute."

Kat spitzte die Ohren. Ein Mangel an Arbeit bedeutete einen harten Wettbewerb um die wenigen Jobs, die es gab und Pete sah kaum aus wie ein Kandidat der obersten Liga. "Wie haben Sie von diesem Job erfahren?"

Pete runzelte die Stirn. "Ich habe davon gehört."

Ihre Frage hatte ihn argwöhnisch gemacht. Harry war viel besser bei zwanglosen Fragen als sie.

Wahrscheinlich weil er nicht schon von Anfang an nach Antworten fischte wie sie. "Woher? Jemand, den Sie kannten?"

Pete zeigte mit seinem Arm. "Wir sind fast bei der Insel. Sie holen besser Ihre Sachen und machen sich bereit."

Kat warf einen heimlichen Blick zu Harry in der Hoffnung, dass er mit ihren Fragen weitermachte.

Er zögerte nicht. "Ist das die schönste Jacht, auf der Sie gearbeitet haben?"

Pete nickte. "Es ist die einzige, auf der ich gearbeitet habe. Das war es wert, um einfach wieder hierher zurückzukommen."

"Zurück von woher?" fragte Harry. "Waren Sie irgendwo?"

"Muss wieder an die Arbeit." Pete lief Harry fast über den Haufen in seiner Hast fortzukommen.

"Dieses Schiff legt sich nicht selbst an."

Als Pete um die Ecke verschwand, wunderte sich Kat über seinen Kommentar. Pete hatte angedeutet, dass er von hier war. Und anders als Raphael schien ihm De Courcy Island bekannt zu sein. Woher genau zurück? Sie hatte vor, es herauszufinden.

# 6

K at trat in ihre Kabine und hoffte auf eine kalte, erfrischende Dusche.

Jace war bereits da. Er steckte Kleidung in seinen Rucksack auf dem Bett.

"Gehst du irgendwo hin?"

"Raphael und ich erkunden die Insel. Wir schauen, was noch übrig ist von der alten Brother XII Siedlung."

"Ich gehe duschen, ziehe mich um und hole meine Sachen." Sie löste ihren Pferdeschwanz und wühlte in ihrer Tasche nach frischer Wäsche.

Stille.

Sie drehte sich um und blickte zu Jace.

Er spielte mit seinen Händen, während er auf dem Bett saß. Er starrte auf seine Wanderschuhe, anstatt sie anzusehen.

Kat schluckte, als ihr ein Knoten im Hals steckte. Hatte er geplant, ohne sie zu gehen? "Oh, ich verstehe. Ich bin wohl nicht mit eingeladen."

"Ich, äh, dachte, du hättest schon etwas mit Gia geplant. Oder vielleicht mit Harry." Jace schwang seine Tasche über die Schulter und stand auf. "Es gibt so viel an Bord zu tun. Oder vielleicht wollt ihr Muscheln sammeln oder so etwas."

"Aber wir wollten uns die Insel doch zusammen ansehen, Jace." Bevor du mich durch Raphael ersetzt hast, dachte sie. War sie eifersüchtig oder argwöhnisch? Es fühlte sich ein bisschen wie beides an.

"Ich dachte, es wäre effizienter so, besonders da ich zwei Geschichten in einer schreibe. Ich kann Raphael interviewen, während wir zur Brother XII Stelle gehen." Er wandte sich zur Tür. "Wir beide können sie uns später allein ansehen."

Kat runzelte die Stirn. "Ich sehe schon, wohin das führt. Du willst nicht, dass ich mitkomme."

"Sei nicht verrückt. Wenn du dich beeilst, kannst du mitkommen." Er ging zur Tür und drehte sich dann um. "Treff' uns an Deck."

Tränen traten ihr in die Augen. Jace wollte sie wirklich nicht hier. Er bestritt es, aber es gab keine Frage, dass er sie und Raphael lieber von einander entfernt halten wollte. Auf eine Art verstand sie seine Beschäftigung und Faszination mit Raphael. Er traf nicht jeden Tag einen

Milliardär, aber das war unerheblich. Ihre Wochenendreise hatte sich zu einer Gruppenreise entwickelt mit null Zeit für sie allein.

Sie vermied seinen Blick und starrte aus dem Bullauge. Sie liefen im Leerlauf vor dem Hafen. Es lagen dort nur zwei Boote, eine Jolle und ein heruntergekommener Fischkutter. Der Hafen schien sehr klein für *The Financier*.

Ihr Herz schlug schneller. "Neben deinem Auftrag, sollte das unser Wochenendtrip sein. Aber du verbringst deine Zeit lieber mit Raphael als mit mir. Ich verstehe. Ich bin kein protziger

Milliardär mit teuren Spielzeugen. Ich bin nur deine Freundin."

Vielleicht reagierte sie zu heftig, aber zu diesem Zeitpunkt war ihr das egal. Ein paar Stunden von diesem Wochenende und sie wollte einfach nur umdrehen und nach Hause gehen.

"Das habe ich nicht gemeint, Kat." Jace stand in der offenen Tür und verdrehte die Augen.

"Natürlich würde ich meine Zeit lieber mit Dir verbringen. Aber das ist eine Möglichkeit für eine große Story. Ich kann zwei Artikel an einem Tag bekommen. Du warst es doch, die vorgeschlagen hat, dass ich einen Artikel über ihn schreiben soll. Warum machst du dann so ein Aufhebens deswegen. Wenn ich über den Typen schreiben soll, muss ich zuerst mit ihm reden."

"Du musst aber nicht jede wache Minute mit ihm verbringen."

Jace warf die Hände in die Luft. "Wir sind erst seit ein paar Stunden an Bord. Wir haben immer noch das ganze Wochenende. Überhaupt ist er ein beschäftigter Typ und muss vielleicht irgendwo hin. Ich weiß nicht, wie lang er bleiben wird."

"Nicht lange, hoffe ich." Er würde nicht bleiben, sobald sie ihn entlarvt hatte. So viel war sicher.

"Du scheinst zu glauben, dass er ein Krimineller oder so etwas ist. Ich denke, du bist nur an meiner Geschichte interessiert, damit du die Fakten untersuchen kannst."

Stille.

"Ich habe Recht, oder?"

"Es würde nicht schaden, ein bisschen mehr über seinen Hintergrund zu erfahren. Einige seiner Behauptungen scheinen ein bisschen unglaublich. Du musst sie sowieso nachprüfen."

Harry ging an der offenen Tür vorbei und winkte. "Kommt ihr beiden nach oben?"

Jace schüttelte den Kopf.

Harry sah erst zu Jace und dann zu Kat. Sein Lächeln verschwand und er auch.

Jace drehte sich um und schloss die Tür hinter sich. Er setzte sich neben Kat auf das Bett.

"Warum streiten wir deswegen? Wir sollten Spass haben."

"Weil du lieber mit ihm zusammen sein willst, als mit mir." Es hörte sich dumm an, als sie es laut sagte, aber es war die Wahrheit.

"Nein, das will ich nicht." Er zog sie zu sich heran und küsste sie. "Ich möchte lieber, dass du mitkommst, aber ich mache mir Sorgen, dass du die Beherrschung verlierst wegen Raphael. Du kannst nichts sagen, was konfrontativ oder peinlich ist."

"Oh, jetzt bin ich also peinlich?" Tränen stachen in ihren Augen. Auf keinen Fall würde sie weinen. Sie drehte sich weg und atmete tief ein. Sie war berechtigt, ihre eigene Meinung zu Raphael zu haben. Konnte sie die nicht ausdrücken, ohne gemieden zu werden?

"Du weißt, was ich meine. Ich denke, du bist ein bisschen über-ängstlich wegen Gia, aber du must deinen Verdacht wirklich für dich behalten. Ihre Beziehung geht uns nichts an. Ich finde, dass er völlig legit ist, auch wenn du das nicht tust. Und überhaupt, er hat uns bis hierher gebracht. Wir sollten wenigstens höflich zu ihm sein."

Jace hatte vielleicht Recht. Wenigstens mit dem Teil, der damit zu tun hatte, dass sie ihren Verdacht für sich behalten sollte. Sie würde sich im Griff haben, aber sie würde sich nicht zurück halten, während er ihre Freundin bestahl. Mehr als zuvor musste sie Raphaels Hintergrund untersuchen. Sie würde einfach niemandem davon erzählen. Besonders nicht Jace.

# 7

Kat hätte sich nicht zu beeilen brauchen. Als sie fünfzehn Minuten später an Deck erschien, hatten sie noch immer nicht angelegt. *The Financier* war zu groß für den kleinen De Courcy Inselhafen, also mussten sie woanders hinfahren. Die Jacht ankerte stattdessen vor Pirate's Cove.

"Pete sagt, dass wir mit dem Beiboot zur Insel fahren." Onkel Harrys Augen verengten sich, während er sie betrachtete. "Du siehst aus, als ob du richtig schlechte Laune hast."

"Ich bin okay." Sie war es nicht und konnte es vor Harry nicht verbergen. Zum Glück hakte er nicht weiter nach.

"Wenn du das sagt, aber du siehst nicht glücklich aus. Ich schau' mal, was mit diesem Beiboot-Ding ist." Er lachte über seinen eigenen Witz und verschwand in Richtung Bug.

Sie atmete tief ein und aus. Jace hatte Recht. Wie schwer war es, einfach zu lächeln und Raphael's Gesellschaft ein paar Tage lang zu ertragen? Es war Wochenende und sie ankerten vor einer kaum bewohnten Insel.

Ehrlich gesagt war De Courcy Island ein idealer Ort. Er ermöglichte ihr Zeit, Raphael's Geheimnisse aufzudecken. Enge Räumlichkeiten auf einer Jacht waren perfekt, um ihn im Auge zu behalten.

Etwas, das in Vancouver unmöglich gewesen wäre. Sie war zuversichtlich, dass ihr jeder zuhören würde, wenn sie seinen wahren Charakter und seine Geheimnisse aufgedeckt hatte.

Harry kam in weniger als zehn Minuten zurück. "Ich wünschte, Raphael und Gia würden sich beeilen. Können wir nicht einfach ohne sie an Land gehen?"

"Sie sind sicher gleich da," sagte Kat. Gia hatte eineTelefonkonferenz mit Raphaels Investoren in Italien erwähnt, aber die sollte vor einer halben Stunde geendet haben.

"Ich will auch unbedingt an Land gehen, aber ich glaube, wir warten besser," sagte Jace. "Es ist schwer zu glauben, dass auf dieser kleinen Insel je eine Kommune existiert hat. So viele Leute haben hier gelebt und trotzdem sind sie zum großen Teil vergessen."

"Oder dass so viele Leute hereingelegt wurden und Brother XII all ihr Geld ausgehändigt haben," sagte Kat.

Jace warf Kat einen skeptischen Blick zu. "Der Typ hatte genug Charisma, um dem Papst eine neue Religion zu verkaufen. Er überzeugte mehr als 8000 Leute, ihm zu folgen, indem er sie mit seinen Geschichten von Mystik und Wiedergeburt verführte."

"Das passiert, wenn du sagst, dass die Welt zu Ende geht," sagte Harry. "Die Leute verlieren ihren gesunden Menschenverstand."

"Brother XII versprach einen Weg hinaus. Die Welt würde für die Massen enden, aber nicht für die wenigen zur Elite Gehörenden, die auserwählt wurden, der Aquarian Society beizutreten.

Jedem, der dem Kult beitrat, wurde ein besseres Ergebnis versprochen. Seine Anhängerschaft wuchs, während die Zeitungen Geschichten über seine Fähigkeit, die Zukunft vorherzusagen, verbreiteten."

"Leute glauben, was sie wollen," sagte Kat. "Sie denken, dass wenn sie ihren Glauben einer höheren Macht schenken, ist das Schicksal aus ihren Händen genommen. Auf diese Art können sie sich von jeder Schuld befreien."

Jace nickte. "Einige Leute wurden mehr als andere ausgenutzt. Neben den Verlegern, die Brother XIIs Botschaft teilten, überzeugte er Mary Connally, eine reiche Witwe aus Asheville, North Carolina, dass er das Geheimnis der himmlischen Hilfe und geistigen Erlösung kannte. Connally schickte ihm 2000 Dollar und sagte, dass sie noch mehr Geldmittel zur Verfügung hatte."

"Mann, dieser Typ wusste wirklich, wie man Leute hereinlegt." Harry schüttelte den Kopf.

"Warum hat sie ihm geglaubt?"

"Es war schwer, das nicht zu tun. Brother XII hat einen Zug nach Toronto genommen und hat sie persönlich getroffen. Aber im Zug hat er Mrs. Myrtle Baumgartner getroffen. Er hat sie davon überzeugt, dass sie die wiederauferstandene ägyptische Fruchtbarkeitsgöttin Isis ist."

"Ein neuer Schmarotzer wird jede Minute geboren," stichelte Onkel Harry.

Jace nickte. "Am Ende der dreitägigen Zugreise, hatte er sie auf davon überzeugt, dass sie dazu bestimmt sind, zusammen zu sein. Er war die Wiederauferstehung von Osiris, Ehemann der Isis."

"Obwohl sie schon verheiratet war." Kat runzelte die Stirn.

"Angeblich hatte er so einen Eindruck auf Myrtle gemacht, dass sie auf seine Rückkehr wartete.

Sie war so begeistert von ihm, dass sie, als er zurückkam letztlich ihren Ehemann und ihre Familie verließ, um der Aquarian Foundation beizutreten."

Onkel Harry schüttelte den Kopf. "Wie kann irgendjemand so etwas weit hergeholtes glauben?"

"Brother XII war sehr überzeugend, weil viele Leute auf seine Behauptungen hereinfielen.

Während er in Toronto war, bekam er fast 26.000 Dollar und einen Ergebenheitsschwur von Mary Connally. Das war damals viel Geld. Und vergiss' nicht – er war immer noch verheiratet.

Das hat aber das Fass zum Überlaufen gebracht. Seine Frau Alma hatte genug und verließ endlich ihren Mann. Weniger als eine Woche später brachte Brother XII Myrtle, um mit ihr zusammenzuleben."

"Unheimlicher Typ," sagte Harry. "Er war so gut darin, an das Geld anderer Leute heranzukommen, dass ich mich frage, ob es noch welches auf der Insel gibt."

Jace lehnte sich an die Reling. "Das bezweifle ich. Aber man weiß nie."

"Ich bin überrascht, dass die Leute nicht daraus lernen, sagte Onkel Harry. "War es nicht offensichtlich, dass sie über's Ohr gehauen wurden?"

"Die Leute merken es normalerweise erst, wenn es zu spät ist," sagte Kat. "Brother XII hat ihnen einfach das gesagt, was sie hören wollten. Sie wollten denken, dass sie nicht nur etwas Besonderes sind, sondern Teil von etwas Großem. Dass sie auf irgendeine Art mehr zählten, als andere Leute. Es stärkte ihr Ego und hat sie für die anderen Dinge blind gemacht. Es hat wunderbar funktioniert."

"Das hat es wirklich," stimmte Jace zu. "Brother XII behielt all ihr Geld für sich und hat sie alle wie Sklaven arbeiten lassen. Er trennte die Männer von den Frauen, Ehemänner von Ehefrauen und ließ sie sechzehn bis achtzehn Stunden am Tag mit nur wenigen Pausen arbeiten lassen."

"Man muss verrückt sein, das zu tun." Onkel Harry schüttelte den Kopf. "Auf so etwas würde ich nie herein fallen."

"Du würdest überrascht sein, Onkel Harry," sagte Kat. "Du bist auf einer Insel, vom Rest der Gesellschaft getrennt und von der Welt isoliert. Du hast kein Geld, kein Eigentum und keine Möglichkeit, von der Insel zu kommen. Du bist im Prinzip abhängig von der Person, die dir zu Essen gibt. Ironischerweise kauft die Person das Essen mit deinem Geld. Aber es ist nicht mehr dein Geld. Du hast die Kontrolle verloren über alles, was du besessen hast."

"Das ist es genau, was passiert ist," sagte Jace. "Brother XII behauptete, dass es nicht genug Plätze für jeden in der Kommune gab. Jeder musste an einer Prüfung teilnehmen, um zu sehen, wer es schafft. Nur die wenigen Auserwählten würden Zuflucht finden in der Stadt, die sie bauten."

"Und der Rest?" fragte Kat.

"Jeder, der außerhalb der Stadt blieb, würde sterben oder das war es jedenfalls, was sie dachten. Es war ihre einzige Überlebenschance, und daher waren sie bereit, alles zu tun, um die Auserwählten zu sein. Vielleicht war es verrückt, aber nach einigen Monaten oder

Jahren erschien ihnen alles normal. Da niemand auf die Insel kam oder sie verließ, hatten sie keine Beeinflussung von außen. Keiner stellte ihre Überzeugungen in Frage."

"Du hast gesagt, sie haben an einem Wettkampf teilgenommen," sagte Onkel Harry. "Wer gewann?"

"Niemand." Jace seufzte. "Jeder verlor etwas. Einige mehr als andere."

Möwen kreischten und durchschnitten die Stille über ihnen. Kat, Jace and Harry standen schweigsam da, während sie zu De Courcy Island sahen. So viele Tragödien und Kummer und doch war davon heute nicht mal eine Spur zu sehen.

"Ich würde die Augen auch vor der Wahrheit verschließen, nachdem ich so einen großen Fehler gemacht hätte," sagte Harry. "Solange man so tut als ob alles in Ordnung ist, stellst du dich nie der Wahrheit, dass du ein Idiot bist. Diese Leute haben all ihr hart erarbeitetes Geld aufgegeben und ihr eigenes Leben ruiniert. Brother XII half ihnen, aber es war überhaupt erst ihre eigene dumme Idee."

"Ja," stimmte Jace zu. "Hinterher ist man immer schlauer. Selbst dann will nicht jeder die Wahrheit sehen."

Kat blickte zur Tür. "Was machen Gia und Raphael überhaupt? Was für ein geschäftliches Treffen haben sie?"

Jace warf ihr einen warnenden Blick zu.

Sie sah auf ihre Uhr. Es war fast drei Uhr Ortszeit.

"In Italien ist es fast Mitternacht. Mit wem könnten sie denn überhaupt sprechen so spät an einem Freitag abend?"

"Billionäre haben keine normalen Bürostunden," sagte Jace.

"Aber ich hoffe auch, dass sie sich beeilen. Ich kann es nicht erwarten, die Insel zu betreten. Wisst ihr, einige Leute nennen sie eine Schatzinsel. Gerüchten zufolge versteckte Brother XII eine halbe Tonne Goldmünzen hier."

Schon wieder das Gold. Genau wie Pete gesagt hatte.

"Pete sagte, dass Brother XII die Goldmünzen in Einmachgläsern aufbewahrte."

Harry erzählte von Petes Bemerkungen. "Woher hat er all das Geld bekommen?"

"Die Spenden für die Aquarian Foundation wurden alle in bar gemacht," sagte Jace. "Brother XII tauschte alles in Gold um. Da er eine so verblüffende Fähigkeit hatte, reiche Mitglieder auszuwählen, belief sich all ihr irdisches Vermögen auf eine stattliche Summe. Wenigstens einer seiner Anhänger war ein Millionär. Daher kam das Geld schnell zusammen."

"Warum bringt man es nicht einfach zur Bank?" Harry kratzte nachdenklich sein Kinn. "Das wäre viel leichter, nicht war?"

"Leicht vielleicht, aber die Banktransaktionen hinterlassen eine Papierspur. Gold tut das nicht. Anders als das Geld in der Bank, war es nicht zurückverfolgbar und es gab keine Transaktionsaufzeichnungen. Es war ziemlich geschickt von ihm. Er konnte das Geld ausgeben, ohne das jemand etwas wusste. Es gab auch keinen Beweis für die Zahlung der Spendengeber.

So konnten sie nicht beweisen, dass sie ihm überhaupt etwas gezahlt hatten, falls Probleme auftauchen sollten. Natürlich war es von vornherein sein Plan gewesen, das Geld für sich zu nehmen."

"Das ist verrückt," sagte Kat. "Sie hätten es besser wissen sollen. Sie waren wohlhabend. Was haben ihre Finanzberater dazu gesagt?"

"Sie konnten nicht davon abgehalten werden, egal, was ihre Finanzberater ihnen gesagt haben.

Sie waren verzaubert von Brother XIIs Behauptungen, dass er ihre Zukunft vorsehen kann.

Im nachhinein, natürlich, haben sie es bereut, als die weiße Magie zu schwarzer Magie wurde.

Sie haben ihm all ihr Geld gegeben, weil sie alles geglaubt haben, was er ihnen gesagt hat. Er hat sie ermutigt zu kommen und sich auf der Insel niederzulassen. Sie haben Häuser gebaut und alles investiert, was sie hatten, um das Land dort zu kaufen. Doch sie haben nie eine Grundstücksurkunde bekommen. Stattdessen hat Brother XII die Urkunden erhalten. Er behauptete, es war ein Gemeinschaftsprojekt, daher würde es kein persönliches Eigentum geben."

"Warum haben seine Anhänger nichts gelernt?" fragte Onkel Harry. "Es musste doch irgendwann deutlich geworden sein."

"Nicht wirklich. Niemand wusste, wo das Gold überhaupt aufbewahrt wurde. Soweit sie wussten, blieb es das Eigentum der Aquarian Foundation und war immer noch versteckt und unversehrt."

"Aber wenn er ihr Geld genommen und ihnen nichts als Gegenleistung gegeben hat, hätten sie es früher oder später herausfinden können," sagte Onkel Harry.

"Da wird es dann interessant," sagte Jace. "Er hat sie überzeugt, dass ihre Seelen zerstört würden. Sie würden nicht wiedergeboren werden. Darüber hinaus riskierten sie, aus der Zuflucht gelassen zu werden, da es mehr Leute als offene Plätze gab. Nur den wenigen Auserwählten würde Zuflucht während des Weltuntergangs gegeben werden. Und wenn sie protestierten, gab es viele andere, die gerne ihren Platz übernahmen."

Raphael und Gia erschienen endlich. Gia lächelte entschuldigend.

"Wir können jetzt an Land gehen. Tut uns leid, dass ihr warten musstet."

Gia gab keine weitere Erklärung.

"Erzähle mir mehr über diese halbe Tonne Gold," sagte Harry. "Gibt es eine Schatzkarte?"

Jace lachte. "Nicht soweit ich weiß. Aber es wird gemunkelt, dass Brother XII das Gold hier auf der Insel vergraben hat."

Das Gespräch über Schätze weckte Raphaels Interesse. "Warum würde er das tun?"

"Um der Kontrolle zu entgehen und es nah bei sich zu behalten. Das ist der Fokus meines Artikels." Jace zeigte in Richtung Insel. "Die Aquarian Foundation kaufte De Courcy Island und ein paar andere im Frühling des Jahres 1929, nachdem es den Kult seit ein paar Jahren gab.

Wann auch immer die Leute begannen, Fragen zu stellen, verlagerte er die Gruppe an noch isoliertere Orte."

Kat vergaß ihre Abneigung gegen Raphael, als sie vom Moment mitgerissen wurde. "Die Goldenen Zwanziger kamen dem Ende zu. Es war nur Monate vor dem Börsencrash im Jahre 1929 und dem Beginn der Weltwirtschaftskrise."

"Stimmt," sagte Jace. "Obwohl die Aktienmarkt boomte, erwarteten viele Leute über kurz oder lang einen Absturz. Alle Anzeichen waren da – die wackelnden Finanzmärkte in Europa und hier in Nordamerika und ein Vermögens-Missverhältnis zwischen reich und arm."

"Warum würde irgendjemand hier leben wollen?" fragte Gia. "Es ist schön und so weiter, aber es ist klein und am Ende der Welt. Man braucht ein Boot oder man ist aufgeschmissen."

"Das ist genau, warum Brother XII es mochte. Es schützte ihn vor neugierigen Blicken. Die Leute hatten angefangen, über seine Motive zu spekulieren. Er war hinter den Reichen her und er hatte noch mehr reiche Anhänger, als er den Börsencrash vorhersagte. Das bestätigte ihnen, dass er die Zukunft vorhersagen konnte, einschließlich des Weltuntergangs. Die Leute sahen die Insel als eine Zuflucht vor finanziellen Konflikten und den turbulenten Finanzmärkten."

"Da dachten wohl alle die reichen Investoren, dass sie in einem zukünftigen Leben noch mehr Geld bekommen würden." Harry lachte. "Als ob das je passieren würde."

"Und die nächste Bank war Meilen entfernt per Boot." Raphael rieb sich das Kinn. "Also hat er das Geld vergraben, um es sicher zu bewahren."

"Wie hat er solch eine Macht über die Leute erlangt? Man muss schon ziemlich dumm sein, um einfach sein Geld auszuhändigen oder?" Gia sah zu Raphael, um eine Bestätigung zu erhalten, aber er blieb ausdruckslos.

"Charisma," sagte Jace. "Er hatte sie auch davon überzeugt, dass er ein Mystiker sei mit einem direkten Draht zu den Göttern. Sie hatten Angst davor, irgendetwas zu tun, dass das Überleben ihrer Seelen gefährden würde, wenn das Ende der Welt kam."

"Jeder normale Mensch würde das durchschauen." Gia runzelte die Stirn. "Da braucht man nur ein bisschen gesunden Menschenverstand."

Jace lächelte. "Das denkt man, aber Brother XII hatte ein paar Tricks im Ärmel. Er zog sich zurück in das, was er das "Geheime Haus" nannte, wo er Seancen hielt und behauptete, dass er direkt mit den anderen elf Brüdern kommunizieren würde. Niemand durfte in das "Geheime Haus" gehen, aber er ließ seine Anhänger draußen stehen, manchmal stundenlang. Er behauptete, ihr Meditieren würde ihm mit der Astralreise helfen und auch dabei, eine Verbindung zu anderen Gottheiten herzustellen.

Seine Seancen dauerten oft Stunden und die Leute wurden zwangsläufig unruhig. Einige tratschten, andere beschwerten sich. Doch irgendwie wusste Brother XII immer, was draußen gesagt wurde und wer es gesagt hatte. Die Zweifler wurden immer bestraft. In ihren Augen, war ein wahrhaftiger Hellseher. Sie fürchteten und bewunderten ihn gleichzeitig.

"Was seine Anhänger nicht wussten, war, dass Brother XII heimlich einen Elektriker angeheuert hatte, der Mikrofone hinter den Steinen bei der Wartestelle vor seinem Haus installiert hatte. Es war zu der Zeit eine innovative Technologie und nicht viele Leute hatten davon gehört oder erwarteten so etwas. Er musste nur zuhören."

Kat seufzte. Wenn nur ihr jemand zuhören würde.

# 8

K at stieg aus dem Beiboot ins knietiefe Wasser. Sie war froh, endlich auf der Insel zu sein. Sie blickte zurück auf die The Financier, während sie zu dem steinigen Strand ging. Auch aus der Ferne sah die Jacht gewaltig aus.

Raphael zog das Beiboot weit genug auf den Strand, dass es von der steigenden Flut nicht wieder aufs Wasser gezogen würde. Die Männer hatten ihre Anwesenheit schon vergessen. Jace sprach über Brother XII und Raphael hing an seinen Lippen.

Sie hielt einen Moment inne und ging dann hinter Jace und Raphael her. Sie blieb ein paar Meter hinter den Männern, als sie den Strand überquerten. Es war genug Distanz zu Raphael und dennoch konnte sie ihr Gespräch noch mitanhören. Ihre Strategie ermöglichte ihr, cool zu bleiben.

Gia und Harry waren auf der The Financier geblieben. Gia war müde und Harrys Rücken plagte ihn wieder. Kat hatte auch überlegt, auf dem Schiff zu bleiben, aber sie war nicht den ganzen Weg hierher gekommen, um zu verpassen, was von der Welt des Brother XII übrig geblieben war. Und überhaupt glaubte sie an das alte chinesische Sprichwort "Halte deine Freunde nahe bei dir, aber deine Feinde noch näher.

Es war jetzt fast sechzehn Uhr. Raphael hatte immer noch nicht den Grund für seine Telefonkonferenz mit seinen italienischen Investoren erklärt, nur dass es irgendwie Gia betraf.

Und doch blieb Gia ausweichend, wenn Kat sie danach fragte.

Gia war höchst ärgerlich, dass Kat die Echtheit von Raphael und seiner Firma überhaupt anzweifelte. Kat dachte, dass es ihr wahrscheinlich zu Recht geschah, aber sie konnte sich nicht einfach zurücklehnen und zusehen, wie ihre Freundin sitzengelassen und beschwindelt wurde.

Da Gia kaum mit ihr sprach, war es schwer, irgendwelche Details zu ihrer und Raphaels Vereinbarung herauszubekommen. Indem sie versucht hatte, ihre Freundin zu beschützen, hatte sie sie stattdessen verstimmt. Tatsächlich verärgerte alles, was sie sagte Gia nur noch mehr.

Nicht, dass sie ihr Vorwürfe machte. Aber es gab Dinge, die gesagt werden mussten, und wenn auch nur, damit sich Gias Disaster nicht offenbarte.

Sie hielt einen Moment lang inne auf dem steinigen Strand und stellte sich vor, wie sich ein neues Kommunenmitglied gefühlt haben musste, als sie an Land ankamen. Sie hatten ihren gesamten Besitz aufgegeben und kamen auf einer einsamen Insel an, die weit entfernt von der Außenwelt war.

Kat freute sich darauf, die Überreste von Brother XIIs verlassener Siedlung zu sehen. Kulte hatten sie schon immer fasziniert. Vernünftige Leute wurden irgendwie einer Gehirnwäsche unterzogen, damit sie ihren Besitz und noch wichtiger, ihren freien Willen aufgaben. Die Aquarian Foundation war das perfekte Beispiel. Es gab einen guten Grund, warum sie heutzutage fast vergessen war. Die Leute wollten wahrscheinlich vergessen und solche misslichen Geschehnisse hinter sich lassen.

"Worauf warten wir? Lasst uns gehen," sagte Raphael.

Sie gingen einen Hügel hinauf auf einem Pfad, der landeinwärts führte. Der Pfad verlief parallel zu den Felsen und war teilweise beschattet durch drahtige Erdbeerbäume, die an den Felsen wuchsen. Allmählich gingen die Erdbeerbäume in höhere Pinienbäume

über, während sie weiter landeinwärts wanderten. Der Pfad wurde
flacher und Sonnenflecken wurden zu kühlem Schatten, eine erfrischende Veränderung.

"Erzählen Sie mir von Ihrem Geschäft. Wie hat es begonnen?"
fragte Jace.

Raphael nickte. "Mama hatte zu Hause in Milan einen Salon. Als
kleiner Junge habe ich da gespielt und obwohl ich jung war, habe ich
gemerkt, wie sie einfach aussehende Frauen zu Schönheitsköni-
ginnen machte. Sie war nicht so gut mit der finanziellen Seite des
Geschäfts. Ihre

Talente waren neue Stile und Haarprodukte zu erfinden. Bald
erregte sie die Aufmerksamkeit von italienischen Filmstars und
Models. Eigentlich erinnert mich Gia sehr an Mama."

"Wirklich? Wie?" fragte Jace.

"Sie kennt ihre Kunden und weiß auch, was sich verkauft. Sie hat
keine Angst, kalkulierte Risiken einzugehen."

Das war neu für Kat. Die Gia, die sie kannte, war hyper-vorsichtig
und verschob die Renovierung ihres Salons, bis ihre Gewinne stiegen. Was hatte sich mit Raphael verändert?

Sie blieb stumm, um so viele Informationen von Raphael herauszubekommen, wie sie konnte.

Sie folgte den Männern zu einer kleinen Felszunge, die auch eine
Gabelung des Pfades markierte. Sie gingen nach rechts.

"Führt Ihre Mutter immer noch ihren Salon?" fragte Jace.

"Um Himmels willen, nein." Raphael lachte. Der Pfad stieg leicht
an, während er weiter in den Wald führte. "Sie braucht für den Rest
ihres Lebens keinen Finger mehr heben. Dank Bellissima sind wir
sehr reich. Jetzt bekommt Mama ihre eigenen Schönheitsbe-
handlungen."

Jace schmunzelte. "Und Sie haben ihr dabei geholfen."

"Ich habe mich um das Geschäftliche gekümmert, mit Marketing
und Risikokapital, um die Herstellung und Produktentwicklung zu
finanzieren. Aber die Idee, Mundpropaganda und Prominenten-
Unterstützung war alles Mamas Arbeit. Das ist etwas, was man nicht
mit Geld kaufen kann."

"Sie sind nur bescheiden," sagte Jace.

Jace hatte kaum Zeit gebraucht, Raphaels Fanclub beizutreten. Wo war seine journalistische Skepsis und Neutralität?

"Wie heißt Ihre Firma, Raphael?" Die Wörter rutschten ihr heraus, bevor Kat sich stoppen konnte. Bei all dem Gerede über seinen Erfolg, gab er kaum Details.

Keine Antwort.

Er hatte sie sicher gehört, daher wiederholte sie die Frage nicht. Jace schien Raphaels selektives Hören nicht bemerkt zu haben. Oder wenn er es hatte, gab er keinen Kommentar dazu.

Ein paar Minuten später kamen sie bei der Siedlung an. Raphael fand seine Stimme wieder, als das Gespräch auf Brother XII und die Aquarian Foundation kam. Viel war nicht übrig von der Siedlung, außer einem vagen Eindruck wo die Gebäude einst gestanden hatten.

Jace deutete auf die Überbleibsel eines Zementfundaments in der Größe einiger Häuser. "Hier muss das Schulhaus gestanden haben," sagte er. "Sie hatten es gebaut, weil sie Schüler erwarteten, aber keine kamen. Die meisten der Schüler waren im mittleren Alter oder älter, also gab es keine Kinder."

"Vielleicht war das gut so," sagte Kat. "Stell' dir vor, du wirst in einen Kult geboren. Du würdest gar nichts anderes kennen."

Jace nickte. "Gehirnwäsche von Geburt an. Schwer, das loszuwerden."

"Das ist alles, was noch übrig ist?" Raphael trat die Erde mit dem Fuß. "Ich dachte, es gäbe restaurierte Gebäude und so."

"Wo ist das Geheime Haus?" Kat suchte den Boden nach einem weiteren Gebäudeumriss ab, der größer als die meisten anderen war. "Oh, ich denke, ich sehe es." Die vereinzelten Überreste des Fundaments eines Gebäudes standen auf einer kleinen Anhöhe mit Blick auf die Siedlung.

Von wo aus er ein Auge auf seine Untertanen haben konnte, dachte sie.

"Wie lange hat dieser Kult existiert?" fragte Raphael. "Sie scheinen viel umhergezogen zu sein."

"Nur einige Jahre lang," sagte Jace. "Selbst seine hartnäckigsten

Anhänger waren desillusioniert, als sich sein Versprechen eines neuen Zeitalters nicht verwirklichte. Letztlich durchschauten sie einige seiner Behauptungen."

"Es ist nicht gerade leicht, hierher zu kommen." Raphael schaute auf die Landschaft. "Und es ist auf einer steinigen Insel. Man könnte sich hier nicht selbst versorgen. Was ist so toll an diesem Ort?"

"Brother XII mochte, dass es von neugierigen Blicken verborgen war. Er wollte keine Aufmerksamkeit auf sich ziehen, denn das hätte Fragen aufgeworfen. Und die Fragen wären nicht nur von Außenstehenden gekommen. Die Mitglieder der Aquarian Foundation wollten wissen, warum er mit Myrtle wohnen konnte, während er immer noch mit Alma verheiratet war.

Zu der Zeit war ein solches Verhalten skandalös. Oder warum die Grundstückstitel auf ihn persönlich registriert waren, anstatt auf die Foundation.

"Aber noch fragwürdiger war, warum die Anhänger so hart arbeiteten, dass es fast so wie Zwangsarbeit ohne Bezahlung war. Viele waren ältere Leute, die sich praktisch zu Tode arbeiteten. Sie waren nicht viel mehr als seine Sklaven."

Kat starrte auf die Umrisse der Fundamente, von denen einige von Pflanzen überwachsen waren.

Es war wie eine archäologische Stätte. Eine, die die Menschen lieber vergessen wollten. "Ich kann immer noch nicht glauben, dass die Menschen sich entschieden, hier zu bleiben. Ich denke, sie waren zu dem Zeitpunkt mittellos und wahrscheinlich mental und körperlich zu erschöpft, um zu fliehen."

"Und zu ängstlich," fügte Jace hinzu. "Sie glaubten immer noch, dass Brother XII Macht über sie hatte. Sie fürchteten sich vor den Konsequenzen, wenn sie gingen. Selbst wenn seine spirituellen Behauptungen falsch waren – wohin sollten sie gehen? Sie hatten sich von ihren Familien entfremdet, als sie Brother XII ihr Vermögen übergaben. Oder, wie im Falle einige der Frauen, hatten ihre Ehemänner wegen Brother XIIs Zuneigung verlassen. Viele kamen aus anderen Ländern. Sie hatten keine Mittel oder kein Geld, um nach Hause zu kommen.

Es gab eine kleine Atempause von ihrer erdrückenden Arbeit und ihrem harten Dasein, als Brother XII und seine Liebhaberin zu der Zeit, Madame Zee, 1930 nach England gingen und in einem Dampfer mit Panzertürmen als Verteidigung davonsegelten.

"Sie waren fast zwei Jahre weg. Lang genug, dass die Leute ihren Fehler erkannten. Sie taten sich zusammen und konfrontierten Brother XII bei seiner Rückkehr. Er verbannte die lauteren der Protestierenden, aber es war der Anfang vom Ende. Auf die ein oder andere Art waren seine Anhänger endlich in der Lage, die Insel zu verlassen. Als sie die Außenwelt erreichten, erkannten sie das Ausmaß ihres Verlusts. 1933 klagten einige der Anhänger, das Vermögen der Aquarian Foundation einzufrieren und ihr Geld wieder zu erhalten.

Sie waren nur teilweise erfolgreich, da Brother XII gut darin gewesen war, das Vermögen zu verstecken. Das Gold konnte nicht aufgespürt werden und er hatte einen Großteil des Geldes für sich selbst ausgegeben. Mary Connally bekam einen Teil ihres Geldes zurück, als die De Courcy und Valdes Grundstücksrechte auf ihren Namen übertragen wurden als Teilentschädigung.

Brother XII sah seinen Untergang wenigstens voraus und er verließ die Siedlung eiligst zusammen mit Madame Zee." Er schüttelte den Kopf. "Aber nicht ohne all die Gebäude niederzubrennen. Er nahm eine Axt und ruinierte alle Möbel, so dass niemand sie mehr gebrauchen konnte."

"Und das Geld?" fragte Raphael.

"Das Gold?" Jace zuckte die Achseln. "Einige sagen, dass es hier auf der Insel vergraben ist, dass er keine Zeit hatte, es zu holen. Aber ich bezweifle das."

Raphaels Mund stand offen. "Wieviel hat er mitgenommen?"

"Keiner weiß es genau. Die meisten Leute schämten sich zu sehr, um zuzugeben, dass sie investiert hatten, ganz zu schweigen von dem Betrag, um den sie betrogen wurden. Da sie alle reich waren, als sie beitraten, war es eine ordentliche Summe." Jace hielt inne. "Es gibt ein anderes Gerücht über eine Höhle auf der Insel. Einige denken, Brother XII versteckte dort einen Teil des Goldes."

"Worauf warten wir?" Raphael wandte sich dem Pfad zu. "Lassen Sie uns gehen."

Kat folgte den beiden Männern, als sie die Siedlung hinter sich ließen. Sie gingen zum Pfad zurück, aber nahmen eine andere Abzweigung, die hinter die Lichtung führte. Der kühle Schatten des Pfades war üppig und erfrischend und gesäumt von Lachsbeeren-Büschen und kniehohen Pflanzen. Es war ein scharfer Kontrast zu den kargen und windumtosten Klippen am Meer.

Weniger als hundert Fuß später stieg der Pfad stark an. Kats noch nasse Füße rutschten in ihren Flipflops und sie ergriff Zweige und Pflanzen, um auf den Füßen zu bleiben.

Jace ging vorne, gefolgt von Raphael. Sie mühte sich ab, Schritt zu halten, als der Abstand zwischen ihr und Raphael sich zu zehn, dann zwanzig Fuß vergrößerte.

"Ein bisschen langsamer," sagte sie, als ihr rechter Fuß aus ihrem Flipflop rutschte.

Entweder Raphael hörte sie nicht oder hatte sich entschlossen, sie zu ignorieren. Sie bekam wieder Halt und verkürzte den Abstand.

"Erzählen Sie mir mehr über Ihre Mutter," sagte Jace.

"Mama hatte einen Ruf erlangt und Frauen von weit her kamen in ihren Salon. Bald erzielte sie die Aufmerksamkeit einer großen italienischen Schönheitsfirma. Mama lizenzierte ihnen die geheime Formel und der Rest ist Geschichte." Raphael hielt auf dem Pfad inne und drehte sich zu Kat um.

"Die Lizenzierung war ein intelligenter Schritt," sagte Kat. "Die meisten Leute hätten ihre Erfindung vollständig verkauft." Es war fast unglaublich, dass Raphaels Mutter in dieser Zeit ein Haarprodukt außerhalb eines Chemielabors entwickelt hatte. Aber sie machte mit. Jede Antwort, die Raphael gab, würde fabriziert sein. Aber früher oder später würde er einen Fehler machen und etwas verraten.

"Mama hat ihre Formel nicht verkauft, weil sie die kreative Kontrolle behalten wollte," sagte Raphael. "Dieser Teil hat gut funktioniert."

Raphaels selektives Hören funktionierte wieder.

"Arbeitet sie an neuen Produkten?"

Raphael antwortete nicht.

Sie hielten auf der Lichtung inne. Zwei Pfade führten in entgegengesetzte Richtungen ohne irgendwelche Schilder oder Markierungen.

"Oh, die Geschichten, die ich über einige dieser Prominenten erzählen könnte." Raphael machte eine Reißverschluss-Bewegung vor seinen Lippen. "Aber natürlich sind meine Lippen versiegelt."

Er nannte ein Dutzend Filmstars und Prominente, die Bellissima unterstützten. "All die großen europäischen Namen und bald auch die größten nordamerikanischen Stars."

"Schlaue Dame," sagte Jace. "Kat, vielleicht solltest du seine Haarprodukte ausprobieren."

Kat guckte finster. "Warum? Was stimmt nicht mit meinen Haaren, so wie sie sind?" Warum dachten alle, dass ihre Haare Hilfe brauchten?

"Ich sage nicht, dass du es brauchst, aber du bist die einzige Person hier mit Locken. Das wäre ein interessantes Experiment. Haben Sie Produkte an Bord, Raphael?"

Raphael lachte. "Leider nicht. Tut mir leid, Sie enttäuschen zu müssen, aber Kats Haar muss im Moment so bleiben wie es ist."

Sie ignorierte die Beleidigung. "Sie haben es nicht bei sich?" Kein Produkt bedeutete, dass sie nicht in Gefahr war, dass man an ihr herumexperimentierte. Und keine Gefahr, als Schwindler bloßgestellt zu werden. Nur ein Betrüger würde vermeiden, Produkte zur Demonstration und Promotion dabei zu haben.

"Ich habe keine Produkte mehr," sagte Raphael. "Ich werde erst wieder nächste Woche welche haben."

Kat ging um eine große Baumwurzel herum. Ohne Produkte konnte Raphael keine Kunden bekommen. Und doch hatte er Gia dazu gebracht zu investieren, ohne Bellissima auszuprobieren.

"Ich nehme an, Ihr Hersteller übernimmt Ihren gesamten Vertrieb?" fragte Jace.

"Genau." Raphael gestikulierte mit seinem Arm. "Sie händeln die gesamte Logistik. Wir registrieren die autorisierten Händler und übergeben ihnen die Herstellung und den Vertrieb. Keiner kann unsere patentierte Formel kopieren."

Jace hob die Augenbrauen. "Schöner Deal. Kein Wunder, dass Sie Zeit haben, auf Ihrer Jacht herumzureisen."

"Was hält die Leute davon ab, die Formel rückzuentwickeln?" fragte Kat. Dutzende von chinesischen Firmen entschlüsselten jeden Tag komplizierte Formeln. Wenn Raphaels Produkt so revolutionär und profitabel war, wie er behauptete, würde es eine Vielzahl von Nachahmern und Fälschern geben, die mitmischen wollten.

Wie erwartet, ignorierte Raphael sie.

Der Baumbestand war dichter und die Luft feuchter. Sie hielt inne, um einen Wasserfall zu bewundern, teilweise um ihre Wut im Zaum zu halten. Sie seufzte, als die Stimmen der Männer leiser wurden. Egal. Sie war es leid, über Raphaels überlebensgroße Erfolge zu hören. Nicht nur, weil es Lügen waren, aber auch weil sie es nicht ertragen konnte zu sehen, wie der normalerweise objektive Jace in Raphaels Bann fiel.

Sie sammelte sich ein paar Minuten lang. Als der Wald leise wurde, erkannte sie plötzlich, dass sie die Stimmen der Männer nicht mehr hören konnte. Sie sollte die Männer besser einholen.

"Ich bin hinter euch," rief Kat Jace und Raphael vor ihr zu.

Niemand antwortete.

Sie ärgerte sich, dass Jace nicht bemerkt hatte, dass sie zurückgeblieben war.

Sie überlegte, ob sie umdrehen und zurück zum Strand gehen sollte, besonders da es schwer war, in ihren Flipflops Schritt zu halten. Sie entschied sich, weiter zu gehen, da sie den ganzen Weg gekommen war, um die Siedlung und die Höhle zu sehen. Die Siedlung war eine Enttäuschung gewesen, aber vielleicht war die Höhle besser. Sie würde nicht wieder weggehen, bis sie sie gesehen hatte.

Kat trottete schweigsam vorwärts und ließ sich Zeit. Es gab nur einen Pfad, also war es unwahrscheinlich, dass sie sich verlaufen würde. Sie zuckte zusammen, als sie eine Blase an ihrem rechten Fuß spürte. Nächstes Mal würde sie bessere Schuhe wählen.

Sie beugte sich hinunter, um ihren Flipflop in Ordnung zu bringen und erschrak, als sie eine Männerstimme hörte.

# 9

Kapitel 9

Kat wirbelte herum und sah sich Pete gegenüber. Er saß auf einem Baumstumpf ein paar Fuß entfernt und betrachtete sie mit einem Schmunzeln.

"In den Schuhen werden Sie nicht weit kommen." Raphaels zurückhaltendes Crewmitglied war auf einmal voll von Selbstbewusstsein und Sarkasmus.

"Sind Sie ganz allein?"

Kat kämpfte gegen ein generelles Gefühl von Unbehagen an. Pete schien okay, aber was wusste sie wirklich über ihn? Nichts, außer dass er ein vorübergehender Arbeiter war, der von einem wahrscheinlichen Betrüger angestellt worden war.

Er stand auf und trat ein paar Schritte auf sie zu.

Eine Welle von altem Schweiß und Dreck wehte in ihre Richtung und sie zuckte zurück. Sie trat ein paar Schritte zurück und stolperte auf dem unebenen Boden. Ihre Flipflops rutschten seitlich unter ihren Füßen heraus. Ihr Knöchel verdrehte sich, als sie versuchte, ihre Balance wiederzugewinnen, aber sie schaffte es nicht. Sie sackte zu Boden und rollte die Böschung des Pfades hinunter.

Sie sah hoch und erblickte Pete, der über ihr stand. "Danke. Ich bin okay."

"Entspannen Sie sich. Ich bin harmlos." Pet hielt ihr die Hand hin und half ihr auf die Füße.

"Wahrscheinlich trotzdem keine gute Idee, allein herumzulaufen. Sie könnten sich verlaufen oder so."

"Ich bin nicht allein. Raphael und Jace sind da vorne." Sie beugte sich vor und wischte die Erde von ihren Knien und Füßen. Ihr Knöchel pochte und sie schüttelte den Fuß, während sie sich an einem Baumstamm festhielt.

Pete schien überrascht. "Nein, sie sind umgekehrt. Sie sind hier vor ein paar Minuten vorbeigekommen."

"Ich habe sie nicht gesehen. Sie waren auch nicht sehr weit vor mir. Wohin sind sie gegangen?"

Es musste gewesen sein, als sie vom Pfad abgekommen war. Und doch hatte sie sie nicht vorbeigehen gehört.

Pete zuckte die Achseln. "Zurück zum Schiff, denke ich."

"Wir – ich – wollte zur Höhle gehen. Sie auch. Sie wären nicht schon angekommen und wieder gegangen."

Er kratze nachdenklich sein Kinn. "Ich denk' mal, sie haben ihre Meinung geändert, als sie sie gesehen haben."

Sie wartete darauf, dass er weiter ins Detail gehen würde, aber das tat er nicht. "Ich gehe in die richtige Richtung, oder?" Sie war überrascht, dass Jace sich nicht mal ein paar Minuten in der Höhle umgesehen hatte.

"Ja." Er nickte. "Es ist nur ein paar Minuten den Pfad weiter."

"Okay, dann mache ich mich besser auf den Weg. Ich will sehen, wo Brother XII sein Gold versteckt hat."

"Sie und tausend andere Leute." Er lachte. "Es gibt kein Gold. Jeder sucht nach der falschen Sache. Es gibt aber einen anderen Schatz."

"Was für einen Schatz?"

"Ein geheimer Gang unter dem Ozean. Ein unterirdischer Tunnel, der zu einer anderen Insel führt."

"Wow. Ein richtiger Tunnel unter dem Meeresgrund?"

Er nickte. "Ja. Er wird von den Einheimischen seit Tausenden von Jahren benutzt. Es ist wie eine andere unterirdische Welt. Es ist unglaublich, aber nicht viele Menschen wissen davon."

"Woher wissen Sie soviel über diesen Ort?" Sie war auf dem Festland aufgewachsen; nah genug, dass sie sicher von so etwas Fantastischem wie ein unterirdischer Gang gehört hätte. Sie hatte es nicht, daher nahm sie an, dass es nicht existierte.

"Sind Sie aus der Gegend?"

"So in etwa. Bin auf einer anderen Insel aufgewachsen. Aber das ist eine andere Geschichte." Er runzelte die Stirn und starrte in die Ferne.

"Wissen Sie etwas über die Höhle?"

Sie schüttelte den Kopf. "Was ist so besonderes daran?"

"Sie ist drei Meilen lang und verläuft unter dem Meeresgrund."

Er neigte den Kopf in die Richtung, in die sie unterwegs war. "Der Eingang ist in der Mitte der Insel, aber wenn Sie weit genug hineingehen, gibt es einen Abhang von ein paar hundert Fuß.

Der Tunnel verläuft unter dem Meeresboden und kommt auf Valdes Island auf der anderen Seite der Meeresenge wieder hervor."

"Wirklich?" Jace würde fasziniert sein, wenn er nicht schon unter Raphaels Einfluss stand. Noch eine Geschichte, die er verpasst hatte. Sie würde die Gelegenheit aber nicht verpassen. "Erzählen Sie mir mehr."

"Die Höhle wurde von den salischen Küstenbewohnern für ihre zeremoniellen Riten benutzt. Die Männer fasteten und machten sich dann allein nur mit einer einzigen Fackel auf denWeg unter dem Meer. Sie vollendeten ihre Mission, wenn sie ihren Stab in der heiligen Kammer hinterlegten und wurden gefeiert, wenn sie den Rückweg beendet hatten.

"Wirklich? Sind Sie da schon gewandert?" War es wandern oder auf Höhlenerforschung gehen?

Wahrscheinlich Letzteres, den genau genommen war es eine unterirdische Höhle.

Pete schüttelte den Kopf. "Ein Erdbeben vor über hundert Jahren blockierte den Tunnel. Es hat auch die geheime Kammer versiegelt.

Sie soll voll von archäologischen Schätzen sein, wie z.B. zeremonielle Masken, Stäbe und so ein Zeug."

"Wenn sie so faszinierend ist, warum wurde sie nicht freigegraben?" Die geheime Kammer hörte sich an, wie ein archäologischer Traum. Die Skeptikerin in ihr dachte, dass es keinen Sinn machte. Es war nur eine nicht bewiesene Legende.

"Die Felsen sind so groß wie Gebäude," sagte er. "Man braucht viele schwere Maschinen. Vielleicht ist es die Kosten nicht wert. Manchmal ist es besser, die Dinge einfach so zu lassen, wie sie sind."

"Es sei denn Brother XII's Gold ist dort. "Kat lächelte. "Auf jeden Fall hört sich die Höhle faszinierend an. Ich kann es nicht erwarten, sie zu sehen."

"Seien Sie vorsichtig da drin. Sie müssen aufpassen, wohin Sie gehen." Er blickte auf ihre Füße.

"Sie sollten wirklich nicht allein gehen."

Er hatte natürlich Recht. "Können Sie sie mir zeigen?"

Er schüttelte den Kopf. "Ich muss zurück zum Schiff."

Es erschien Kat seltsam, dass Pete nicht mit ihnen zurück kommen würde, da er an Land geschwommen war.

"Ich kann sie Ihnen aber morgen zeigen."

"Das wäre großartig." So lange morgen nicht zu spät sein würde. Wenn Jace und Raphael nicht interessiert waren, würden sie vielleicht keinen weiteren Tag auf De Courcy bleiben.

"Ich werde trotzdem zum Eingang gehen. Werde ihn mir mal kurz ansehen, bevor ich zurück zum Schiff gehe."

Sie dankte ihm und ging auf dem Pfad weiter. Sie spitzte die Ohren, als sie rauschendes Wasser und kaum hörbare Stimmen vernahm. Aber es waren die Stimmen von Kindern, nicht von Jace und Raphael.

Ein paar Minuten später traf sie auf eine vierköpfige Familie mit einem etwa zehnjährigen Jungen und einem etwa dreizehnjährigen Mädchen. Sie war etwa zehn Fuß von ihnen entfernt, nah genug, um sie sprechen zu hören. Der Junge sprach aufgeregt über die Höhle, während das Mädchen stumm blieb und reife Lachsbeeren von den Büschen am Rand des Pfades pflückte.

Aus Gründen, die sie nicht ganz erklären konnte, ging Kat wieder vom Pfad ab. Sie hatte keine Lust auf Smalltalk und folgte dem Geräusch des Wassers bis zu einem kleinen Bach. Sie schlug nach einer Mücke, während sie bei dem Bach inne hielt. Sie bückte sich und steckte die Hand in das kalte Wasser. Sie trank es aus ihrer hohlen Hand und löschte ihren Durst. Sie zitterte, als sie Wasser auf ihr Gesicht und ihre Arme spritzte und den Schweiß von ihrer Haut wusch.

Sie wartete ein paar Fuß vom Pfad entfernt, bis sie vorbeige-gangen waren. Als ihre Stimmen leiser wurden, wurden andere lauter. Jace und Raphael waren nicht zum Schiff zurückgekehrt, wie Pete behauptet hatte. Entweder hatte er sich geirrt oder er hatte absichtlich gelogen.

Sie wandte sich zurück zum Pfad, um sie einzuholen. Sie kletterte die Böschung hoch und ihr Fuß verfing sich in einer freiliegenden Baumwurzel. Sie taumelte vorwärts und landete auf ihrer Seite.

Sie stöhnte, als sie den Schaden abschätzte. Ihre Rippen lagen hart auf dem wurzelbedeckten Boden. Sie zuckte zusammen, als sie einatmete. War etwas gebrochen?

Nein.

Nach dem Schock, gefallen zu sein, wischte sie die Tannennadeln und den Rindenmulch ab und betrachtete den Schaden. Ein biss-chen Blut von einem abgeschürften Knie. Ansonsten war sie unverletzt.

Sie bemühte sich auf ihre Füße. "Hey! Wartet auf mich."

Keine Antwort.

Sie hatte sie nur gehört und nicht gesehen. Daher war es schwer, festzustellen, in welche Richtung sie gegangen waren. Vielleicht waren sie gar nicht auf dem Rückweg. Sie könnten immer noch auf dem Weg zur Höhle sein. In diesem Fall könnte sie einfach hinterher gehen. Sie atmete erleichtert auf. Sie würde doch nicht allein sein.

Es war seltsam, dass Pete behauptet hatte, sie nicht gesehen zu haben. Er hatte vielleicht andere von weiter weg gesehen und sie fälschlicherweise für Jace und Raphael gehalten. Auf der anderen

Seite verlief der Pfad zehn Fuß von Petes Blickwinkel. Es wäre schwer gewesen, sie nicht zu sehen, es sei den Pete hatte Sehstörungen.

Sie ging den selben Weg zurück, aber die Stimmen der Männer waren schon verblasst. Sie waren auf dem Weg zum Strand, in die entgegengesetzte Richtung von der Höhle. Sie hatten nicht mal auf sie gewartet.

Na, dann würden sie jetzt am Strand auf sie warten müssen. Sie würde nicht wieder ins Beiboot steigen, ohne wenigstens einen kurzen Blick in die Höhle geworfe zu haben. Obwohl Pete ihr angeboten hatte, sie ihr morgen zu zeigen, gab es keine Garantie, dass sie dann immer noch vor der Insel ankern würden. Jaces Auftrag war der einzige Grund, warum sie hier waren. Wenn er nicht an der Höhle interessiert war, würden sie wahrscheinlich nicht hier bleiben.

Ihr Knöchel pulsierte und sie ärgerte sich, dass sie zurückgelassen worden war. Mehr als alles andere ärgerte sie sich darüber, dass Jace sich nicht mal wunderte, wo sie war. Anstatt sich Sorgen zu machen, hatte er sie komplett vergessen.

Trotz ihres schmerzenden Knöchels hatte sie die Familie bald eingeholt. Sie ging langsamer, war lieber allein, während sich ihre Stimmung verschlechterte.

Ihre Stimmen wurden wieder leiser, als sich die Distanz zu ihnen vergrößerte. Sie blieb weit genug zurück, dass sie sie hören, aber nicht sehen konnte. Zehn Minuten war alles, was sie für einen kurzen Blick auf die Höhle brauchte, so dass sie wenigstens sagen konnte, dass sie dort gewesen war. Ein paar Minuten später würde sie wieder beim Beiboot sein. Jace und Raphael könnten sich sicher selbst unterhalten, in dem sie mindestens so lange über Raphael sprachen.

# 10

K at musste sich zur Seite drehen, um durch den Höhleneingang zu schlüpfen. Es war kaum mehr, als eine Felsspalte und sie hatte sofort Platzangst, als sie die feuchte, klamme Luft einatmete. Pete hatte die enge Öffnung nicht erwähnt. Sie zögerte und kämpfte gegen das Bedürfnis an zu gehen.

Sie konnte die Familie weder sehen noch hören, aber da der Pfad hier endete, musste sie in der Höhle sein. Sie bewegte sich vorwärts, als ihre Augen sich an die Dunkelheit gewöhnt hatten.

Wenigstens war der Boden ebenerdig. Sie befühlte die glatten, feuchten Wände, die ungefähr zwanzig Fuss weiter verliefen. Obwohl das Licht es kaum durch die dunkle Höhle schaffte, war es deutlich, dass die Höhle nirgendwo hin verlief. Sie sah nichts, das einem Tunnel ähnlich sah.

Sie war kurz davor, wieder zu gehen, als die Wand unter ihrer Hand nachgab. Auf der rechten Seite war eine Öffnung oder eine Art von Alkoven. Sie folgte der Wölbung der Wand und trat um die Ecke in eine riesige offene Höhle, die von gefiltertem Sonnenlicht durchflutet war. Der Gegensatz zu ein paar Fuss weiter weg war atemberaubend. Lichtstrahlen strömten durch eine Öffnung mindestens dreißig Fuss über ihr. Trotz des offenen Raumes, war die Luft noch feuchter

als in dem dunklen Gang. Lianen rankten sich die feuchten Höhlenwände hinunter und Wasser tropfte von oben herab. Zuerst hielt sie
die Feuchtigkeit für Regen, aber es war das Ergebnis von fast 100%
Luftfeuchtigkeit.

Irgendwo weiter entfernt rauschte Wasser. Vielleicht ein Bach
oder ein Wasserfall. Sie ging in Richtung des Geräusches, doch
zögerte dann. Sie sollte wirklich nicht allein weiter gehen. Obwohl sie
nicht allein war, da die Familie vor ihr hineingegangen war. Es wäre
wahrscheinlich sogar gut, sie einzuholen.

Jace und Raphael wussten offensichtlich, dass sie hier war, denn
sie war noch nicht zum Boot zurückgekehrt. Über kurz oder lang
würden sie wieder zurückgehen, um nach ihr zu suchen. Nicht, dass
sie das wollte. Sie war immer noch verärgert, dass sie nicht auf sie
gewartet hatten oder offensichtlich noch nicht mal bemerkt hatten,
dass sie nicht mehr da war.

Egal. Sie war nicht hierher gekommen, um all die Attraktionen zu
verpassen. Sie plante, die Höhle wenigstens ein bisschen zu erforschen. Sie hatte Zeit, sich ein wenig umzusehen, bevor sie zum
Strand zurück ging.

Das Geräusch von Wasser wurde lauter und sie stellte sich einen
Wasserfall vor, der die Felsen herabstürzte. Das Licht wurde geringer,
als sie sich in Richtung des melodischen Geräusches aufmachte. Es
war eine wunderschöne unterirdische Welt, selbst in der Dunkelheit.
Sie durchquerte den offenen Raum und war so eingenommen, dass
sie mit voller Wucht gegen die Felsbarriere rannte.

"Aua!" Ihre Stimme echote durch die Höhle. Ihre Nase pulsierte
von dem Aufprall. Sie war mit Nase und Gesicht gegen Felsen
gerannt.

Sie trat zurück und verlor das Gleichgewicht. Sie fluchte, als sie
zu Boden fiel. Sie war zum zweiten Mal innerhalb weniger Minuten
hingefallen.

"Hallo?" Ihre Stimme echote durch die Kammer, während sie sich
auf ihre Ellenbogen stützte. Sie war sich nicht mal sicher, ob sie sich
überhaupt noch in der gleichen Richtung befand. Die Dunkelheit
hatte sie so schnell und vollkommen eingehüllt, dass sie angesichts

ihres Weges desorientiert war. Wie sollte sie denselben Weg zurückgehen, wenn sie sich nicht orientieren konnte? Ihre Augen hätten
sich schon an die Dunkelheit gewöhnen sollen und doch konnte sie
nichts sehen. Alles war Schwarz. Es gab keinen Hinweis auf die
offene Höhle, die sie noch vor einigen Momenten durchquert hatte.
Sie bekämpfte die aufkommende Panik und ermahnte sich, klar zu
denken. Alles, was sie tun musste, war, die Höhlenwand methodisch
abzufühlen, um die Öffnung in der Wand zu finden. Dann könnte sie
denselben Weg zurück zum Eingang und hinaus gehen.

Sie hatte die Stimmen der Familie nicht gehört, seitdem sie in die
Höhle gegangen war. Nicht mal die Stimmen der Kinder. Die Familie
musste weiter innen sein, wahrscheinlich von dem selben
rauschenden Wasser angezogen.

"Hallo?" Sie hoffte auf eine beruhigende Antwort, aber hörte nur
das Echo ihrer eigenen Stimme. Seltsam, dass sie niemand anderen
hören konnte.

Sie überlegte, ob sie die Höhle weiter erforschen sollte, aber was
könnte sie schon in fünf oder zehn Minuten entdecken? Sich weiter
zu wagen, erhöhte nur das Risiko sich zu verirren. Und überhaupt,
jetzt, da sie etwas gefunden hatte, könnte sie die ganze Gruppe leicht
davon überzeugen, später wiederzukommen, um die riesige Höhle zu
sehen. Zu dem Zeitpunkt ginge es vielleicht Onkel Harrys Rücken
besser und vielleicht hatte sogar Gia Lust auf die Wanderung. Es
machte mehr Spass, zusammen zu erforschen.

Ohne eine Taschenlampe und geeignete Schuhe war sie sowieso
nicht dazu ausgerüstet weiter zu gehen. Sie hatte auch keine anderen
Lichter in der Höhle gesehen. Ihr Puls beschleunigte sich, als sich
fragte, ob die Familie überhaupt in die Höhle gegangen war.

Sie kam auf die Knie und versuchte, das Gleichgewicht nicht zu
verlieren. Ihre Augen hatten sich genug an die Dunkelheit gewöhnt,
um ein paar Fuss entfernt einen dunklen Umriss auszumachen. Das
musste die Höhlenwand sein. Sie zählte ihre Schritte, während sie
darauf zu schlurfte. Sie atmete erleichtert auf, als sie den feuchten
Felsen berührte.

Sie lehnte sich gegen die Höhlenwand und beurteilte den Schaden. Ihr Knie schmerzte. Zusätzlich zu der Abschürfung hatte sie wahrscheinlich eine Sehne gezerrt. Mit ihrem wunden Knöchel würde es ein langer, schmerzhafter Weg zurück zum Strand werden. Sie erhob sich langsam und verlagerte vorsichtig Gewicht auf ihr Bein. Sie konnte gehen, solange sie keine plötzlichen Bewegungen machte.

Sie zwang sich, ruhig zu bleiben und fühlte mit ihrer Handfläche die Höhlenwand entlang. Innerhalb einer Minute fand sie die Öffnung. Aber war es derselbe Durchgang? Sie hatte nicht in Betracht gezogen, dass es mehrere Öffnungen geben konnte.

Sie ging um die Ecke und kam in eine andere Kammer. Ihr wurde schwer ums Herz, als sie erkannte, dass es nicht derselbe Ort war. Zum einen fiel der Boden nach unten ab und die Decke war viel niedriger. Nicht mehr als als zehn Fuss hoch. Das musste der Anfang des unterirdischen Tunnels sein.

Sie bewegte sich weiter ins Innere und es wurde sogleich dunkler. Sie wartete wieder darauf, dass sie ihre Augen anpassten und konnte bald die dunklen Umrisse der Höhlenwand ausmachen. Als sie ein paar Schritte vorwärts ging, wurde die Decke noch viel niedriger, so dass sie fast mit dem Kopf daran stieß.

Sie ging weiter leicht abwärts, doch als sie nach unten ging, wurde die Decke wieder höher. Ein paar Minuten später wurde der Boden unter ihr wieder eben. Sie hatte keine Ahnung, ob sie noch auf der Insel oder schon unter dem Meer war. Es war schwierig, sicher zu sein, da sie schon um ein paar Ecken gegangen war. Sie war sich lediglich sicher darüber, dass sie nicht wieder Richtung Inland gegangen war.

Sie ließ ihre linke Hand an der Höhlenwand, um sicherzugehen, dass sie wieder zur Hauptkammer finden würde. Es war unglaublich, sich vorzustellen, dass die Natur einen Tunnel unter dem Meer geschaffen hatte. Sie hatte irgendwo gelesen, dass es nahezu unmöglich war, in diesem Teil des Pazifischen Ozeans unterirdisch zu bauen oder elektrische Kabel zu verlegen. Das tiefe Wasser und der instabile Meeresboden in einem Gebiet, dass anfällig war für Erdbeben hatte es Ingenieuren schwer gemacht. Und doch existierte dieser natürliche Tunnel seit Tausenden oder vielleicht Millionen von Jahren. Er hatte Erdbeben, Stürmen und vielleicht sogar der Eiszeit widerstanden.

Sie dachte, dass sie weniger als dreißig Minuten lang in der Höhle war. Ihre Zuversicht war zurück und sie entschied, dass ein paar Minuten mehr nichts ausmachen würden. Zur Bestärkung befühlte sie die feuchte Höhlenwand und ging weiter. Noch ein paar Minuten und dann würde sie zum Eingang zurückgehen.

Das Wasser wurde lauter. Es musste ein ziemlich großer Wasserfall sein. Einer, den Jace und Raphael komplett verpasst hatten. Das war ein weiteres Problem mit Jaces Raphael-Besessenheit. Bei seiner Suche nach einer zweiten Story, hatte die Chance seines Lebens verpasst, ein schönes Naturwunder zu sehen. Es war um so umtäuschender, da Jace die freie Natur liebte und sie warscheinlich nie wieder hierher zurückkommen würden. Die Insel war nur mit einem privaten Boot erreichbar und sie besaßen keines. Jace war dem hellscheinenden Objekt nachgejagt und hatte den Schatz verpasst, der direkt vor seiner Nase lag. Wenn man danach ging, wie schnell die Männer zurückgekehrt waren, hatten sie es wahrscheinlich noch nicht einmal in die Höhle geschafft.

Sie folgte dem Geräusch des Wassers und trat in eine dritte Höhle. Diese war die bis jetzt Größte und am besten Beleuchtete. Sie stand vor einem etwa zwanzig Fuß breiten Pool. Türkisgrünes Wasser stürzte von ungefähr achtig Fuß über ihr in den Pool herab. Ihr Mund stand offen, als sie den Wasserfall nach oben verfolgte. Das Wasser hatte sich tief in den Felsen gegraben und einen engen Graben ausgehöhlt, von dem aus das Wasser in den Pool vor ihr stürzte.

Die alleinige Größe und das Donnern des unterirdischen Wasserfalls war atemberaubend. Pete hatte offensichtlich nicht gewusst, dass er existierte, sonst hätte er es erwähnt. Sie starrte voller Bewunderung und fragte sich, ob sie die erste Person war, dies zu sehen. Wahrscheinlich nur eine der paar Auserwählten und hoffentlich nicht die letzte.

Der Wasserfall war nicht die einzige Attraktion. Rechts vom Wasser lag ein großer, flacher, wahrscheinlich zehn Fuss breiter

Felsen. Sie trat näher und berührte die Oberfläche mit ihrer Hand. Er sah aus wie ein Altar oder eine Art von zeremoniellem Stein. Sie bückte sich, um ihn zu untersuchen und befühlte mit der Hand die schwachen Umrisse von Tiermalereien in roter und brauner Farbe.

Sie zitterte und fragte sich, wie weit unter dem Meeresboden sie war. Die Steigung war nur langsam gewesen und so hatte sie das Ausmaß ihres Abstiegs nicht bemerkt.

Dieser Teil der Höhle war dunkel, aber besser beleuchtet als die vorherigen Kammern, obwohl sie tiefer unter Grund lag. Sie suchte die Kammer nach der Lichtquelle ab und bemerkte einen winzigen Lichtstrahl hinter dem Pool, vielleicht fünfzig Fuß entfernt. War diese Beleuchtung eine Öffnung zu Valdes Island auf der anderen Seite des Tunnels oder ein zweiter Ausgang auf De Courcy Island?

De Courcy, entschied sie. Sie drückte das Licht auf ihrer Uhr. Dem beleuchteten Zeiger zufolge, war sie seit etwa dreißig Minuten im Tunnel. Nicht lang genug, um die drei Meilen Entfernung über den Kanal gemacht zu haben. Sie hatte mehrmals angehalten und war auch nach rechts und links gegangen. Es würde einige Stunden dauern, um eine Entfernung von drei Meilen zügig zurückz legen und noch länger mit ihrem Humpeln.

Es musste mindestens vierzig Minuten gewesen sein, seitdem sie Pete gesehen hatte und noch länger, seitdem sie von Jace und Raphael auf dem Pfad getrennt worden war. Sie sollte wirklich wieder zurück zum Strand gehen. Aber es würde nichts schaden, sich die andere Seite des Pools anzusehen. Sie würde sich später ärgern, wenn sie beim Pool gewese wäre, sich ihn aber nicht angesehen hätte. Sie gab sich noch weitere fünf Minuten. Dann würde sie auf jeden Fall zurück gehen. So würde sie den Pool wenigstens beschreiben und den anderen erzählen können, was sie verpasst hatten. Wenn sie mit den anderen zurückkam, würde sie eine Taschenlampe mitbringen.

Sie sah ein letztes Mal auf den Wasserfall, gespenstisch schön im dämmrigen Licht. Sie drehte sich zur Lichtquelle um und ging in Richtung des engen Ganges. War Brother XII vor Jahren denselben Weg gegangen? Gerüchten zufolge waren seine Gefäße voller Gold auf der ganzen Insel versteckt. Warum nicht hier? Dies war das perfekte Versteck.

Das Licht wurde stärker und dann wieder schwächer, als weiter den Gang entlang ging. Innerhalb von ein paar Minuten war es vollkommen dunkel und wieder ging sie blind durch den Tunnel mit ihrer Hand an der feuchten Höhlenwand. Moos und Flechten kitzelten ihre Handfläche. Sie strich mit der Hand über die glitschige Oberfläche und versuchte, nicht daran zu denken, was, außer Wasser, noch unter ihre Hand war.

"Autsch!" Der Höhlenboden gab unter ihr nach. Sie fiel ins Wasser und wurde panisch, als es sie umschloss. Das eisige Wasser drang in ihre Lungen und Nase, als sie nach unten sank. Sie trat um sich im Wasser, voller Panik, dass sie nicht wusste, wo der Weg nach oben war.

Ein Flipflop löste sich von ihrem Fuß und streifte ihren Kopf, als er an ihr nach oben trieb. Ihre Panik ließ nach, als sie sah, dass er nach oben getrieben war. Sie stieß ihren Körper in die gleiche Richtung und durchbrach die Wasseroberfläche. Sie atmete tief ein, während sie sich aufrichtete. Sie hustete wegen dem Wasser, das sie geschluckt hatte und war überrascht, dass ihr das Wasser nur bis zur Hüfte ging. Immer noch ein Problem, aber durch das Wasser waten war viel besser, als blind zu schwimmen.

Sie musste sich bei dem Versuch sich aufzurichten mehrmals gedreht haben. Aus welcher Richtung war sie gekommen? Ihre Gedanken waren durcheinander, als sie die Höhlenwände absuchte. Sie sah den Gang nicht mehr und auch keine Öffnung.

Alles sah gleich aus in dem trüben Licht.

Ihre spontane Erkundung war vielleicht ein fataler Fehler gewesen.

## 11

Opfer sind panisch, Überlebende überleben. Kat wiederholte das Mantra im Kopf und zwang sich, ruhig zu bleiben. Sie hatte irgendwo gelesen, dass viele Brandopfer nur wenige Zoll von der Sicherheit entfernt starben. Sie wurden orientierungslos und wählten die falsche Richtung. Sie fand sich einer ähnlichen Situation gegenüber, außer, dass sie genug Sauerstoff hatte und nicht in unmittelbarer Gefahr war.

Sie hatte sich verlaufen, aber sie war nicht sehr weit gegangen. Sie musste einfach nur die Felskante finden und wieder hochklettern. Sie musste die Richtung systematisch ändern oder sie würde es riskieren, sich noch mehr zu verlaufen.

Sie fluchte unterdrückt. Noch Minuten zuvor hatte sie sich aus einer schwierigen Situation befreit und nun hatte sie sich in eine noch schwierigere gebracht. Egal wie viele Naturwunder sie vielleicht sehen würde, dieses Mal würde sie zurück gehen. Eine Höhle ohne eine Taschenlampe zu erforschen war eine vorprogrammierte Katastrophe.

Keine Einzelerkundungen mehr, versprach sie sich. Sobald sie wieder auf dem richtigen Weg war.

Sie trug ihre Flipflops in der linken Hand und bewegte sich nach rechts. Sie zählte ein Dutzend Schritte und sie war noch immer im Wasser. Sie ging in eine andere Richtung und zählte vierzehn Schritte, als ihr Oberschenkel gegen eine Kante stieß. Sie lächelte. Es fühlte sich an, wie die gleiche Kante, an der sie ins Wasser gefallen war.

Sie zog sich hoch und dachte dann, dass es mehr als eine Kante geben könnte. Sie sollte sicher sein, dass sie in die richtige Richtung ging, bevor sie sich weiter auf den Weg machte.

Sie glitt zurück ins Wasser und ging zurück in die Richtung, aus der sie gekommen war. Sie zählte vierzehn Schritte. Von da an zählte sie weitere acht Schritte und damit zweiundzwanzig Schritte, bevor sie zu einer ähnlichen Kante kam. Diese war kniehoch. Sie legte einen Flipflop zur Markierung auf die Kante. Dann trat sie auf die Kante hoch.

Kaum zwanzig Fuss später kam sie zu einer Sackgasse. Die Lichtquelle des Ganges war eine Öffnung in der Höhlendecke. Sie war zu klein und weit weg, als dass man wirklich irgendetwas sehen konnte. Das sorgte sie noch mehr, denn das bedeutete, dass sie noch tiefer unter der Erde war, als sie gedacht hatte.

Wenigstens hatte sie ihre Antworten. Als sie sich umdrehte, verspürte sie einen scharfen Schmerz in ihrem Knie. Sie langte hinunter und fühlte, dass es geschwollen war. Je eher sie das Boot erreichte, um so besser. Aber es würde lange dauern. Jaces Verärgerung würde sich mittlerweile in Sorge verwandelt haben.

Sie ging noch einmal denselben Weg zurück und kehrte zur Felskante zurück. Sie suchte nach ihren Flipflop.

Nichts.

Sie hatte es befürchtet. Sie war an einer anderen Stelle der Kante angekommen, weil sie nicht in einer geraden Linie gegangen war. Der fehlende Flipflop war der Beweis. Jetzt stellte sie all ihre vorherigen Entscheidungen in Frage. Sie würde nicht wissen, ob sie völlig vom Weg abgekommen war. Und noch schlimmer – jetzt hatte sie nur einen Flipflop.

Sie seufzte und glitt wieder ins Wasser. Es ging ihr bis zur Brust. Viel höher als dort, wo sie den Flipflop gelassen hatte. Sie bewegte sich an der Kante entlang und fühlte nach ihrem Schuh. Ihr Puls beschleunigte sich, als sie nichts fand.

Überlebende überleben.

Sie trat plötzlich gegen eine Wand, die ihren Weg nach vorn blockierte.

Eine Wand, die vorher nicht dagewesen war.

Sie war falsch abgebogen, aber wo? Bis hin zum Wasserfall hatte sie sich bemüht, die Hand an der Wand zu lassen, daher sie in die richtige Richtung zurück ging.

Jedenfalls bis sie von der Felskante gefallen war und ihr Bein verletzt hatte. Da musste sie falsch abgebogen sein. In ihrer Begeisterung, den Wasserfall gefunden zu haben, hatte sie vergessen, sich ihre Schritte an der Höhlenwand zu merken. Voller Horror realisierte sie, dass sie sich verlaufen hatte.

Und dass sie allein war. Die Familie war offensichtlich nie in die Höhle gegangen oder sie wäre ihnen zu diesem Zeitpunkt schon begegnet. Jace und die anderen würden zurückkommen, um nach ihr zu suchen, aber würden sie so weit in die Höhle gehen? Würden sie die Höhle überhaupt absuchen? Soweit sie wussten, war sie gar nicht in die Nähe der Höhle gegangen. Und dann war sie falsch abgebogen. Vielleicht würden sie sie niemals finden.

Ihre einzige Hoffnung war Pete. Wenn sie bemerkten, dass sie vermisst wurde, würde er ihnen sagen, in der Höhle nachzusehen. Sie fühlte sich leichter bei dem Gedanken.

"Hallo?" Ihre Stimme echote unbeantwortet durch die Höhle.

Aber was, wenn Pete nichts sagte? Er hatte ihre neugierigen Fragen nicht gemocht und wenn er etwas zu verbergen hatte, machte er sich bestimmt Sorgen, dass sie es aufdecken könnte. Sie war auf sichere Weise aus dem Weg geschafft. Bestimmt würde Pete nicht so grausam sein, sie allein und gefangen in einer Höhle zu lassen.

Oder würde er es?

Was, wenn er es tun würde? Wie um Himmels willen sollte sie irgendjemanden erreichen? Ihr Handy funktionierte in der Höhle nicht. Dann fiel es ihr wie Schuppen von den Augen.

Natürlich. Ihr Handy konnte zwar kein Signal übermitteln, aber es hatte Licht. Warum hatte sie nicht schon vorher daran gedacht? Besser spät, als nie. Sie zog es aus ihrer Tasche und war froh, dass sie daran gedacht hatte, es für die kurze Fahrt im Beiboot in eine Plastiktüte zu stecken. Sie zog es aus der Tüte, drückte einen Knopf und ihr Handy erwachte zum Leben. Sekunden später erhellte die Taschenlampe des Gerätes einige Fuß um sie herum.

Die Öffnung zur kleinere Höhle war nur drei Fuß entfernt. Sie hatte sich in die falsche Richtung gedreht. Sie watete in Richtung Eingang und zog sich hoch auf die Felskante. Sie kniete sich hin und nahm ihren Flipflop. Dieses Mal dauerte es ein bisschen länger, wieder auf die Füße zu kommen. Ihr Knie war steif und geschwollen und ihr Knöchel ebenso. Sie fluchte, als sie aufstand. Sie humpelte zur Öffnung und ging durch den Tunnel.

Ihre Hoffnung stieg, als sie Tier- oder vielleicht Vogelgeräusche hörte. Das bedeutete, dass sie in der Nähe eines Ausgangs war. Komisch, dass sie die Geräusche vorher nicht gehört hatte.

Das Licht war ein Lebensretter, aber in gewisser Weise war es besser, im Dunkeln zu bleiben. Die Beleuchtung verschlimmerte ihre Platzangst. Zum ersten Mal sah sie ihre Umgebung deutlich. Ein Lufthauch wehte an ihrem Arm vorbei, als etwas einige Zentimeter über ihrem Kopf flog. Sie zog eine Grimasse, als sie sah, dass es eine Fledermaus war. Sie schien ihr zu folgen und landete in der Nische direkt vor ihr.

Als sie die Fledermaus ansah, bemerkte sie, dass die ganze Wand sich zu bewegen schien. Hunderte von Fledermäusen hockten kopfüber über ihr. Sie erschauderte und fragte sich, wie sie das Geräusch für Tiere hatte halten können. Die erfrischende Kühle von vor einigen Minuten war auf einmal erstickend. Sie zwang sich, ruhige und heitere Gedanken zu denken. In ein paar Minuten würde sie draußen in der Sonne sein oder wenigstens auf dem Pfad. Jedenfalls war es da, was sie sich sagte.

Entspanne dich.

Ihr Weg hinein hatte fast eine Stunde gedauert, aber ihr Weg nach draußen sollte weniger als zehn Minuten dauern.

Oder ein wenig länger, da es immer schwieriger wurde, mit ihrem verletzten Bein zu gehen.

Es war ihr egal, wie lange es dauern würde. Sie war zurück in vertrauter Umgebung und sie musste nur dem Pfad folgen. Ihre Lebensgeister waren wieder geweckt, als sie den Wasserfall sah. Sie schlurfte am Pool vorbei und in Richtung der Öffnung zur nächsten Kammer, als der schon bekannte Wassernebel wieder aufkam.

Bald war sie in der äußersten Kammer. Sie musste nur die Felszunge mit dem eingekerbten Stein finden, der sie um die Ecke leiten würde. Sie hatte den Stein zuvor nur gefühlt und nicht gesehen. Daher strich sie mit der Hand die Höhlenwand entlang, um ihn zu finden. Sie würde innerhalb von Minuten wieder draußen und zurück auf dem Pfad sein. Das war ihr letzter Gedanke, bevor sie fiel.

## 12

Kat rang nach Luft, als ein scharfer Schmerz durch ihr Bein schoss.

Sie war auf dem unebenen Boden gestolpert und vom Pfad hinunter gefallen. Sie hatte sich so darauf konzentriert, den eingekerbten Stein zu finden, dass sie den steilen Abhang neben dem Pfad nicht bemerkt hatte. Ihr geschwollenes Knie und ihr verstauchter Knöchel machten es zunehmend schwer zu gehen und die Balance zu halten. Sie hatte ihr unverletztes Bein belastet und war dadurch beim Gehen eingeknickt und gestolpert, als sie in ein klaffendes Loch trat.

Das war jedoch ihre geringste Sorge. Sie steckte zwischen einem Stein und etwas Hartem fest.

Im wahrsten Sinne des Wortes.

Kats Sturz hatte mehrere Steine gelöst und ihr Arm steckte unter ein paar von ihnen fest. Sie fluchte leise, während sie über die Tatsache nachdachte, dass sie sich dreimal in weniger als einer Stunde verletzt hatte. War sie wirklich so unbeholfen?

Nein, einfach nur dumm.

Was hatte sie sich dabei gedacht, Flipflops zu tragen und allein zu gehen. Aber sie war nicht von Anfang an allein gewesen. Sie seufzte und zog ihr Handy heraus, um ihre Umgebung zu beleuchten. Sie war nur ein paar Fuss vom Höhleneingang entfernt. So nah, dass sie die frische Luft fast schmecken konnte. Der Geruch war wahrscheinlich nur ihr Verstand, der verrückt spielte, aber die verstärkte Signalanzeige ihres Handys war auf jeden Fall keine Einbildung. Gegen jede Wahrscheinlichkeit, hatte sie wieder Empfang. Sie wählte Jaces Nummer und rief in an.

"Kat, wo bist du?" Die Verbindung brach immer wieder ab. "Wir haben überall nach dir gesucht."

"Ich stecke in der Höhle fest." Pete wusste, dass sie zur Höhle gegangen war. Sicher hätte er die Unruhe an Bord gehört, als sie versucht hatten, herauszufinden, wo sie war. Oder vielleicht hatten sie gar nicht bemerkt, dass sie nicht da war. Aber daran wollte sie lieber nicht denken.

"Wie ist das möglich? Die Höhle ist nur ein paar Fuß tief."

"Nein, sie ist größer. Ich habe eine versteckte Öffnung gefunden. Ich bin fast zufällig darauf gestoßen. Aber egal. Du musst mich hier herausholen. Ich stecke fest."

"Wie steckst du fest?"

Sie erklärte ihm kurz die Situation. "Die Details sind nicht wichtig und ich will meine Handybatterie nicht vergeuden. Ich bin ein paar Mal hingefallen. Vielleicht könntest du mir einen Gehstock oder so etwas bringen. Und Schuhe."

Es gab eine lange Pause am anderen Ende. "Okay."

"Frag' Pete nach der Höhle. Er kennt sie."

"Wer ist Pete?"

"Einer von Raphaels Mannschaft. Du musst ihn auf dem Pfad gesehen haben. Er war zur gleichen Zeit da wie wir."

"Ich habe niemanden auf dem Pfad gesehen. Da war aber ein Typ am Strand." Jace beschrieb ihn. "Jetzt, da du es erwähnst – Raphael schien ihn zu kennen. Er hat ein paar Minuten mit ihm gesprochen, bevor wir zurück zum Schiff gefahren sind."

"Das ist er. Sieht ein bisschen verkommen aus." Sie war überrascht, dass Jace ihn nicht an Bord bemerkt hatte. Aber wiederum hatte Jace an der Bar gesessen und die meiste Zeit so ziemlich an Raphael festgeklebt.

"Er hat Raphael gesagt, dass du mit ihm zurückkommen würdest. Deswegen sind Raphael und ich zurück zum Schiff gefahren."

"Das ist verrückt, Jace. Pete ist zur Insel geschwommen." Jedenfalls hatte Pete ihr es so gesagt.

"Warum würde er dahin schwimmen, wenn er im Beiboot mit uns hätte kommen können?"

"Ich habe keine Ahnung, aber das ist nicht relevant. Du fragst dich nicht mal, ob ich okay bin and jetzt glaubst du Raphael eher als mir?" Ihr Gesicht rötete sich, als sie versuchte, ruhig zu bleiben. "Was, wenn er ein Krimineller oder so etwas ist?"

"Ich denke, ich habe nicht nachgedacht. Da Raphael ihn kannte, habe ich angenommen, dass alles okay war." Die ersten Anzeichen von Zweifel waren in seiner Stimme zu hören.

"Raphael kommt aus Italien und wir besuchen eine Insel, auf der er noch nie war und er kennt einen schmuddelig aussehenden Gammler?" Wenn das kein Beweis für Raphaels widersprüchliche Geschichte war, dann wusste sie nicht, was eine war.

"Sei nicht ärgerlich mit mir. Du hast gerade bestätigt, dass er zur Mannschaft gehört, also hat doch letztlich alles gut geklappt, oder?"

"Das ist nicht der Punkt, Jace." Ein Streit würde sie nicht aus der Höhle kriegen, aber sie musste wissen, in wieweit Pete in die Sache involviert war. "Hat Pete dir das selbst gesagt, oder war es Raphael?"

"Raphael," gab Jace zu.

"Pete wusste, dass ich euch einholen wollte. Warum würde er lügen?" Pete hatte nicht gelogen, aber Raphael hatte es. Doch Jace würde es nicht glauben. Er war so von Raphael eingenommen, dass er nichts Negatives über ihn glauben würde. Raphael hatte gelogen, um sie loszuwerden. Ärger kam in ihr hoch. "Wie hätte ich zurück zum Schiff kommen sollen, wenn ihr das Beiboot hattet?"

"Pete sagte, er würde dich in seinem Boot zurückbringen."

"Raphael hat dir das auch gesagt, was?"

Stille.

"Raphael wusste, dass es nur ein Beiboot gab." Pete hätte nahezu sicher seine Hilfe angeboten, um nach ihr zu suchen. Hatte Raphael das auch verhindert?

"Oh."

"Das ist alles, was du sagen kannst?"

Jace seufzte. "Es tut mir leid, okay. Ich habe gedacht, du wärst okay mit Pete. Es ist doch eine kleine Insel und so…"

"Hole mich einfach aus dieser Höhle raus."

"Das werde ich. Sobald ich Raphael gefunden habe. Ich weiß nicht, wo das Beiboot ist."

Ihr Handy piepte, um die geringe Batterie anzuzeigen. "Mein Handy ist fast leer. Beeile dich." Sie würde mit Pete sprechen, wenn sie wieder an Bord war, um seine Seite der Geschichte zu hören, aber sie wusste schon, was es war. "Bring Pete mit. Er war schon mal in der Höhle."

"Keine Sorge," sagte Jace. "Wir holen dich raus. Ich bin sicher, dass Raphael viel Werkzeug auf der Jacht hat."

"Komm, so schnell du kannst." Kat stellte fest, dass es fast Zeit zum Abendessen war. Es wurde bald dunkel und ihre Rettung würde schwierig sein, wenn es Abend wurde. Das letzte, was sie wollte, war die Nacht in einer feuchten, nasskalten Höhle zu verbringen. Warum geriet sie immer in solche Schwierigkeiten? Weil ihre Neugier jedes Mal die Oberhand gewann.

Ihre Gedanken gingen wieder zu Brother XII und seiner Siedlung. Die Siedler hatten ohne zu überlegen an seinen Traum geglaubt. Mehrere von ihnen waren ohne eine Spur verschwunden. Sie zitterte bei dem Gedanken und fragte sich, ob einige von ihnen ihre letzte Ruhestätte innerhalb der Höhle gefunden hatten, verschollen, wie sie es war.

Die Anhänger von Brother XII hatten ihr Geld übergeben, schufteten sich auf dem Land für nichts ab und stellte viel zu spät fest, dass sie übers Ohr gehauen worden waren. Vielleicht waren einige von ihnen in diese Höhle gegangen, um nach einer Fluchtmöglichkeit zu suchen oder vielleicht nach dem angeblichen Schatz von Brother XII.

Natürlich gehörte der Schatz von Brother XII in Wahrheit ihnen, da er von dem Geld angehäuft worden war, dass sie übergeben hatten, als sie der Gruppe beitraten. Vielleicht bereuten sie, dass sie Brother XII all ihr Geld gegeben hatten und waren gekommen, um es zurück zu holen. Sie suchten nach einem Weg, um von der Insel zu kommen, aber da sie nun pleite waren, hatten sie kein Heim, in das sie fliehen konnten.

Die verlorenen Seelen der Ära von Brother XII mussten ihren eigenen Ausweg finden. Niemand suchte nach ihnen oder verständigte die Behörden. Sie waren vergessene Menschen, die aufhörten, in der Außenwelt zu existieren. Als sie sich der Aquarian Foundation ergeben hatten, waren sie mit der Zeit verschwunden.

Sie zitterte bei dem Gedanken. Sie wäre vielleicht in der Höhle verschwunden, wenn sie nicht die moderne Annehmlichkeit eines Handys gehabt hätte.

Sie wurde von einer Männerstimme aus ihren Gedanken geschüttelt.

"Kat, können Sie mich hören?" Raphaels Stimme kam aus Richtung des Eingangs. Seine Stimme war gedämpft, wahrscheinlich wegen der Akustik in der Höhle oder des Mangels daran.

"Hier drüben. Geradeaus bei der Wand, dann nach links. Wo ist Jace?"

"Was? Ich kann Sie nicht hören." Seine Stimme wurde schwächer.

"Gehen Sie geradeaus zu der hinteren Wand," schrie Kat. "Dann folgen Sie der Wand nach links." Warum konnte er sie nicht hören? Obwohl seine Stimme gedämpft war, konnte sie ihn auch ohne Rufen gut hören.

Plötzlich gab es einen ohrenbetäubenden Krach von Stein und Felsen.

Das fahle Licht verschwand und wurde von Dunkelheit ersetzt. Die kleine Öffnung war nun komplett verschlossen.

Etwas hatte den Ausgang versperrt.

Etwas oder jemand.

## 13

Der Felsbrocken stürzte vor die kleine Öffnung und versperrte Kats einzigen Ausgang. Die einzige Stimme, die sie draußen gehört hatte, war Raphaels gewesen. Eigentlich hatte sie Jace überhaupt nicht gehört.

"Jace? Bist du da?" Warum sprach Raphael und nicht Jace?

Stille.

"Raphael, wo ist Jace?" Sie erinnerte sich wieder daran, was Jace über das Beiboot gesagt hatte. Er hatte es nicht finden können. Trotzdem war Raphael hier. War er allein zur Insel zurückgekehrt? "Wer ist da mit Ihnen, Raphael?"

Keine Antwort.

"Lassen Sie mich raus!" Raphael mochte sie offensichtlich nicht, aber sie in einer Höhle gefangen zu halten war gleichbedeutend mit Mord. Ihr Herz raste, als sie sich fragte, wo Jace, Harry und Gia waren. Jeder der drei würde alles liegen und stehen lassen, um nach ihr zu suchen. Jace wusste, dass sie gefangen war. Warum war er dann noch nicht hier? Panik stieg in ihr auf.

Vielleicht war ihnen auch etwas passiert.

Vielleicht war sie nur paranoid. Aber wenn das der Fall war, warum antwortete Raphael ihr dann nicht? Sie war sich nur zweier Dinge sicher: sie hatte Raphael's Stimme vor der Höhle erkannt und der Felsen, der jetzt den Ausgang blockierte, war nicht von allein dorthin gelangt. Raphael hatte sie in der Höhle eingeschlossen, anstatt sie zu retten.

Das war verrückt, außer wenn Raphael ein noch finsteres Geheimnis hatte, als Gia zu betrügen. Obwohl sie sicher war, dass Raphael Gia um ihr Geld betrug, war ihre Freundin nicht direkt eine Millionärin. Raphael könnte mit Leichtigkeit seine Spuren beseitigen, dass Geld nehmen und sich aus dem Staub machen. Er musste keinen Mord begehen, um damit davon zu kommen.

Es gab noch etwas anderes, aber sie hatte nur einen Verdacht und keine Fakten, um sein extremes Verhalten zu beweisen. Was könnte es womöglich geben, das reichte, sie umzubringen?

Jace irrte sich sehr in Raphael, aber sofern er nicht wieder zu Sinnen käme, würde er nicht annehmen, dass Raphael Hintergedanken hatte. Und er würde Raphael vertrauen, sie zu retten. Sie kam wieder zu ihrem Telefongespräch zurück. Jace vermutete immer noch nicht, dass etwas nicht stimmte.

Fussschritte knirschten draußen.

"Was ist los?"

Kats Schrei traf auf Stille. Ihr Herz raste und sie hatte auf einmal Platzangst. Die Höhle erschien sogar noch dunkler und die Luft noch muffiger.

Es war eine Frage des Willens.

Jace würde sie herausholen. Er würde in Null Komma nichts hier sein.

Wenn er es konnte.

Ihr Brust wurde eng, als Panik sie ergriff. War ihm auch etwas passiert? Was auch immer Raphael verbarg, er betrachtete es als so wertvoll, dass er sie in der Höhle eingeschlossen hatte. Er würde sie sterben lassen, wenn er könnte.

Hör auf.

Überlebende überleben.

Ein paar Dutzend langsame Atemzüge später kam sie zu einem

unmissverstädlichem Schluss. Sie würde nicht entkommen, wenn sie passiv auf Rettung wartete. Erst einmal musste sie ihren Arm befreien. Sie zuckte vor Schmerz zusammen, als sie ihren Arm hin und her drehte. Nach einigen Minuten und hin und her schaukeln bekam sie ihn endlich frei. Sie seufzte vor Erleichterung bei dieser knappen Sache. Jetzt musste sie zurück auf den Weg kommen. Sie rollte die Steine von ihrem Bauch und setzte sich auf. Sie kletterte wieder hoch zum ebenen Terrain und humpelte zum Höhleneingang.

Sie drückte gegen den Felsen, wohl wissend, dass es sinnlos war, bevor sie es versuchte. Er bewegte sich nicht.

Geschlagen lehnte sie sich gegen den Felsen. Ihr Hals war ausgetrocknet vor Durst. Sie hatte nicht einmal daran gedacht, eine Wasserflasche mitzubringen, denn sie hatten nur eine kurze Wanderung geplant. Genau aufs Stichwort knurrte ihr Magen vor Hunger.

Sie hatte fast all ihre Handybatterie mit der Taschenlampe verbraucht. Würde es jetzt überhaupt funktionieren, wo die Höhle verschlossen war?

Es war alles, was sie hatte. Sie wählte Jaces Nummer. Ihre Stimmung hob sich, als der Anruf durchging. Sie würde in wenigen Minuten hier raus sein. Schlimmstenfalls in einer Stunde.

Ihr wurde schwer ums Herz, als ihr Anruf direkt zu Jaces Voicemail ging. Das bereitete ihr Sorgen. Jace stellte nie sein Handy aus.

Ihre Batterienanzeige piepte und sie hinterließ ihm eine Nachricht. Sie sprach schnell und gab ihm Informationen über die Lage des Felsens, der den versteckten Eingang blockierte und wie man sich in der Höhle zurechtfinden konnte. Sie bemühte sich, Raphael nicht mit hineinzuziehen, für den Fall, dass er Jaces Handy hatte.

Onkel Harry war ihre letzte Hoffnung. Sie hoffte, dass sie genug Batterie hatte, um ihn zu erreichen. Es konnte allerdings sein, dass er sein Handy nicht einmal mitgebracht hatte. Selbst wenn er es in der Tasche hatte, tendierte er dazu, es nicht zu hören. Sie wählte seine Nummer und wartete.

Es klingelte einmal, zweimal, dreimal, keine Antwort.

Onkel Harry antwortete beim vierten Klingeln. "Kat, wo zum Teufel bist du? Wir haben auf dich gewartet."

"Ich bin in einer Höhle auf der Insel."

"Du bist was? Ich kann dich kaum verstehen. Vielleicht solltest du noch einmal anrufen -"

"Nein, leg' nicht auf. Hör' genau zu, Onkel Harry." Sie bewegte sich näher zu dem felsenversperrten Höhleneingang, um zu versuchen, ihr Signal zu verstärken. "Suche Pete und erzähle ihm, dass ich in der Höhle gefangen bin."

"Welche Höhle? Was hat Pete mit irgendetwas zu tun?"

"Das ist jetzt nicht wichtig. Hole ihn einfach und kommt her."

"Aber Raphael hat das Beiboot..." Harrys Stimme wurde leiser und war dann ganz abgeschnitten, als ihr Handy tot war.

Sie starrte ernüchtert auf ihr Telefon. Wenigstens hatte sie den Anruf gemacht und Onkel Harry wusste, dass sie in der Höhle war. Ein schwacher Trost, aber irgendwann würde Hilfe kommen. Sie konnte sich auf ihren Onkel verlassen. Auf was sie sich jedoch nicht verlassen konnte war seine Diskretion. Vor Pete, würde er sicher Raphael mit hineinziehen.

Das war ein Problem. Sie entschied, dass es am Ende keinen Unterschied mache würde. Egal wie unbehaglich, ihr Onkel würde darauf bestehen, sie zu finden.

Sie würde sich mit Raphael befassen, sobald sie draussen war.

Sie rutschte die Höhlenwand hinunter und kam zum Sitzen. Kalter Schweiss brach bei ihr aus. Nur sehr wenige Menschen wussten, dass diese Höhlen existierten und von dem, was Pete ihr erzählt hatte, wussten noch viel weniger von den Gängen und Kurven in dieser speziellen Höhle. Mit dem Felsen, der die Öffnung blockierte, war der Eingang unsichtbar für jeden, der die Höhle nicht kannte. Sie könnte hier sterben, langsam verhungern, während die wenigen Höhlenbesucher andere Gänge untersuchten. Sie zitterte und legte die Arme um ihre Knie.

Dann wurde ihr auch bewusst, dass sie, Onkel Harry, Jace und – soweit sie wusste – Gia niemandem von ihrer spontanen Reise erzählt hatten. Niemand wusste, wo sie waren. Raphael könnte sie alle loswerden. Es gab nicht eine Seele, die wusste, wo sie jetzt waren. Es war unglaublich. Aber ebenso war es, sie so offensichtlich in einer Höhle gefangen zu halten.

Ob und wenn sie gefunden wurde, würde sie nur ein weiteres Artefakt sein?

# 14

K at schreckte aus dem Schlaf. Jemand oder etwas anderes war in der Höhle. Sie hielt den Atem an und lauschte. Das kratzende Geräusch war in der Nähe, nur ein paar Fuss weiter weg neben dem Eingang. Sie zitterte und erinnerte sich an die Fledermäuse. Sie war kaum das einzige lebende Wesen in der Höhle.

Sie hielt den Atem an und lauschte, um zu sehen, wie nah es war. Es war doch kein Tier. Ihre Hoffnung stieg, als Metall gegen Stein schlug. Jemand war draußen.

"Hilfe!" Sie sprang auf die Beine und zuckte vor Schmerz zusammen. In ihrer Erregung hatte sie ihren geschwollenen Knöchel und das verletzte Knie vergessen. Sie stolperte nach hinten. "Ich bin in der Höhle gefangen."

Keine Antwort.

Sie musste eingeschlafen sein. Die Batterie ihrer Uhr war leer und jetzt war es zu dunkel, um die Anzeige ohne Licht zu sehen. Ihre Handybatterie war auch leer, daher wusste sie nicht, wieviel Zeit vergangen war. Es konnte nicht zu lange sein. Sie hatte Hunger, aber nicht übermäßig. Ihre letzte Mahlzeit war das Mittagessen auf dem Schiff gewesen.

"Hier bin ich!"

Stille.

Das erste Hochgefühl wurde von Enttäuschung ersetzt. Sie hatte sich alles eingebildet. Es war niemand anderes hier. So sehr sie sich auch gewünscht hatte, dass es so wäre. Vielleicht hatte sie alles geträumt.

"Ist da jemand?"

Stille.

Es war jetzt viel dunkler in der Höhle, seitdem der Felsen den Eingang blockierte. Und es dämmerte bereits.

Wieder das kratzende Geräusch.

Ihre Hoffnung schwand. Wahrscheinlich wühlte oder grub ein Tier da draußen. Keine Aussicht auf Hilfe.

Aber das Geräusch wurde lauter und wieder hörte sie Metall gegen Stein. Metall war ein gutes Zeichen. Es sei denn, es waren Tiere in der Höhle, die mit Werkzeugen umgehen konnten.

Besser als gut. Es war Musik für ihre Ohren. Wie eine Symphonie.

Sie konzentrierte sich auf das Geräusch und versuchte, es zu identifizieren.

"Bist du da?" Jaces Stimme war klar und deutlich. Er konnte nicht weiter als zehn Fuss weg sein.

"Ja! Hol' mich hier raus, Jace." Sie hoffte, sich hatte seine Stimme nicht geträumt. "Kannst du mich gut hören?"

"Ja. Bist du okay?"

"Einigermaßen." Eine Welle der Erleichterung überkam sie. Sie würde endlich befreit werden.

"Gott sei Dank!" sagte Onkel Harry. "Wir holen dich raus, Kat. Bleib' ruhig."

Nie in ihrem Leben war sie so froh gewesen. "Es ist so gut, eure Stimmen zu hören. Ich bin so froh, dass ihr mich gefunden habt. Wie spät ist es?"

"Kurz nach sieben. Wir haben uns Sorgen gemacht, als du nicht zurückgekommen bist," sagte Jace. Seiner Stimme zufolge betätigte er sich körperlich. Das erklärte die Geräusche der Schaufel.

"Aber ich war mit dir und Raphael zusammen. Warum bist du ohne mich wieder gegangen?" Sie wusste nicht, ob Raphael da draußen bei ihnen war, aber sie wollte endlich eine Antwort haben. Sie konnte nicht mehr warten.

"Du hast es uns gesagt."

"Das habe ich nicht," sagte Kat.

"Na klar, hast du. Du hast Raphael gesagt, dass du mit Pete zurückfährst. Ich habe sogar noch mal nachgefragt."

"Das habe ich nie gesagt." Ihr Wort gegen Raphaels, aber sollte ihr Wort nicht mehr zählen? "Ich habe überhaupt nicht mit Raphael gesprochen."

"Dann hat er es wohl missverstanden." Jace stöhnte. "Dieser Stein ist hier ziemlich verkeilt. Ich habe nicht das richtige Werkzeug."

"Ein Brecheisen würde funktionieren," sagte Onkel Harry. "Aber solche Werkzeuge gibt es nicht auf der Jacht."

Kat wurde es schwer ums Herz. Sie hatte erwartet, innerhalb von Minuten gerettet zu werden, aber es hörte sich nicht sehr vielversprechend an.

"Ich wollte sagen, dass Pete Raphael deine Nachricht gegeben hatte. Daher sind wir gegangen."

"Hast du Pete deswegen gefragt?"

"Nein. Das hätte ich wohl machen sollen." Jaces Worte kamen stoßweise, während er schaufelte. "Raphael hat es offensichtlich missverstanden. Aber du bist mitverantwortlich, wenn du dich einfach allein auf den Weg machst. Wir wussten nicht, wo du warst."

"Oder habt nicht bemerkt, dass ich weg war, dachte Kat. Ihre Euphorie wurde von Ärger verdrängt, als sie sich daran erinnerte, wie Jace einfach vergessen hatte, dass sie da war.

"Dann haben wir gemerkt, dass du immer noch hier warst," sagte Onkel Harry. "Pete sagte, dass du nicht mit ihm zurückgekommen bist. Er scheint bisschen vergesslich, wenn du mich fragst."

Ihr Eindruck von Pete war ganz anders, als der ihres Onkels. Aber jetzt war nicht der Ort oder die Zeit, nach mehr zu fragen. Sie würde warten, bis sie wieder sicher zurück auf der Jacht war. Natürlich war es eine ganz andere Frage, ob sie an Bord sicher war. "Wie lange noch, bis ich draußen bin?"

"Kommt drauf an," sagte Jace. "Wir müssen improvisieren, weil wir nur Schaufeln haben. Und nicht sehr gute. Aber unser Plan funktioniert langsam."

"Wir machen, was die alten Ägypter gemacht haben und graben die Erde und den Sand unter dem Felsen heraus," sagte Onkel Harry. "Wir hoffen, dass der Felsen einfach nach vorne rollen wird."

"Das ist eine gute Idee." Sie erinnerte sich vage daran, einen Dokumentarfilm mit Jace gesehen zu haben. Auch wenn es Sinn machte, es hörte sich gefährlich an. Eine falsche Bewegung und der Felsen könnte auf sie rollen. "Sagt mir Bescheid, wenn der Felsen ins Rollen kommt."

"Oh, das wird noch eine Weile dauern," sagte Onkel Harry.

Sie hörte nur eine Schaufel und vermutete, dass Jace den Großteil des Schaufelns übernommen hatte.

"Ich verstehe nicht, wie du überhaupt hinter diesem Ding feststeckst. Es ist riesig." Jace hörte sich an, als ob er außer Atem war.

"Er war nicht da, als ich reingegangen bin." Eigentlich konnte sich Kat nicht daran erinnern, dass überhaupt irgendwelche Felsen in der Nähe gewesen waren. Aber sie hatte auch nicht darauf geachtet. Sie war darauf konzentriert gewesen, was für Schätze sie vielleicht sehen würde. Wie hatte Raphael den Felsen ganz allein vor die Höhle manövriert? "Was denkst du, wie lange wird es dauern?"

"Vielleicht noch zwanzig Minuten, wenn alles nach Plan geht," sagte Jace.

"Achtung!" rief Onkel Harry.

Der Felsen bewegte sich und ein kleines Stück Licht schien über ihr. Sie war noch nie so froh gewesen, den Himmel zu sehen. Die dreieckige Öffnung war die größte auf der von ihr am weitesten entfernten Seite. Von dem Winkel nach zu schließen, lag der Felsen auf unebenen Boden.

"Das war knapp, Jace," sagte Onkel Harry. "Wir passen besser auf."

"Ja," sagte Jace. "Harry, suche ein paar lange Holzstücke. Wir klemmen sie unter den Felsen während wir graben und ziehen sie raus, wenn wir soweit sind. Der Felsen sollte gerade hinunter rollen mit dem Moment nach unten.

"Alles klar," sagte Onkel Harry.

Jace schaufelte, während Harry Holzklötze herbeischleppte. Nach all dem Stöhnen und Fluchen zu urteilen, war es schwere, schweißtreibende Arbeit. Kat wünschte, sie könnte helfen, aber hörte stattdessen schuldbewusst zu.

Nach was wie eine Ewigkeit schien waren sie endlich fertig. Was gut war, da das kleine Stück Himmel über dem Felsen zu einem tiefen Indigoblau geworden war. Bald würde es dunkel sein, daher sollte der Plan besser beim ersten Mal funktionieren.

"Lasst und loslegen," sagte Jace. "Kat, geh' nach hinten, falls noch etwas anderes verschoben wird. Harry, stell' dich auf die andere Seite. Zieh' die ersten Holzklötze raus, wenn ich es sage. Ich mache das gleiche auf der anderen Seite."

"Alles klar."

"Jetzt," rief Jace. Der Felsen fiel nach vorne und gab eine größere Öffnung preis. Aber die Seiten des Felsens waren immer noch fest in der Höhlenwand eingekeilt.

"Kat, kannst du hochklettern und drüber steigen?" fragte Jace.

"Ich glaube nicht. Es gibt keinen Halt. Ich weiß nicht, wie ich mich hochdrücken soll." Kats Herz wurde schwer. So nah und doch so weit weg. Sie hatte gehofft, vor Einbruch der Nacht draußen zu sein, aber die Sache sah nicht gut aus. In der Zwischenzeit raubte Raphael wahrscheinlich Gia bis auf den letzten Pfennig aus und bekam sie dazu, noch mehr zu investieren.

"Ich habe eine Idee. Was, wenn wir ein Seil hätten?"

"Das könnte funktionieren." Sie hatte einmal Indoorklettern versucht. Sie könnte es vielleicht schaffen. Sie hatte einen Funken Hoffnung, dass sie heute Nacht vielleicht in einem Bett würde schlafen können.

"Okay. Jetzt brauchen wir bloß ein Seil." Er war einen Moment lang still. "Harry, kannst du das Beiboot nehmen und zurück zum Schiff fahren? Es muss ein Seil an Bord geben."

"Dafür haben wir keine Zeit, Jace." Raphael würde sie absichtlich hinhalten. Schließlich hatte er sie überhaupt erst hier eingesperrt.

"Tragt ihr einen Gürtel?"

"Ja," sagte Onkel Harry.

"Ja, warum?" fragte Jace.

"Ein Gürtel ist nicht lang genug, aber zwei sind es vielleicht schon."

"Einen Versuch ist es wert. Aber sind sie stark genug, um zusammen zu bleiben?"

"Es gibt nur eine Möglichkeit, das herauszufinden," sagte Kat. Würde es funktionieren? Alles, was sie tun könnte, war zu hoffen.

Ein Ledergürtel wurde über den Felsen geschoben. Sie reichte nach oben und ergriff ihn. Sie zog und fühlte Spannung, als Jace am anderen Ende festhielt. Sie lehnte sich zurück und trat auf den Stein, konnte sich aber nicht hochziehen. Das Ende des Gürtels hing immer noch zu hoch über ihrem Kopf und sie hatte nicht genug Oberkörperkraft, um sich hochzuziehen.

Die Gürtel müssten länger sein oder sie höher stehen. Sie suchte nach einem Stein, der klein genug war, um ihn zu bewegen. Sie musste sich auf etwas stellen, das ungefähr einen Fuss hoch war. Das würde sie hoch genug bringen, damit sie sich am Felsen hochziehen könnte.

Aber all die Steine um sie herum waren klein. Sie sammelte zusammen, was sie konnte und legte sie aufeinander zu einer provisorischen Plattform. Sie prüfte die Stabilität mit einem Fuß. Es war riskant, auch ohne ihre Verletzungen, aber die Plattform hielt. Es war auch ihre einzige Möglichkeit.

Hier war sie wieder in ihren Flipflops. Ein weiterer Unfall stand kurz bevor. Sie fluchte leise. Es gibt keinen anderen Weg, dachte sie, während sie mit dem zweiten Fuss auf die Plattform trat.

"Okay, ich bin bereit." Kat zog an den Gürteln, bis sie die Spannung an der anderen Seite spürte.

"Okay. Alles klar, Harry?" fragte Jace.

"Klar. Los geht's, Kat," sagte Onkel Harry.

"Okay, ich komme." Sie vergegenwärtigte sich ihr einziges Kletter-erlebnis in einem Indoor Climbing Center. Sie stellte einen Fuss gegen den Stein und lehnte sich ungefähr 45 Grad zurück. Die Gürtel hielten. Sie atmete tief ein und trat mit dem anderen Fuss von der Steinplattform. Sie konzentrierte sich darauf, einen Fuss auf den anderen zu setzen.

"So weit, so gut." rief Jace. "Weiter geht's."

Sie war wenige Zentimeter von der Öffnung entfernt, aber ihre Muskeln schmerzten.

Kat wusste nicht, ob die Männer die Gürtel hielten oder ob sie sie irgendwo befestigt hatten. Ihr brach der Schweiss aus. Wenn es so schwierig war, machte sie wahrscheinlich etwas falsch. Ihre verschwitzten Handflächen rutschten am Leder herunter und ihre Haut brannte, als sie sich bemühte, sich festzuhalten.

Sie verstärkte den Griff um das Leder, aber brachte nichts. Es rutschte aus ihrer Hand und sie fiel nach hinten. Sie landete mit dem Kreuz auf dem Steinhaufen am Boden und schrie auf vor Schmerzen.

"Was ist passiert?" fragte Jace.

"Es ist mir aus der Hand gerutscht." Kat rollte auf die Seite und zuckte zusammen, als Schmerzen durch ihren Rücken, ihre Knie und ihr Fussgelenk schossen. "Gib mir einen Moment, dann versuche ich es noch einmal."

"Ruf' einfach, wenn du bereit bist," sagte Harry.

Schmerz oder kein Schmerz, sie würde, verdammt noch mal, aus dieser Höhle rauskommen.

Zehn Minuten später erreichte sie die Oberseite des Felsens. Sie hielt inne und atmete tief ein. Die frische Luft berauschte sie, als sie über die Oberseite kletterte. Sie lächelte zu Jace und Harry hinunter, die ungefähr zehn Fuss unter ihr standen.

"Es ist so gut, dich zu sehen," sagte Harry.

"Euch auch." Sie lächelte und schwang ihre Beine über den Rand. Fast wäre sie gesprungen, doch dann erinnerte sie sich an ihr Knie und ihr Fussgelenk.

"Stimmt was nicht?" fragte Harry.

"Alles okay," antwortete sie. Nichts stimmte, aber es gab nicht viel, was sie tun konnte. Jedenfalls noch nicht. Sie nahm sich zusammen und sprang. Sie schrie auf, als sie mit der Seite auf dem Boden aufkam. Sie rollte sich auf ihren Hintern und streckte die Hand aus.

Jace zog sie hoch. "Ich lasse dich nie wieder aus den Augen."

Damit konnte sie leben.

## 15

Kat saß auf dem Bett, mit dem Rücken an das Kopfbrett gelehnt. Ihr Bein war hochgelagert und Eisbeutel lagen strategisch plaziert um ihr geschwollenes Knie und den verstauchten Knöchel. Als sie wieder zur Jacht zurückgekehrt waren, hatte sich ihr Bein in einen gigantischen, angeschwollenen Klumpen verwandelt. Sie war erschöpft von ihrer Nahtod-Höhlenerfahrung und dem einstündigen Humpeln zurück zum Beiboot.

"Du siehst aus wie ein Kriegsverwundeter." Jace saß am Tisch und tippte auf seiner Tastatur. "Wie schaffst du es, jedes Mal in Schwierigkeiten zu gelangen? Wir haben doch nur einen kurzen Spaziergang durch den Wald gemacht."

Eher hatten die Schwierigkeiten sie gefunden. Wie konnte sie das Thema von Raphaels Betrug ansprechen, ohne wie eine Verrückte zu klingen? Jace vermutete schon, dass sie den Typen auf dem Kieker hatte. Sie brauchte Petes Bestätigung ihrer Version der Ereignisse, aber sie würde keine Beweise haben, wenn sie im Bett saß.

Sie schwang die Beine über die Seite des Bettes und zuckte zusammen, als sie aufstand. Sie wusste nicht einmal, wo an Bord sie Pete finden sollte. Hoffentlich involvierte ihre Suche nicht viel Gehen.

Jace sah von seinem Laptop-Bildschirm auf. "Du gehst nirgendwo hin. Sag' mir, was du brauchst und ich hole es für dich."

Sie schüttelte den Kopf. "Ich wollte nur mein Bein testen. Sehen, wie es geht."

"Wir sind seit weniger als einer Stunde zurück." Jace schüttelte den Kopf. "Das ist nicht genug Zeit, um irgendeinen Unterschied zu machen. Es wird noch mehr anschwellen, wenn du es nicht hoch legst. Was brauchst du?"

"Frische Luft. Ich lege mein Bein hoch, sobald ich draußen bin."

"Nein, das machst du nicht."

"Sicher werde ich das. Versprochen." Sie demonstrierte, was wie, sie hoffte, ein normaler Gang aussah. "Es wird steif, wenn ich es nicht ein bisschen bewege."

Jace hob die Augenbrauen und schüttelte den Kopf. "Ich kann dir nicht helfen, wenn du dir nicht selber helfen willst."

"Gehen ist gut für mich." Sie konnte ihn nicht gerade bitten, Pete zu holen.

"Du hörst mir nicht zu, stimmt's?" Er kam hinüber und legte ihren Arm über seine Schulter. "Du solltest überhaupt nicht gehen und ganz bestimmt nicht ohne Krücken. Ich glaube nicht, dass es welche an Bord gibt. Kann dein Spaziergang nicht bis morgen warten?"

Ihre Gedanken rasten, um einen Vorwand zu finden. "Ich brauche frische Luft. Ich fühle mich ein bisschen seekrank."

"Das ist komisch. Wir bewegen uns gar nicht." Jace war skeptisch.

"Ich fühle mich immer noch klaustrophobisch von der Höhle." Sie schlüpfte in ihre Flipflops. "Luxuriös oder nicht, dieser Raum ist immer noch ziemlich klein."

"Warte einen Moment. Ich hole dein Eis." Jace nahm ihren Eisbeutel vom Bett und folgte ihr zur Tür.

Mit einer Sache hatte er Recht. Sie konnte nicht gut genug laufen, um Pete ausfindig zu machen. Aber wenn sie an Deck saß, gab es eine kleine Möglichkeit, dass er vorbei gehen würde. Die Chancen waren gleichermaßen gut, dass sie stattdessen Raphael sehen würde. Sie erschauderte bei dem Gedanken. Sie würde es darauf ankommen lassen.

Sie humpelte den Gang entlang und durch die Bordküche. Ihr geschwollenes Knie pulsierte, als sie die Treppe zum Deck hoch stieg. Als sie ihr Gewicht zur Unterstützung auf das Geländer verlagerte, unterdrückte sie ein Stöhnen. Sie konnte Jace nicht sehen lassen, wie sehr es weh tat oder er würde darauf bestehen, dass sie zurück ins Bett ging.

Jace ging an ihr vorbei und öffnete die Tür. Eine steife Brise blies herein. Erfrischend, dachte sie, als sie nach draußen ging.

Jace ging vor ihr, zog einen Liegestuhl vor und arrangierte ihre Eisbeutel. "Brauchst du noch etwas anderes von unten?"

Das war die Gelegenheit, auf die sie gewartet hatte. "Äh, vielleicht ein Buch?"

"Sag' mir, wo dein Buch ist und ich hole es."

"Das Buch, das ich mitgebracht habe, habe ich schon zu Ende gelesen. Aber es muss andere Bücher an Bord geben. Vielleicht im Wohnzimmer? Hole mir einen guten Krimi oder so was." Dafür würde er ein paar Minuten brauchen. Genug Zeit, um zu sehen, ob Pete irgendwo in der Nähe war.

Jace runzelte die Stirn. "Ich bin sicher, dass Raphael Bücher hat, aber vielleicht nichts nach deinem Geschmack. Vielleicht magst du nicht, was ich dir aussuche."

"Das Risiko gehe ich ein." Sie hatte ein schlechtes Gewissen, dass sie Jace auf einen erfundenen Botengang schickte, aber das verschaffte ihr etwas Zeit. Vielleicht konnte sie einfach um die Ecke gehen und sehen, ob Pete in der Nähe war. Sie musste sich wirklich Klarheit verschaffen, bevor sie irgendwelche Anschuldigungen machte.

"Okay." Er verschwand unter Deck und Kat überlegte ihre Strategie. Im besten Fall hatte sie zehn Minuten. Wo sollte sie zuerst suchen? Sie entschied sich für die Brücke. Selbst wenn Pete nicht da war, wüsste ein anderes Mitglied der Crew vielleicht, wo sie ihn finden könnte.

Das stellte sich als eine gute Entscheidung heraus.

Pete war drinnen und saß mit einem anderen Mitglied der Crew an der Steuerung. Sie sah nur den Rücken des anderen Mannes, aber es war genug, um zu wissen, dass er aus dem gleichen Vorrat an Arbeitskräften wie Pete ausgewählt worden war. Er sah aus wie eine Wanderratte, die Gelegenheitsarbeiten für Essen, Unterkunft und inoffizielles Bargeld verrichtete. Raphaels bunt zusammen gewürfelte Crew erschien sehr zeitlich begrenzt zu sein. Es war der am schlechtesten aussehende Haufen von Seeleuten, die sie jemals gesehen hatte.

Pete hielt mitten im Satz inne und sah sie prüfend an. "Siehst so aus, als hätten sie einen Unfall gehabt."

"So kann man es nennen. Können wir unter vier Augen sprechen?"

Er nickte dem anderen Mann zu, der sich erhob und ging.

Ein bisschen zu eifrig, dachte Kat. Es gab eine Sache, in der Raphaels Crewmitglieder ausgezeichnet waren: sich unverdächtig zu verhalten.

"Ich bin gefallen. Aber deswegen bin ich nicht hier. Warum haben Sie Raphael gesagt, dass ich mit Ihnen zum Schiff zurückgegangen bin?

"Das habe ich nie gesagt." Er stolperte etwas, als er aufstand. "Wovon sprechen Sie?"

"Wegen Ihnen haben mich Raphael und Jace auf der Insel gelassen. Irgendjemand hat mich in der Höhle eingeschlossen."

"Also haben Sie die Höhle gefunden." Er lächelte und zeigte gelblich verfärbte Zähne.

Er stank nach Alkohol. Kats vorgetäuschte Übelkeit wurde schnell echt. "Darüber wollte ich mit Ihnen sprechen."

Pete rief seinem Kollegen zu, der plötzlich wieder auf der Brücke erschienen war.

"Bin in fünf Minuten wieder zurück," sagte er zu seinem Kollegen, bevor er sich Kat zuwandte. "Lassen Sie uns an Deck gehen."

Sie folgte ihm und bemerkte, dass sein Torkeln nicht viel besser als ihr Humpeln war. Es fiel ihr nicht schwer, mit ihm Schritt zu halten.

Sie dachte, die Crew sollte wenigstens nüchtern sein, wenn sie im Dienst waren. Selbst, wenn sie vor Anker lagen.

Sie gingen zum Hauptdeck. Pete zeigte um die Ecke zu einer kleinen Nische, die Kat vorher nicht bemerkt hatte. Er zog einen schmuddelig aussehenden Stuhl vor und bedeutete ihr, sich hinzusetzen.

Er setzte sich ihr gegenüber auf einen Hocker. "Wenn Sie vorhaben, Unannehmlichkeiten zu bereiten, will ich damit nichts zu tun haben."

Der betrunkene Pete war nicht annähernd so freundlich wie die nüchterne Version. "Ich habe gar nichts vor, aber jemand hat mich in der Höhle eingeschlossen. Ich denke, es war Raphael."

"Das ist zwischen Ihnen und ihm." Er schwankte leicht, als er aufstand. "Das geht mich nichts an."

Kat stand auf und blockierte seinen Weg. "Raphael hat gesagt, Sie haben ihm gesagt, dass ich mit Ihnen auf der Insel bleiben würde."

"Das ist eine Lüge. Das habe ich nie gesagt." Er verschränkte die Arme und sein Gesicht wurde rot. "Wir haben kaum gesprochen. Er hat mir nur gesagt, zurück an Bord zu gehen."

"Wie genau sind Sie denn zur Insel gekommen? Ich habe kein anderes Beiboot gesehen."

Er hielt einen Moment lang inne. "Genau so, wie ich hier her gekommen bin. Ich bin geschwommen."

"Sie sind geschwommen?" Sie hob die Brauen. "Warum sind Sie nicht einfach mit uns gekommen?"

"Vielleicht brauchte ich Bewegung." Er zuckte mit den Achseln. "Ich muss gehen."

"Nicht so schnell. Warum sollte Raphael lügen? Er wusste, dass Sie kein Boot haben." Es gab nur ein Beiboot. Jace hatte das Gespräch offensichtlich nicht mit angehört oder er hätte es in Frage gestellt. Abgesehen von ihrem Mangel an Schwimmbekleidung war sie eine schlechte Schwimmerin. Ehrlich gesagt, konnte sie sich kaum über Wasser halten.

"Keine Ahnung. Warum fragen Sie ihn nicht? Sie kennen ihn besser als ich."

"Nein. Ich habe ihn erst heute kennengelernt."

"Oh." Pete schien auf einmal unsicher und sein Ausdruck wurde ein bisschen weicher. "Nun, ich kenne ihn kaum länger als Sie und ich brauche diesen Job. Kann Ihnen nicht helfen." Er wandte sich zur Seite, um an ihr vorbeizueilen.

"Dann habe ich wohl keine andere Wahl." Kat verlagerte ihr Gewicht und zuckte zusammen, als sie sich auf ihr schmerzendes Bein lehnte. Ihre Bewegung brachte Pete zum Stehen.

Er trat ein paar Schritte zurück und runzelte die Stirn. "Keine andere Wahl, was zu tun?"

"Ich muss die Polizei rufen." Kat hatte das Gefühl, dass Pete die Polizei nicht da haben wollte, also bluffte sie. Er verbarg auf jeden Fall etwas und sie wollte wissen, was es war. Zu wissen, was für ein Arrangement Pete und Raphael hatten, war wichtig, denn es gab ihr eine Vorstellung davon, was Raphael plante. Sie hatte keine Ahnung, ob es in der Nähe eine Polizeidienststelle gab, aber ihre Handys funktionierten.

"Und warum genau?"

"Weil jemand mich vorsätzlich in einer Höhle eingeschlossen hat und versucht hat, mich umzubringen. Es gab drei Männer auf der Insel. Jeder von ihnen hätte es tun können. Ich überlasse es der Polizei, das herauszufinden." Natürlich hatte es Jace nicht getan, aber warum sollte man die Sache verkomplizieren. Auch kein Grund, die Familie zu erwähnen. Sie wusste, dass Raphael sie eingeschlossen hatte, aber Pete wusste es nicht. Sie entschied, ihn ein bisschen schmoren zu lassen. Es war die einzige Möglichkeit, Informationen von ihm zu bekommen.

Pete schüttelte langsam den Kopf. "Keine gute Idee."

"Sie denken, es ist besser, mit jemandem an Bord zu bleiben, der versucht, mich umzubringen?"

"Das habe ich nie gesagt. Sie machen die Dinge nur schlimmer."

Kat schlug die Hände über dem Kopf zusammen. "Schlimmer wie?"

"Tun Sie es einfach nicht."

Sie zog ihr Handy hervor. "Wenn Sie mir nicht sagen, warum ich es nicht tun sollte..."

"Okay, schön. Ich erzähle es Ihnen." Er hielt inne, bevor er fortfuhr. "Dies hier ist ein amerikanisches Boot. Wir sind von Friday Harbor hoch gekommen, aber wir sind nicht zum kanadischen Zoll."

Friday Harbor war ein kleiner Hafen auf den San Juan Inseln, nördlich von Seattle. "Sie sind einfach über die Grenze gesegelt?"

"Es ist nicht so eine große Sache, wie Sie es darstellen, aber ja, das sind wir. Wir hätten zum Zoll in Vancouver gehen sollen, aber da wir das nicht gemacht haben, sind wir illegal hier."

"Es ist nicht Ihre Schuld." Sie drückte ein paar Tasten auf ihrem Handy und hielt es vor ihr Gesicht. "Ich bekomme eine Verbindung."

Pete griff nach ihrem Telefon und schleuderte es über das Deck. "Ich arbeite hier nur. Ich treffe keine Entscheidungen. Raphael macht das. Aber ich bin auf dem Schiff, also bekomme ich auch Probleme.

"Nein, das werden Sie nicht. Wie Sie gesagt haben, war es nicht Ihre Entscheidung." Pete hatte Grund, die Polizei zu vermeiden. Aber sie hatte den Eindruck, dass es nichts mit Raphael zu tun hatte. Vielleicht ein ausstehender Haftbefehl oder so etwas, aber ihr Bauchgefühl sagte ihr, dass er nicht das Problem war.

Sie drehte sich zur Seite, um ihr Telefon wieder zu holen.

Pete folgte ihrem Blick. "Ich hole es für Sie." Er ging und hob es auf. "Tut mir leid. Das hätte ich nicht machen sollen. Rufen Sie bitte nur die Polizei nicht. Wir sind in ein paar Tagen schon wieder weg und dann macht es keinen Unterschied mehr." Er gab ihr das Telefon zurück.

Genau die Information, nach der sie gesucht hatte. "Wo genau werden Sie hinfahren?"

Er zuckte mit den Achseln. "Das müssen Sie nicht wissen."

"Warum verkaufen Sie sie nicht hier?"

"Was verkaufen?"

"Die Jacht."

Stille.

"Die *The Financier* ist nicht wirklich Raphaels Boot, stimmt es?"

Es war nur eine Vermutung, weil Raphael nicht sehr an der Reise interessiert zu sein schien.

Pete zuckte die Achseln, aber auf seiner Stirn glänzte ein dünner Film Schweiß. "Natürlich ist es seins. Raphael war schon auf dem Boot, als ich in Fridar Harbor an Bord ging. Er heuerte mich und die anderen als Crew an."

"Denken Sie nicht, dass es seltsam ist, dass er nicht schon eine Crew hatte?"

"Er sagte, dass er einige Monate weg war und seine Crew gehen lassen hatte. Wir sollten nach Vancouver segeln, um sie zu treffen."

"Was ist passiert?"

"Die Crew war nicht da. Raphael sagte, es gab eine Verwechslung mit dem Datum oder so etwas und dass sie uns stattdessen in Costa Rica ablösen würden. Wir sollten heute lossegeln, aber dann gab es diesen Umweg mit Ihnen und Ihren Freunden."

"Was passiert in Costa Rica?" Sie kratzte sich die Stirn.

"Lassen Sie mich raten. Sie lassen das Boot da." Eine Jacht dieser Größe war schwer zu verstecken in dieser Gegend. Aber niemand in Mittelamerika würde Fragen stellen. *The Financier* wäre nur eine von vielen ausländischen Jachten, die verschiedene Häfen an der Küste von Costa Rica anlaufen würde. Die Jacht würde in einer maritimen Ausschlachtwerkstatt komplett verändert und dort verkauft werden können.

Pete zuckte mit den Achseln. "Er sagt mir nichts und ich frage nicht."

"Wie lange bleiben Sie hier?" Es gab mehr in Costa Rica als Sandstrände und einen entspannten Lebensstil. Kanada hatte keinen Auslieferungsvertrag mit Costa Rica. Jeder, der sich dort versteckte, war sicher vor den kanadischen Behörden.

Jetzt war sich Kat so sicher wie noch nie, dass Raphael ein Betrüger war. Aber es war eine große Anstrengung, nur um an Gias Geld zu kommen. Er plante noch etwas anderes. Wer auch immer er war, er war mit Sicherheit kein italienischer Milliardär. Sobald er die Küste Costa Ricas erreicht hatte, würde er auf Nimmerwiedersehen verschwinden.

"Wie werden Sie wieder zurückkommen?"

Pete antwortete nicht.

"Sie werden nicht zurückkommen, stimmt's?" Was auch immer für Leichen er im Keller hatte, er war nicht darauf bedacht sie zu diskutieren.

"Ich muss wieder an die Arbeit." Pete schüttelte den Kopf und machte eine abweisende Handbewegung. Dann verschwand er ohne ein weiteres Wort um die Ecke.

# 16

Kat ging zurück zu ihrem Liegestuhl und sah, dass Jace schon da war. Er saß mit einem Stapel Bücher auf dem Stuhl neben ihrem. Er hielt einen Agatha Christie Roman hoch, als er sie sah und schien nicht sehr glücklich zu sein, dass sie weggewesen war.

Sie konnte sich nicht vorstellen, dass Raphael Agatha Christie las, obwohl sie keine Ahnung hatte, was für Bücher er mochte oder ob er überhaupt las.

Jace schüttelte den Kopf. "Ich hätte dich nicht allein lassen sollen. Warum läufst du herum? Die Schwellung wird nicht runter gehen, wenn du dein Bein nicht hoch lagerst."

"Du hast Recht." Wenigstens hatte er sie nicht gefragt, wohin sie gegangen war. Sie würde sich nicht zutrauen, Raphael der Höhlen- falle zu beschuldigen, ohne solide Beweise für Jace zu haben. Raphael war ein schlauer und charismatischer Manipulateur und er hatte ihr die Worte gerade im Mund herum gedreht.

Jaces professioneller Skeptizismus als Journalist war von solch einer Bewunderung ersetzt worden, dass er ihre Behauptung unge- heuerlich finden würde ohne Beweise. Anstatt jede Behauptung von Raphael in Frage zu stellen, hatte er sich von seinen Lügen betören lassen. Doch mit Raphaels baldiger Abreise, musste sie ihn bloßstellen, bevor es zu spät war. Sie wusste nicht mal, wo sie anfangen sollte.

"Es hätte so viel schlimmer sein können. Du hattest sehr viel Glück, dass du da rausgekommen bist. Schau' dir nie eine Höhle allein an. Niemand wusste, wo du warst."

Das stimmte nicht, denn Raphael hatte gewusst, wo sie war. Nicht nur wusste er, dass sie in der Höhle war. Er hatte auch verhindert, dass sie hinauskommen konnte.

"Ich weiß. Ein dummer Fehler." Sobald Jace und Harry den Felsen vom Eingang der Höhle geschoben hatten, waren sie ein paar Minuten mit Taschenlampen in der Höhle herumgelaufen. Kat hatte nicht gewusst, dass sie nur weniger Meter von einem vertikalen Schaft gestanden hatte, der mehr als hundert Fuß tief war. Sie zitterte, wenn sie nur daran dachte.

"Sag' mir nächstes Mal, wohin du gehst."

Sorglose Fehltritte machten Jace zu schaffen, da sie leicht vermeidbar waren. Als Freiwilliger eines Such- und Rettungsteams war er Zeuge vieler Tragödien gewesen, die aus schlechter Planung heraus entstanden waren. Es ärgerte ihn, dass sie allein in ein unbekanntes Terrain aufgebrochen war.

"Das werde ich, versprochen." Schade, dass Jace Raphaels verschleiertes Charisma nicht durchschauen konnte. Sie musste Beweise für seinen Charakter und seine Hintergedanken finden. Sie konnte nicht beweisen, dass Raphael sie in der Höhle gefangen hatte. Es war ihr Worte gegen seines.

Noch mehr aber machte sie sich Sorgen über das, was Pete ihr gerade erzählt hatte. Wenn Raphael eigentlich geplant hatte, heute nach Costa Rica aufzubrechen, warum verzögerte er die Sache? Er hatte schon Gias Geld. Hatte er noch eine andere Möglichkeit gefunden, an Geld zu kommen? Und warum hatte er überhaupt angeboten, sie nach De Courcy zu bringen?

Jace konnte ihre Gedanken lesen. "Weißt du, Raphael ist ein schlauer Typ. Er tut uns einen großen Gefallen, dass er uns an seiner Investment-Möglichkeit teilhaben lässt. Bist du sicher, dass du deine Meinung nicht ändern wirst?"

"Man sollte Freundschaft und Geld nicht miteinander vermischen, Jace." Feinde und Geld war noch schlechter.

"Das hier ist anders. Es ist eine einzigartige Möglichkeit, die sich vielleicht nie wieder ergeben wird. Wenn wir nicht mitmachen, verpassen wir die nächste große Sache."

"Wenn sie so groß ist, können wir auch morgen noch investieren. Die Firma wird mehr Geld brauchen, um sich zu vergrößern."

Jace sah skeptisch aus. "Vielleicht, vielleicht nicht. Wir sollten uns das genauer ansehen. Gia ist schlau und sie hat investiert."

"Nein, Jace." Raphael war auf jeden Fall ein Betrüger und sie musste sich voll und ganz darauf konzentrieren, Gia zu helfen. "Er kann uns nicht einmal ein Produkt zeigen, geschweige denn Verkaufszahlen und finanzielle Informationen."

"Es war gut genug, dass Gia investiert hat. Sie weiß, was sie tut."

"So, wie es sich anhört, hat Gia investiert, ohne sich all die Dinge vorher anzusehen." Gia war von Liebe geblendet. Jace war von der Möglichkeit, reich zu werden, geblendet.

Jace seufzte. "Wenn du alles bis zum Letzten analysiert hast, ist die Möglichkeit vielleicht nicht mehr vorhanden."

"Vielleicht. Aber er gibt kaum Details, wie sein Produkt überhaupt wirkt. Ich kann nicht in etwas investieren, das ich nicht verstehe."

"Du kannst ihn beim Abendessen danach fragen." Jace hielt ihr seine Hand hin. "Lass' uns gehen."

"Ihr habt noch nicht gegessen?"

"Natürlich nicht. Alle haben nach dir gesucht. Komm' schon. Ich sterbe vor Hunger." Jace war enttäuscht.

"Mir ist nicht so gut." Ihr Appetit war von einem üblen Gefühl in der Magengegend ersetzt worden. Es machte ihr Angst, dass Gia einen Mann liebte, den es nicht scherte, jemanden in einer Höhle sterben zu lassen. Was hatte er für Gia geplant? Sie konnte Raphael nicht gegenübertreten, ohne einen Plan zu haben. "Mein Bein tut auch immer noch weh."

Jace gab ihr einen "Hab'-ich's-dir-nicht'gesagt"- Blick. "Ich bringe dir einen Snack."

Er ging hinein, bevor sie anworten konnte.

Na, wunderbar. Jace war schon wieder wütend auf sie. Ebenso wie jeder andere an Bord und sie hatte keine Beweise, sie anderweitig zu überzeugen. Sie würde alle Hände voll zu tun haben, wenn sie Raphaels wahre Motive aufdecken wollte. Petes Kommentaren zufolge, wollte Raphael das Geld nehmen und verschwinden. Er stand kurz davor, seine Pläne umzusetzen und sie musste ihn aufhalten, bevor es zu spät war.

# 17

Kat saß auf ihrem Kabinenbett mit dem aufgeklappten Laptop neben ihr. Zum Glück hatte sie eine Internetverbindung bekommen, aber die Suche nach Raphael und *The Financier* war erfolglos geblieben. So eine Jacht wie diese, würde mit Sicherheit irgendwo im Internet sein, entweder als Foto oder auf der Webseite eines Herstellers. Ihr Gespräch mit Pete hatte ihr eine Idee gegeben.

Nur eine Handvoll Firmen bauten große Luxusjachten wie die von Raphael und schon bald hatte sie eine Liste mit einem halben Dutzend Firmen. Die Jachten wurden hauptsächlich von Hand gebaut und es dauerte meist ein Jahr oder mehr, bis sie fertig waren. Wenn sie den Schiffsbauer fand, könnte sie vielleicht die Besitzer der Jacht zurückverfolgen. Auf die ein oder andere Art würde sie Raphael als einen Betrüger bloßstellen.

Wer würde illegal nach Kanada einreisen und es riskieren, seine mehrere Millionen Dollar Jacht beschlagnahmt zu haben? Nicht mal ein Milliadär würde das tun. Aber ein Dieb würde es.

Sie las über die Liste und klickte auf den ersten Namen, Prima Yachts.

Nichts.

Ihre Hoffnung war schon gedämpft, als sie den zweiten Eintrag auf der Liste prüfte. Majestic Yachts, eine Firma mit Sitz in Seattle, Washington hatte eine Liste mit neuen und gebrauchten Jachten, die zu Verkauf standen. Sie lächelte, als sie sich vorstellte, wie die Milliardäre ihre älteren Jachten für neuere Modelle eintauschten, so in etwa, wie sie es mit ihrem Auto tat. Sie warteten, aber wahrscheinlich nicht ein Dutzend Jahre.

Ein Glückstreffer. Ein Schiff, das der *Financier* ähnlich war, war aufgeführt. Es hatte nur einen anderen Namen. Catalyst war vier Jahre alt und hatte einen Verkaufspreis von 6,9 Millionen US Dollar.

Die 150 Fuß lange Jacht hatte vier Doppelkabinen und Unterkünfte für sechs Besatzungsmitglieder. Es gab nur vier Besatzungsmitglieder an Bord, Pete eingeschlossen, daher hatten sie bestimmt gut damit zu tun, ein Schiff zu führen, dass für eine größere Besatzung gedacht war. Raphael schien in die Bedienung des Bootes nicht involviert zu sein und sie hatte keinen Koch oder anderes Personal an Bord gesehen.

Eine kleinere Besatzung würde zwar in Ordnung sein für kürzere Reisen in geschützen Gewässern, aber niemand würde an der Besatzung sparen und ein sieben Millionen Dollar Schiffswrack riskieren.

Sie blätterte durch die Fotos der Catalyst und kniff die Augen zusammen, um Details zu erkennen. Das Schiff schien identisch mit *The Financier* zu sein, bis hin zu den Farben und Möbeln. Es kam ihr seltsam vor, dass ein speziell angefertigtes Schiff einen identischen Zwilling hatte.

Sie machte einen Moment lang Pause bei der Jachtensuche und überlegte, was sie über Raphael wusste.

Die Tatsache, dass sie nichts über Raphael finden konnte, überzeugte sie, dass er nicht echt war. Aber sie hatte keine konkreten Beweise für die anderen, besonders für Gia. Gia würde nie glauben, dass der Mann, den sie liebte – und in den sie investiert hatte – sie auch betrogen hatte.

Vielleicht hatte Jace Recht. Durch ihre Arbeit war sie von Natur aus argwöhnisch Menschen gegenüber. Richtig oder falsch, sie mischte sich in Gias Leben ein. Was würde Gia sagen, wenn sie wüsste, dass Kat Raphaels Hintergrund untersuchte, um Gründe für Gia zu finden, mit ihm Schluss zu machen? Gia würde ihr sagen, dass sie sich um ihre eigenen Angelegenheiten kümmern sollte.

Aber es würde Gia am Ende nur schaden, wenn sie ihre Befürchtungen nicht mit ihr teilte. Manchmal wussten Freunde es einfach besser.

Trotz ihrer Befürchtungen, hatte ihre Onlinesuche überhaupt nichts über Raphael ergeben. Sie hätte wenigstens hier und da etwas öffentliche Informationen über jemanden finden sollen, der behauptete, ein Milliardär zu sein. Und doch gab es nichts über ihn oder seine Firma. Das an sich war schon ein Warnsignal.

Sie hatte alle Seiten mit Fachzeitschriften über Schönheitsprodukte und Firmenwebseiten durchgeblättert und hatte nichts gefunden. Dann war da seine Jacht. Pete hatte nicht bestätigt, dass *The Financier* gestohlen war, aber er hatte es auch nicht abgestritten. *The Financier* war entweder Catalysts eineiiger Zwilling oder es war wirklich die Catalyst.

Eine andere merkwürdige Sache bei Raphael war die Freizeit, die er zu haben schien. Kat hatte in ihrem vorherigen Beruf als finanzielle Beraterin schon viele Milliardäre und Millionäre getroffen. Sie hatte noch nie einen einzigen Tycoon gefunden, der seine Wochen nicht vorher bis in die kleinste Millisekunde plante. Ihre Freizeit war gleichermaßen knapp. Sie hatten selten Zeit für spontane Reisen wie Raphaels spontaner Ausflug nach De Courcy Island. Raphael war entweder ungewöhnlich oder er gab vor etwas zu sein, was er nicht war.

Wer auch immer Raphael wirklich war, er war sehr gut darin, seine Spuren zu verwischen. Und er war kurz davor, für immer zu verschwinden.

Sie stellte ihren Laptop aus. Raphael war die letzte Person, die sie sehen wollte, aber sie musste nach oben gehen. Es war ein Fehler, weg von den anderen in der Kabine zu bleiben. Außer Raphael selbst, war Gia ihre einzige Informationsquelle, um an den Kern von Raphaels Vorhaben zu kommen. Sie musste jede freie Minute in der

Nähe des Pärchens verbringen, um seine Lügen aufzudecken und Gia davon abzuhalten, mehr zu investieren.

Sie sah auf ihre Uhr. Jace war vor nur zwanzig Minuten gegangen, also war es noch nicht zu spät für das Abendessen. Sie schlüpfte in ihre Schuhe. Sie würde ein oder zwei Stunden lang nett sein können.

Kat trat aus der Kabine und sah, dass die Tür zur Hauptkabine offen stand. Gia musste zurückgekehrt sein, um sich frisch zu machen. Jetzt war ein guter Zeitpunkt, um mit Gia persönlich zu sprechen und herauszufinden, wieviel genau Raphael ihr über seine Vergangenheit mitgeteilt hatte.

Sie klopfte leise.

Keine Antwort.

"Gia?"

Sie spähte durch den Türspalt und sah keine Bewegung.

Sollte sie hineingehen?

Sie überlegte, ob sie lauter klopfen sollte, aber wollte nicht, dass es jemand anders hörte.

Sie entschied, dass dies ihre einzige Möglichkeit sein könnte, allein mit Gia zu sprechen. Sie drückte die Tür einen Spalt weit auf und trat hinein.

Die Kabine war leer. Sie drehte sich zum Gehen um und zögerte dann. Sie war nicht absichtlich einfach hineingegangen und sie hatte die perfekte Gelegenheit, sich ein bisschen umzusehen. Vielleicht würde sie einen Hinweis finden, der Raphaels Motive aufdecken könnte.

Was wenn sie auf Raphael traf? Wie in aller Welt würde sie erklären können, warum sie hier war?

Sie würde die Entschuldigung vorbringen, dass Gia sie gebeten hatte, ihr etwas zu holen.

Sie betrachtete den Raum noch einmal und ging dann zum Badezimmer, das auch leer war. Die Kabine war zweimal so groß wie ihre und noch luxuriöser. Gias Einfluss war überall, von dem überfüllten Kleiderschrank bis zu ihrem Perfüm und dem Schmuck, der auf der Kommode verstreut lag. Sie war so ziemlich bei Raphael eingezogen.

Kat humpelte zur Kommode und stolperte fast über das Portmon-

naie einer Frau, das auf dem Boden lag. Sie bückte sich, um es aufzu-
heben, in der Annahme, dass es aus Gias Handtasche gefallen war.
Sie wollte es zurück auf die Kommode legen, als sie die Initialen MB
auf dem alten schwarzen Leder bemerkte. Viele Designer-Portmon-
naies und Handtaschen hatten Monogramme, aber dieses Portmonnaie war auf keinen Fall Designerware. Nicht nur war es alt, es war
auch einfach und zweckmäßig. Der absolute Gegensatz zu Gias glit-
zerndem Modegeschmack. Wenn es nicht Gia gehörte, wem gehörte
es dann?

Es gab nur einen Weg, das herauszufinden. Ihr Herz klopfte, als
sie das Portmonnaie öffnete. Sie hatte absolut keinen Grund, in
Raphael und Gias Kabine zu sein, geschweige denn durch das Portmonnaie eines Fremden zu gehen.

Sie zog einen Führerschein heraus. Er gehörte einer Frau namens
Anne Bukowski. Ihrem Ausweis nach war sie 30 Jahre alt und lebte in
Vancouver. Vielleicht hatten Gia oder Raphael das Portmonnaie
gefunden und hatten vor, es zurück zu geben.

Oder vielleicht hatte Raphael noch eine andere Freundin. Sie
tippte auf das Zweite.

"Was tun Sie hier?" Raphael stand in der Tür.

Erschrocken steckte Kat das Portmonnaie in ihre Gesäßtasche.
"Äh, ich suche nach Gia. Ich sollte sie hier treffen."

"Sie ist oben, wie alle anderen auch." Raphael machte eine auffor-
dernde Geste mit seinem Arm. "Nach Ihnen."

"Danke." Sie fühlte, wie ihre Wangen sich röteten und war sich
nicht sicher, ob er gesehen hatte, wie sie das Portmonnaie eingesteckt
hatte. Wenn es so war, hätte er sicherlich etwas gesagt.

Die wichtigere Frage war, warum war das Portmonnaie einer
anderen Frau in Raphaels Kabine?

Es gab eine Reihe von unschuldigen Erklärungen. Vielleicht hatte
er es gefunden oder vielleicht hatte ein früherer Gast es zurückgelassen. Viel wahrscheinlicher war es, dass Anne entweder eine aktuelle
oder Exfreundin war. Sie zweifelte daran, dass Gia das Portmonnaie
gesehen hatte oder sie wäre ausgeflippt und Kat hätte davon gehört.

Gia würde es nie wissen, jetzt da Kat es aus der Kabine entfernt hatte. Sie würde es später zurücklegen. Es wäre besser, wenn Gia es selbst finden und Raphael direkt danach fragen würde. Es war nicht ihre Angelegenheit, also würde sie sich raushalten.

Was auch immer Raphaels Erklärung sein würde, es würde sicherlich nichts bringen bei Gia. Ihr Herz wäre vielleicht zeitweilig gebrochen, aber sie würde auch mit Raphael Schluss machen und vielleicht sogar ihr Geld zurück bekommen. Das war vielleicht sogar eine gute Sache. Obwohl Kat nicht viel Hoffnung darauf hatte.

Sie stieg tief in Gedanken die Treppe hinauf. Sie hatte keinen Hunger mehr und wollte, nachdem sie das Portmonnaie gefunden hatte, nur noch zurück in ihre Kabine. Wer war Anne Bukowski und wie passte sie zu Raphaels Vorhaben?

## 18

Kat ging an Raphael vorbei und stieg die Treppe hinauf, einen schmerzhaften Schritt nach dem anderen. Raphael folgte nah hinter ihr. Als sie nach oben humpelte, schob sich das Portmonnaie ein Stück aus ihrer Gesäßtasche. Sie reichte nach hinten und schob es weiter runter. Wenn Raphael etwas bemerkt hatte, sagte er nichts.

Wie lang hatte er sie von der Tür her beobachtet? Ihr Puls beschleunigte sich, als sie sich an die Überwachungskameras erinnerte. Er hatte über die Kameras sehen können, wie sie in die Kabine trat. Wenn er es hatte, würde er sie deswegen konfrontiert haben. Das bedeutete nicht, dass er es sich nicht später ansehen könnte. Sie könnte immer noch auffliegen.

Was getan war, war getan und es gab nicht viel, was sie dagegen tun könnte. Sie würde beim nächsten Mal vorsichtiger sein.

Endlich erreichten sie und ihr geschwollenes Bein das Hauptdeck und sie ging in die Schiffsküche. Oder vielmehr in das separate Esszimmer, das von der Küche abging, wo die anderen schon saßen.

"Na endlich." Harry winkte und stand auf. Er zog einen Stuhl heraus, auf den Kat sich dankbar setzte. Jace saß zu ihrer Rechten und Harry zu ihrer Linken. Raphael und Gia saßen ihnen gegenüber.

"Sieht so aus, als hättest du deinen Appetit wiedergefunden," grinste Harry. "Weniger für mich."

"Es ist genug für alle da," sagte Gia. "Ich bin froh, dass du dich besser fühlst, Kat."

Kat lächelte zurück. Gia schien ihr vergeben zu haben, wenigstens bis jetzt. Sie griff nach hinten und schob das dicke Portmonnaie wieder in ihre Hosentasche. Ihre Gesäßtasche war zu klein, um das Portmonnaie zu verstecken, während sie saß. Sie konnte es kaum erwarte, wieder zurück in ihre Kabine zu kommen, um den Inhalt zu untersuchen.

"Ich kann es nicht erwarten, von deinem Abenteuer zu hören," sagte Gia. "Hast du Gold in der Höhle gefunden?"

"Nein, aber ich habe einen interessanten Gang gefunden." Sie erzählte von Petes Behauptung, dass es Kunstwerke der Ureinwohner gab. "Der Legende nach, gibt es einen Tunnel von De Courcy Island nach Valdes Island. Er verläuft ein paar Hundert Fuß unter der Erde. Eher gesagt, unter dem Meer. Ich glaube, ich war in dem Tunnel."

"Toll!" In seiner Begeisterung stieß Harry fast ein Glas um. "Bist auf der anderen Seite herausgekommen?"

Sie schüttelte den Kopf. "Ich bin nicht weit genug den Gang entlang gegangen. Es war dunkel und ich hatte keine Taschenlampe dabei. Oder, wie sich gezeigt hat, die richtigen Schuhe."

"Vielleicht ist das Gold da," sagte Jace. "Lasst uns morgen zurück gehen und suchen."

Gia wandte sich an Raphael, der ungewöhnlich still war. "Ist Kat die einzige, die etwas gesehen hat?"

"Ich denke, Jace und ich haben es verpasst." Er stand auf und ging in die Küche. Er öffnete den Kühlschrank, nahm eine Flasche Salatdressing heraus und brachte sie zum Tisch. "Unser Pech."

Gia runzelte die Stirn. Sie wandte sich an Kat. "Erzähle uns von der Legende."

Sie wiederholte, was Pete ihr gesagt hatte. "Die Küstensalisch und andere Stämme benutzten den Tunnel für einen Initiationsritus für junge Männer. Sie trugen ihre hölzernen Stäbe den drei Meilen langen Tunnel unter dem Meer entlang und stellten sie auf der anderen Seite des Tunnels auf als Beweis für ihren Weg."

"Du musst in genau dem gleichen Tunnel gewesen sein!" rief Gia. "Hast du irgendwelches Kunstwerk gesehen?"

"Ich bin nicht sicher," Kat hatte wenig Lust, den steinernen Altar zu beschreiben – wenn es das gewesen war. Wenn es ein heiliger Ort war, wollte sie die Abgeschiedenheit nicht stören, indem sie andere dort hin brachte. Sie hatte keinen Beweis gesehen, dass der Altar benutzt worden war; es war mehr ein Gefühl, das sie hatte, als sie davorgestanden hatte.

"Ich habe keine hölzernen Stäbe oder Masken gesehen. Aber einen Wasserfall." Sie beschrieb ihn und den Pool. "Es war sehr schön. Aber es war so dunkel, dass ich nicht wirklich viel sehen konnte. Ich habe auch etwas Grafitti gesehen. Also kann ich nicht die Einzige sein, die von der Höhle weiß."

"Wie weit sind sie in den Tunnel hineingegangen?" fragte Raphael.

"Ungefähr eine Meile oder so," sagte Kat. "Ich würde gern zurück gehen. Dieses Mal mit einer Taschenlampe. Ich glaube, ich war auf halbem Weg zu Valdes Island, aber es ist unmöglich, das genau sagen zu können. Ich habe es nicht bis zur anderen Seite geschafft."

Raphael spottete. "Das ist nur eine alte Legende, wie Brother XII und das Gold. Es ist wahrscheinlich nur ein Tunnel, der nirgendwo hin geht. Davon gibt es hier viele."

Kat begann sich zu ärgern, aber dann bemerkte sie, dass sie Raphael bei einer Lüge erwischt hatte. "Ich wusste nicht, dass Sie vorher schon einmal auf der Insel gewesen sind."

"Wie bitte?"

"Sie wissen von den Tunneln und Höhlen."

"Nur das, was Pete mir erzählt hat." Er lachte nervös. "Wahrscheinlich nur ein paar erfundene Geschichten."

"Ich würde die Höhle trotzdem gern sehen," sagte Jace. "Ich weiß nicht, wie wir sie übersehen haben. Vielleicht können wir morgen früh hingehen und sie uns ansehen."

Harry hob seine Hand. "Dieses Mal komme ich mit. Du solltest lieber aussetzen, Kat und dein Bein schonen."

"Es geht schon besser. Eine gute Nacht und ich bin wie neu." In Wahrheit fühlte es sich fürchterlich an, aber das würde sie vor Raphael nicht zugeben.

"Ich würde es mir auch gern selber ansehen. Und mit Pete sprechen." Jace wandte sich an Raphael. "Könnte er uns begleiten? Er scheint viel über die Insel zu wissen."

Raphael zog die Achseln hoch. "Wahrscheinlich schon. Aber lassen Sie uns morgen entscheiden."

Jace nickte. "Es wäre eine großartige Ergänzung zu meiner Geschichte. Das hier wird zu einer fantastischen Reise."

Raphael nickte und hob sein Weinglas. "Ich möchte einen Toast aussprechen. Auf Gia, die Liebe meines Lebens."

Gia wurde rot. "Sollen wir es ihnen erzählen, Raphael?"

Kat drehte sich zu Gia. "Was erzählen?"

"Wenn du dazu bereit bist, Bellissima." Raphael legte seine Hand auf Gias.

Kat machte sich auf etwas gefasst. Die Dinge konnten noch viel schlimmer werden, wenn Gia noch mehr investiert hatte.

"Wir werden heiraten." Gia kicherte. "Ist das nicht wunderbar?"

"Ihr werdet was?" Kat schnappte nach Luft. Selbst wenn ihr Instinkt bezüglich Raphael falsch war – was er nicht war – kannte Gia ihn kaum und war so blind vor Liebe, dass sie seine Lügen nicht durchschauen konnte.

"Du hast richtig gehört. Wir heiraten." Gia hielt ihre linke Hand hoch, an der ein mehrkarätiger Diamant-Solitaire prankte. Er sah gigantisch an ihrer kleinen fleischigen Hand aus.

"Das ist fantastisch," rief Jace. "Wir freuen uns so sehr für euch." Er stieß Kat an. "Stimmt's, Kat?"

Kat kam die Galle hoch. "Das sind aufregende Neuigkeiten. Habt ihr schon ein Datum?"

"Nein, aber je schneller, umso besser." Raphael drückte Gias Hand. "Ich kann sie nicht entkommen lassen."

Kats Puls beschleunigte sich. Das einzige, was Raphael nicht entkommen lassen wollte, war Gias Geld.

"Oh Raphael, sei nicht albern. Ich gehe nirgendwo hin." Gia streichelte seinen Arm. "Ihr seid natürlich alle zur Hochzeit eingeladen. Ich würde ihn schon morgen heiraten, wenn ich könnte."

"Warum nicht?" sagte Harry. "Ich kann euch trauen. Ich habe eine Lizenz und Jace und Kat können eure zwei Trauzeugen sein. Was meint ihr?"

Kat trat Harry unter dem Tisch gegen das Schienbein. Leute zu trauen, war ein Teilzeitjob, von dem sie gewünscht hätte, dass ihr Onkel ihn nicht angenommen hätte.

"Was, zum Teufel -?" Harry runzelte die Stirn als er sein Bein rieb. "Das hat wehgetan."

Gia schrie auf. "Wirklich? Ich hatte keine Ahnung, dass du Leute traust. Das wäre wunderbar!"

Kat sah zu Raphael hinüber. Zum ersten Mal sah sie einen Anflug von Angst auf seinem Gesicht. Würde ihn eine echte Hochzeit zum Weglaufen bewegen? Solange er an Bord war, würde er nicht weit laufen können. Aber das würde nicht so bleiben.

Kat runzelte die Stirn. "Wir wollten doch morgen zu der Höhle."

"Wir können morgens zur Höhle und die Hochzeit am Nachmittag haben." Harry wandte sich zu Gia. "Solange euch das passt."

"Natürlich tut es das!" Gia klatschte in die Hände.

"Aber du hast doch gar kein Kleid." Alle ignorierten Kat und hörten Harry zu, der beschrieb, wie eine Schiffheirat ablief.

Sie verbrachten die nächste Stunde damit, Hochzeitspläne zu besprechen, während sie ein üppiges Mahl bestehend aus frisch gefangenem Lachs und Salaten aßen. Zum Nachtisch gab es eine große Auswahl an Kuchen und Keksen. Die Jacht war überraschend gut ausgestattet für ihre spontane Reise.

Kat stand auf. "Ich bin ziemlich müde. Tut mir leid, aber ich gehe runter und lege mich hin."

Gia schmollte. "Kannst du nicht noch ein Weilchen bleiben?"

Sie lächelte Gia zu. "Nicht wenn ich für deine Hochzeit ausgeruht sein will."

"Ich komme auch bald." sagte Jace.

"Lass' dir Zeit." Kat brauchte Zeit allein, um den Inhalt des Portmonnaies zu inspizieren und mehr über die mysteriöse Anne Bukowski zu erfahren. Sie ging hinaus an Deck. Es war jetzt dunkel und die Sommerhitze war verflogen. Eine leichte Brise spielte in ihrem Haar und erinnerte sie daran, wie froh sie war, aus der Höhle entkommen zu sein.

Wenn sie nur Gia aus Raphaels Klauen befreien könnte.

# 19

Kat hatte gerade ihren Laptop hochgefahren, als die Türklinke ihrer Kabine bewegt wurde. Sie hatte die Tür zur Sicherheit abgeschlossen, denn sie wollte keine Unterbrechungen, während sie das Portmonnaie inspizierte. Sie hatte Jace noch nicht so früh zurück erwartet. Sie nahm den Inhalt des Portmonnaies, schob alles unter ihr Kissen und ging dann zur Tür.

Sie öffnete die Tür und fand nicht Jace, sondern Gia dort vor.

Kat erstarrte. Wenn auch der Inhalt des Portmonnaies versteckt war, lag das abgenutzte Portmonnaie selbst in Sichtweite auf dem Bett. Sie humpelte zum Bett und griff danach.

"Tut mir leid, dass du aufstehen musstest. Ich wollte nur sehen, wie es dir geht." Gias Blick fiel auf das Portmonnaie in Kats Hand. "Woher hast du denn das olle Ding? Ist dein Portmonnaie nicht rot?"

Sie nickte. "Das ist nicht meins. Ich habe es gefunden." Kat drehte das Portmonnaie hin und her.

"Auf De Courcy Island?" Gia ließ sich neben Kat auf das Bett fallen. "Du hast so ein Glück, Kat. Du musst Adleraugen haben. Ich finde nicht mal ein 5-Cent Stück."

Kat machte sich nicht die Mühe, sie zu korrigieren. Sie konnte nicht gerade erklären, dass sie das Portmonnaie in Gias Kabine gefunden hatte. Wenigstens nicht, bis sie mehr Informationen hatte. "Ich muss den Besitzer des Portmonnaies finden." Sie tippte Anne Bukowski in das Suchfenster und drückte Enter.

"Ich fühle mich schon viel besser," log sie. Sie sah auf den Bildschirm des Laptops. Sie brauchte Zeit allein, um die dutzenden Seiten mit Ergebnissen einzugrenzen. "Du solltest wirklich wieder nach oben zu den anderen gehen. Ich will dir nicht den Spass verderben."

"Das machst du nicht," sagte Gia. "Ich fühle mich schlecht darüber, wie wir auseinander gegangen sind. Ich weiß, dass du findest, dass Raphael nicht der Richtige für mich ist und dass du nur eine gute Freundin bist. Aber er ist echt und ich habe noch nie so für jemanden gefühlt. Ich liebe ihn und ich werde ihn heiraten. Egal, was du denkst. Kannst du es nicht einfach dabei bewenden lassen?"

"Ich werde es versuchen." Kat hörte sich nicht einmal überzeugend für sie selbst an, aber was sollte sie noch sagen? Sie sah auf die Suchergebnisse. Sie überflog die erste Seite und sah nichts Örtliches, also klickte sie weiter zur zweiten Seite.

"Ich bin sicher, dass du erschöpft bist, nachdem was passiert ist." Gia sah auf Kats Laptop-Bildschirm. "Vielleicht ist die Person, die das Portmonnaie verloren hat, immer noch auf der Insel. Raphael und ich könnten die Person morgen finden und es zurück geben."

"Vielleicht. Lass mich erst sehen, was ich finden kann." Auf keinen Fall würde Raphael an das Portmonnaie kommen. Das erinnerte sie an ein anderes Problem. "Tu' mir einen Gefallen. Erzähle keinem, dass ich das Portmonnaie gefunden habe, okay? Nicht, bis ich den Besitzer gefunden habe."

"Aber warum? Was ist damit?"

"Ich habe einen Teil meiner Geschichte ausgelassen," log sie. "Die Höhle ist nicht der einzige Ort, an dem ich mich verlaufen habe. Ich habe einen anderen Weg auf dem Pfad genommen. Jace bringt mich um, wenn er das herausfindet. Versprich' mir, dass du es keinem erzählst, nicht mal Raphael?"

"Sicher, Kat. Was kann ich noch tun?" Gia setzte sich auf das Bett und seufzte, als sie sich gegen das Kopfteil des Bettes lehnte. Sie hielt ihre Hand hoch und bewunderte ihren Ring wieder.

Mach mit deinem Betrüger-Freund Schluss. "Nichts, ich bin okay. Ich ruhe mich nur ein bisschen aus, damit ich für deine Hochzeit morgen bereit bin."

"Ich kann es nicht erwarten! Es fühlt sich alles wie ein Traum an. Ich muss mich immer wieder kneifen."

Der einzige Weg, die Hochzeit zu stoppen, ohne Gia weh zu tun, würde es sein, Onkel Harry zu überzeugen, sie irgendwie zu verzögern. "Vielleicht kann ich morgen sogar mit zur Insel gehen. Ich werde dir die Höhle zeigen."

"Das hört sich gut an! Gia umarmte sie. "Pass' nur auf, das wir nicht eingeschlossen werden, okay?"

Kat lachte. "Keine Sorge, das werde ich. Ich bin nur erleichtert, wieder zurück zu sein."

Gia erhob sich. "Ich bin froh, dass es dir besser geht. Und danke, dass du versuchst, mit Raphael auszukommen. Ich weiß, dass ihr euch nicht besonders gut versteht. Aber das werdet ihr. Ihr zwei seid euch so ähnlich."

"Wir sind uns überhaupt nicht ähnlich."

"Doch, das seid ihr. Das siehst du nur noch nicht. Ihr arbeitet beide im Finanzgeschäft. Du bist eine Steuerberaterin und Raphael ein Businessexperte. Er hat so viel Geld verdient, dass es ihm schwer fällt, alles zu überschauen."

Kat zweifelte daran, dass Raphael etwas anderes tat, als Geld zu überschauen und er war eher Experte darin, Leute, anstatt Geschäftsmöglichkeiten auszunutzen. "Ich denke einfach nur, dass es zu schnell geht, Gia. Du hast ihn gerade erst kennengelernt. Es ist zu früh zum Heiraten."

"Ich werde heiraten, Kat. Nur, weil du eine Heiratsphobie hast, ist das kein Grund, nicht meinem Herzen zu folgen."

"Ich habe keine Heiratsphobie. Wir haben es nur nicht eilig."

"Du und Jace seid schon so lange zusammen. Macht es endlich offiziell." Gia faltete ihre Hände zusammen. "Warum nicht morgen? Wir haben einen Doppelhochzeit!"

"Nein, Gia." Sie und Jace würden heiraten, aber zu ihrer eigenen Zeit. Sie wollte nicht, dass ihre eigenen Hochzeitserinnerungen einen Beigeschmack von Mitleid mit Gia hatten. "Deinem Herz zu folgen, bedeutet nicht, alles andere zu ignorieren."

Gia runzelte die Stirn, als sie aufstand. "Sagst du, dass man Raphael nicht trauen kann? Nur weil du ihn nicht magst, heißt es nicht, dass ich es nicht kann."

"Ob ich ihn mag oder nicht, ist nicht der Punkt." Kat zuckte vor Schmerz zusammen, als sie Gia zur Tür folgte. Ihr Knie war noch nicht besser. "Wenn er dich liebt, wird er nächste Woche, nächsten Monat oder nächstes Jahr auch noch hier sein. Alles, was ich sage, ist, dass du langsamer machen und das alles durchdenken solltest."

Gias Spontanität war einer ihrer liebenswertesten Züge, aber auch einer der gefährlichsten.

"Er ist der Richtige für mich. Ich war noch nie so sicher in meinem ganzen Leben."

"Das ist gut. Hat er dich einen Ehevertrag unterschreiben lassen?" Gia hatte keinen erwähnt, aber jeder Billionärsanwalt würde darauf bestehen. Auf der anderen Seite war auch Gia nicht gerade arm. Mit ihrem Salon und ihrem Gesparten ging es ihr relativ gut. Raphael könnte Anspruch auf die Hälfte von Gias Vermögen legen. Daran hatte Gia sicher nicht gedacht.

Gia brach in Gelächter aus. "Natürlich nicht! Raphael würde mich nie bitten, das zu tun. Er weiß, dass ich nicht hinter seinem Geld her bin. Was meins ist, ist seins und umgekehrt."

"Wenn das der Fall ist, warum braucht er dann überhaupt dein Investment? Wo er doch ein Billionär ist."

Gia rollte die Augen. "Er braucht es überhaupt nicht. Er tut mir einen Gefallen damit, dass er mich investieren lässt. So wie Jace und Harry."

Kat gefror das Blut in den Adern. "Jace und Harry haben nichts investiert."

"Das haben sie schon," sagte Gia. "Sie haben gerade die Papiere unterschrieben."

"Jace würde nichts investieren, ohne es erst mit mir zu besprechen." Gia hatte unrecht. Sie und Jace besprachen alles als ein Paar.

"Na, nun hat er es gemacht und Harry auch. Warum ist das so eine große Sache? Sie können für sich selbst denken."

Kat biss sich auf die Lippen. Sie bedauerte es, das Abendessen verlassen zu haben. Das Geld war eine große Sache. Aber noch größer war die Tatsache, dass Jace wusste, was sie von Raphael dachte und er hatte doch investiert, ohne es ihr zu sagen. "Wieviel haben sie ihm gegeben?"

Gia winkte ab. "Nur das Minimum. Hunderttausend."

Ein kleines Vermögen, dass sich keiner von beiden zu verlieren leisten könnte. Nicht dass irgendjemand anderes das könnte. Kats Herz klopfte. Hatten Jace und Harry beide Hunderttausend investiert? Oder vielleicht hatte jeder fünfzigtausend gegeben. Beide Szenarios verursachten ihr Übelkeit.

"Ich habe ihnen gesagt, dass sie mehr investieren sollten, aber sie haben es nicht. Jace hat dir wahrscheinlich nichts erzählt, weil er wusste, wie du reagierst."

Kat wurde rot. Sie wollte diese Diskussion nicht mit Gia haben. "Er hat vielleicht etwas erwähnt." Jace hatte es vor ihr verborgen, weil er wusste, dass sie es nicht gut fand.

Die einzige gute Sache war, dass es keine Banken in der Nähe gab. Onkel Harry war altmodisch und erledigte seine Bankgeschäfte persönlich und nicht online. Jace war technischer bewandert. Hatte er so lange genug eine Internetverbindung herstellen können, um sein Geld zu überweisen?

"Du wirst sehen, Kat," sagte Gia. "Bellissima wird sich total bezahlt machen. Aber jetzt brauche ich dich. Hilfst du mir morgen beim Fertigmachen?

"Hm?"

"Du kannst mir mit meinen Haaren und meinem Makeup helfen. Ich weiß noch nicht mal, was ich anziehe. Hilfst du mir?"

"Natürlich helfe ich dir." Es war das Letzte, was sie machen wollte. Irgendwie müsste sie die Hochzeit hinauszögern. "Aber warum wartet ihr nicht und habt die Hochzeit in Vancouver, wenn wir wieder zurück sind?"

"Worauf sollen wir warten? Wir wollen sowieso nur eine kleine Hochzeit, ganz unkompliziert. An Bord ist absolut perfekt."

Es war nicht, was sie von Gia erwartet hatte. Sie liebte aufwendige Parties. "Wenn du sicher bist, dass es das ist, was du willst." Gia hatte das Portmonnaie nicht erkannt, aber irgendwie gehörte die mysteriöse Anne Bukowski zu Raphaels Plänen. Wenn sie herausfinden könnte, in welcher Weise, könnte es reichen, Gia davon abzuhalten, einen schweren Fehler zu begehen.

"Um wieviel Uhr ist die Zeremonie morgen?" Würde sie Raphael rechtzeitig aufhalten können?"

"Um sechzehn Uhr. Wir sehen uns morgens die Höhle an, kehren zum Mittagessen zum Schiff zurück und haben den Nachmittag, um uns fertig zu machen. Ich kann es kaum erwarten!" Gia stand auf. "Ich gehe besser wieder nach oben, bevor Raphael mich suchen kommt."

Kat wartete, bis Gia gegangen war. Sobald die Tür zu war, klickte sie auf den ersten Eintrag und konnte nicht glauben, was sie sah.

Die Schlagzeile der Lokalnachrichten war "Bukowski Familie hat sich in Nichts aufgelöst". Sie klickte auf den Eintrag, doch plötzlich war ihre Verbindung zum Internet weg. Sie aktualisierte ihre Internetverbindung, doch ohne Erfolg.

Ohne den ganzen Artikel war es unmöglich, weitere Details über Ort, Datum oder wo die Familie verschwunden war, zu finden. Bukowski war ein recht häufiger Nachname, aber ohne die Details der Geschichte, könnte sie die Vornamen der Familie nicht nachprüfen. Waren Anne Bukowski und ihr Portmonnaie irgendwie Teil der Geschichte?

Sie holte ihr Handy, aber der Bildschirm war dunkel. Die Batterie war immer noch leer seit der Höhle und sie hatte vergessen ihr Aufladegerät anzuschließen. Sie seufzte und schloss es an. Was auch immer für Geheimnisse die Geschichte bereit hielt, sie würden warten müssen.

# 20

Kat stand am Achterdeck und leuchtete mit ihrer Taschenlampe am Heck der *The Financier* hinunter. Es war höchst unwahrscheinlich, das *The Financier* und *Catalyst* identisch waren. Eher war es so, dass Raphaels Jacht gestohlen war und sie hatte beschlossen, das zu beweisen.

Die Taschenlampe schien ungleichmäßig im Dunkeln. Sie streckte sich, um einen besseren Blick auf den Namen der Jacht unterhalb des trüben Taschenlampenstrahls zu bekommen. Die Bilder der *Catalyst* auf der Majestic Yachts Webseite verfolgten sie. Das Schiff schien identisch mit Raphaels zu sein. Und doch war es auf der Webseite des Schiffsbauers als "einzigartig" beschrieben. Entweder gab es zwei identische Jachten oder die *The Financier* war umbenannt worden. Ihre Vermutung war, dass Majestic Yachts nur eine Jacht, die *Catalyst* gebaut hatte und dass sie in diesem Moment an Bord dieses Schiffes war.

Sie konzentrierte sich wieder auf die Buchstaben der *The Financier*. Es schien alles in Ordnung zu sein aus der Ferne. Aber nahe dran, selbst im dämmrigen Abendlicht, war die weiße Farbe, die die Buchstaben umrundete, etwas heller als der Rest des Schiffshecks.

War es vor kurzem neu gestrichen worden? Sie lehnte sich über die Reling, um einen besseren Blick zu bekommen.

Es gab keine Spuren von Geisterbuchstaben darunter, aber eine Sache gab ihr zu denken. Sie hatte es bis jetzt noch nicht bemerkt, aber der vorletzte Buchstabe, das e, war etwas schräg. Sie zweifelte sehr daran, dass eine speziell angefertigte, multi-millionen Dollar Jacht schräge Buchstaben haben würde.

Sie beugte sich über die Reling und reichte nach unten zu den Buchstaben. Sie konnte das F kaum erreichen. Sie kratzte mit ihrem Fingernagel am Buchstaben, um zu sehen, ob es etwas darunter gab. Aber der Lack war dick und gummiartig, nicht spröde genug, um mit ihrem Fingernagel etwas abzukratzen. Die frische Farbe war verdächtig und viel zu frisch für ein sechs Jahre altes Schiff. Natürlich könnte es vor kurzem neu gestrichen worden sein. Daher bedeutete der Zustand der Farbe nicht unbedingt etwas.

Aber die ungleichmäßige Schattierung der weißen Farbe und der schräge Buchstabe e bedeutete mit Sicherheit etwas.

Als Nächstes sah sie sich die Registrierungsnummern der *The Financier* an und schrieb sie auf einen Block Papier. Sie schob den Notizblock in ihre Tasche, gerade als eine tiefe Stimme hinter ihr dröhnte.

"Was tun Sie da?" Raphael stand nur ein paar Fuß weit weg. Er hatte die Arme verschränkt und sah ärgerlich aus.

Kat hatte sich so sehr erschreckt, dass sie fast über Bord gefallen war. Sie konnte sich gerade noch an der Reling festhalten und sich aufrichten. Als sie sich zum ihm umdrehte, sah sie, dass er allein war. "Nichts. Ich sehe mir nur das Achterdeck an." Der Notizblock war sicher weggesteckt, aber sie konnte die Taschenlampe nicht verbergen.

"Mit einer Taschenlampe? Ihre Neugier kennt keine Grenzen, was?" Alles Vorheucheln von Höflichkeit war vorbei.

Sie wusste nicht, was sie sagen sollte. "Ich denke, nicht." Raphael war so nah, dass sie den Alkohol an seinem Atem riechen konnte.

"Gia und ich halten nichts von Ihrer Negativität. Wenn Sie wissen, was gut für Sie ist, hören Sie damit auf, in unseren Angelegenheiten herumzustöbern."

"Gia ist ihre eigene Person. Sie ist auch meine Freundin und das macht sie auch zu meiner Angelegenheit. Ich passe auf meine Freunde auf." Seit wann brauchte Gia jemanden, der für sie sprach? Raphael vergrößerte seine Kontrolle von Stunde zu Stunde und Kat gefiel das kein bisschen.

"Sie passen besser auf, wenn Sie wissen, was ich meine."

Kat ignorierte die Drohung. "Ich beschütze meine Freunde, egal was passiert. Wenn Sie wissen, was ich meine."

Raphael schnaubte. "Die einzige Person vor der sie beschützt werden muss sind Sie. Muss ich es Ihnen buchstabieren? Gia ist meine, nicht Ihre. Ich kann sie mit ein paar Worten gegen Sie stellen."

"Drohen Sie mir nicht." Kat richtete sich auf. Sie war einige Zoll größer als Raphael. Das war der einzige Vorteil, den sie im Moment hatte. "Gia kann selbst denken."

Er schmunzelte. "Nicht mehr. Sie ist froh, wenn ich jetzt alle Entscheidungen treffe."

"Das wird bald nachlassen, wenn sie Sie wirklich sieht, für das, was Sie sind. Sie machen mir überhaupt nichts vor und Gia wird Sie auch bald durchschauen." Er hatte sie absichtlich in der Höhle eingeschlossen. Sie würde nicht zugeben, was sie wusste, aber sie musste auch nicht höflich sein.

"Betrachten Sie sich als gewarnt. Lassen Sie uns in Ruhe." Raphael starrte sie zornig an und blockierte ihren Weg mit verschränkten Armen. "Seien Sie vorsichtig."

Kat streifte seine Schulter und drückte sich an ihm vorbei. Raphael konnte sie nicht einschüchtern, selbst wenn er jeden an Bord gegen sie aufbrachte. Es gab nichts, was sie tun konnte, bis sie die Wahrheit selbst sahen. Sie hoffte nur, dass es noch nicht zu spät war.

Als sie zehn Minuten später wieder in ihrer Kabine war, wurden Kats Befürchtungen bestätigt. Sie gab die Registrationsnummer der

*The Financier* in die Transportregistrierungs-Datenbank der kanandischen Regierung ein. In der Datenbank wurden alle registrierten Wasserfahrzeuge samt Registrierhafen und Besitzer erfasst.

Ungültiges Ergebnis.

Das bewies oder widerlegte nicht Raphaels Behauptung, da er angeben würde, dass die Jacht italienisch war. Aber von dem, was sie auf der Webseite von Majestic Yachts gesehen hatte, schien das Schiff nordamerikanisch zu sein.

Dann erinnerte sie sich an Petes Kommentar. Er hatte in Friday Harbor in Washington State angeheuert, also war die Jacht wahrscheinlich amerikanisch. Sie ging zu der U.S.-amerikanischen Registrationsseite und gab die Nummern wieder ein. Diesmal hatte sie einen Treffer.

Das Ergebnis war nicht für die *The Financier*, aber für die Catalyst. Endlich hatte sie einen Beweis dafür, dass das Boot umbenannt worden war. Da der Registrierungseintrag für Catalyst aktuell war, schien die Jacht gestohlen und umbenannt worden zu sein. Raphaels Geschichte, dass er auf seiner italienischen Jacht lebte und um die Welt segelte war erfunden. Endlich konnte sie ihn mit seiner Lüge bloßstellen.

Sie ging zurück zur Webseite von Majestic Yachts und checkte, ob die Registrierungsnummer der Catalyst immer noch die selbe war. Sie war es.

Da sie auf der Webseite von Majestic Yachts auch zum Verkauf angeboten wurde, war es nahezu sicher, dass sie gestohlen war. Das konnte leicht mit einem Telefonanruf bewiesen werden, wenn die Jachtfirma morgen wieder öffnete.

Sie stand auf und legte ihren Laptop auf den Tisch, als Jace in die Kabine stürzte.

"Was hast du zu Raphael gesagt? Ich habe ihn gerade gesehen und er ist fuchsteufelswild. Er will sofort nach Hause."

"Endlich mal gute Nachrichten." Sie legte ihre Hände an die Hüften. "Gia hat mir gesagt, dass du investiert hast. Wie konntest du bei diesem Betrüger investieren und mir noch nicht mal davon erzählen?"

Jace wich ihrem Blick aus. "Ich wollte es dir erzählen."

"Wann genau?"

"Siehst du? Deswegen habe ich nichts gesagt. Er ist kein Betrüger, Kat. Er ist echt. Aber ich wusste, dass du mich ins Kreuzverhör nehmen würdest."

"Natürlich werde ich das. Ich bin die einzige, die zwischen dir und der Möglichkeit steht, dein Geld für immer zu verlieren."

"Ich wusste, dass du etwas vorhattest."

"Jace, der einzige, der etwas vor hat ist Raphael. Wenn du und alle anderen nicht so geblendet wären von der Möglichkeit, reich zu werden, würdet ihr ihn in einer Sekunde durchschauen."

"Ich bin nicht von gestern. Ich erkenne eine gute Möglichkeit, wenn ich sie sehe und ich lasse mir diese hier nicht entgehen."

"Nun, du hast gerade dein Geld einem Dieb gegeben." Sie drehte den Bildschirm des Laptops zu ihm hin. "Raphaels Jacht ist gestohlen und hier ist der Beweis. Die Registrationsnummer ist für eine Jacht mit dem Namen Catalyst, nicht *The Financier*."

Jace sah es sich einen Moment lang an. "Es muss eine logische Erklärung geben. Vielleicht hat er sie gerade gekauft und der Papierkram ist noch nicht ganz erledigt."

"Sie ist in Washington State registriert, nicht in Italien. Wie kann er sie gerade erst gekauft haben, wenn er behauptet, von Italien aus hier her gesegelt zu sein?"

"Vielleicht registriert er sie in einem anderen Land. Viele Schiffe sind irgendwo anders registriert, so wie Kreuzfahrtschiffe in Liberien und so."

Washington State war nicht gerade eine Steuer- oder Haftbarkeitsoase. "Niemand würde das tun."

"Stimmt." Jace kratzte sich am Kinn. "Aber ich bin sicher, er hat einen guten Grund. Wir gehen ihn fragen."

"Nein Jace. Du verstehst nicht, worum es hier geht. Er hat über sein sogenanntes italienisches Schiff und seine Reise um die halbe Welt gelogen. Es gibt nur einen Grund, warum er den Namen der Jacht geändert hat."

Ein Anflug von Zweifel erschien auf Jaces Gesicht.

"Es beweist, dass die Jacht gestohlen ist."

"Das ist verrückt."

"Nein, verrückt ist, ihm dein Geld zu geben." Irgendwas stimmte nicht an Bord der *The Financier* und je schneller sie die Wahrheit aufdeckte, umso besser. Aber es würde nicht schön werden.

## 21

K at und Jace hatten schon gefrühstückt, als Onkel Harry an Deck erschien. Er kam aus der Bordküche mit einem Teller voll von Rührei, Toast und Würstchen. Ein zweiter Teller war voll mit Pfannkuchen.

Es war zur Selbsbedienung gedacht. Kat und Jace hatten zusammen Frühstück gemacht, obwohl sie kaum miteinander gesprochen hatten. Kat war wütend über Jaces geheimes Investment und Jace warf Kat vor, auf Hexenjagd zu sein.

"Das wirst du alles essen?" Jace stand auf und schob seinen Stuhl zurück. "So viel zu deinem Fitnessplan."

"Ich brauche Energie. Großer Tag heute." Onkel Harry setzte sich ihnen gegenüber und steckte eine Serviette in sein Hemd. Sein Teller war voll von Essen, ein unmittelbar bevorstehender Herzinfarkt.

Kat hob die Brauen. "Du meinst die Höhlenerkundung?"

Trotz ihrem vorherigen Erlebnis und ihrem immer noch schmerzenden Knie, freute sie sich sogar darauf zurückzugehen.

"Das auch, aber ich meine Gias Hochzeit. Ich habe noch nie einen Milliardär getraut."

Kat runzelte die Stirn. "Du kannst sie nicht trauen, Onkel Harry."

"Natürlich kann ich das. Ich habe ein Traulizenz."

Harry hielt mit einer Gabel voll Rührei inne. "Das wird meine erste Trauung auf See sein. Oder sollte ich sagen, meine erste nautische Hochzeit?"

Er schluckte seine Eier hinunter und strich Butter auf sein Toast.

"Das ist es nicht, was ich meine. Ich bin sicher, dass du einen Spitzenjob machst, Onkel Harry. Ich mache mir nur Sorgen um Gia."

"Gia ist okay. Ich war lang genug hier, um Leute erkennen, die verliebt sind und das sind diese beiden wirklich. Du reagierst zu extrem, Kat. Wenn ich dich nicht besser kennen würde, könnte ich sogar sagen, dass du ein bisschen neidisch bist." Harry spiesste ein Stück Würstchen mit seiner Gabel auf.

Kat warf einen verstohlenen Blick auf Jace, der die Brauen hob.

"Das ist verrückt. Ich bin nicht neidisch." Nur die Einzige, die die Wahrheit sieht. "Ich will, dass Gia glücklich ist, aber mit dem richtigen Mann."

Raphael passte nicht. Ihr Instinkt sagte ihr, dass er noch weit mehr war, als einfach der falsche romantische Partner – er war geradezu gefährlich.

"Er passt perfekt. Er ist reich und er liebt sie so sehr, wie sie ihn liebt." Onkel Harry griff nach der Sirupflasche und ertränkte seine Pfannkuchen.

"Bist du da sicher, Onkel Harry?"

"Natürlich. Jeder Narr kann sehen, dass sie verliebt sind. Ich habe sie noch nie glücklicher gesehen."

Jace räusperte sich. "Harry hat Recht. Lass' Gia ihre eigenen Fehler machen. Wenn es sich als so etwas herausstellen sollte."

Sie warf ihm einen wütenden Blick zu. "Gia ist vielleicht verliebt, aber ich bin nicht davon überzeugt, dass Raphael es ist."

"Sie wird keinen Besseren finden. Er ist jung, reich und erfolgreich. Ein guter Fang für Gia." Die Generation von Onkel Harry hatte traditionelle Ansichten und sie musste sich auf die Zunge beißen, um nicht zu antworten. Gia brauchte keinen Fang.

"Hast du jemals darüber nachgedacht, dass Gia vielleicht ein guter Fang für Raphael ist?" Kat nahm einen Schluck Kaffee. "Sie ist eine Selfmade-Frau. Sie hat ihr eigenes Geschäft und ist sehr erfolgreich."

"Sie ist wirklich sehr erfolgreich." Harry legte seine Gabel hin und lehnte sich im Stuhl zurück. "Aber er ist zehntausend Mal reicher als sie. Wo soll sie einen anderen Milliardär finden?"

"Man weiß nie." Jeder betrachtete Raphaels Jacht, Designerkleidung und Besitztümer als Beweis für seinen Reichtum, aber die Art, wie er es zur Schau stellte war so offensichtlich, dass es falsch war. "Und überhaupt, wenn sie so toll zusammen sind, warum die Eile? Sie haben alle Zeit der Welt."

"Weil ich derjenige sein will, der sie traut, Kat. Wenn sie irgendwo anders heiraten, kann ich die Zeremonie nicht durchführen. Sie sind bereit, ich bin bereit. Warum nicht?" Harry schüttelte den Kopf. "Leute zu trauen ist mein Job."

"Du hast bis jetzt nur eine andere Trauung durchgeführt. Denk' dran, es geht nicht um dich, Onkel Harry." Jetzt verstand sie: Harry verstand dies als seine einzige Chance, die Heiratszeremonie durchzuführen.

"Okay, vielleicht ist es ein Teilzeitjob." Er biss in seinen Toast.

"Aber es ist der beste Job, den ich je hatte. Den Gesichtausdruck eines Paares zu sehen, wenn sie heiraten, und zu wissen, dass ich es ermöglicht habe ... das ist unbezahlbar."

"Dein Job ist sehr wichtig, aber es gibt für alles die richtige Zeit. Gia ist so von ihrer Romanze eingenommen, dass sie vielleicht nicht klar denkt."

"Ich denke, das ist möglich." Niedergeschlagen spielte er mit seinem Essen.

Sie brauchte noch mehr Beweise, um Jace und Harry zu überzeugen. Ohne diese, war alles, was sie im Moment tun konnte, die Hochzeit hinauszuzögern. "Was wissen wir eigentlich über Raphael? Wir kennen ihn erst einen Tag, er war auf einmal da und hat Gia überzeugt, Geld mit ihm zu investieren."

"Wenn du es so darstellst, hört es sich nicht gut an. Aber schau' dir das alles an." Harry zeigte auf das Boot. "Beweis dafür, dass er erfolgreich ist."

"Vielleicht. Aber Erfolg bedeutet keine glückliche Ehe. Gia hat ihn erst vor ein paar Wochen getroffen. Ist das genug Zeit, um jemanden kennenzulernen?"

Harry sah geknickt aus. "Ich denke nicht."

"Du kannst sie immer noch später trauen, Onkel Harry. Ich weiß, dass Gia möchte, dass du die Trauung vollziehst, aber wir sollten die beiden davon überzeugen, noch ein bisschen zu warten. Wenn sie füreinander bestimmt sind, wird es nichts ausmachen."

"Aber was, wenn sie reisen oder so? Das könnte meine einzige Chance sein."

"Ich bin sicher, dass Gia möchte, dass du die Zeremonie durchführst. Egal was passiert. Sie würde dich hinfliegen lassen, wenn es nötig wäre. Kannst du eine Ausrede finden, um ein oder zwei Tage zu warten?"

Harry stoppte beim Kauen. "Okay, ich denke, ich kann mit ihr sprechen."

"Nein – mach' das nicht." Kat erinnerte sich an das Portmonnaie in ihrer Tasche. Es war irgendwie mit Raphael verbunden, da sie es in seiner Kabine gefunden hatte. Was auch immer die Verbindung war, ihr Bauchgefühl sagte ihr, dass es nichts Gutes war.

"Ich glaube einfach nicht, dass Raphael der ist, der er vorgibt zu sein."

"Meine Güte, Kat. Du hast den Typen wirklich auf dem Kieker." Jace hob protestierend die Hände. Er war immer noch ärgerlich, dass sie seine Investmententscheidung hinterfragt hatte.

"Was stimmt nicht mit Raphael? Er ist ein toller Typ, denn er hat mich in sein Geschäft einsteigen lassen."

Kats Herz klopfte laut in ihrer Brust. Jace weigerte sich immer noch, ihr zu sagen, wieviel er investiert hatte. Das machte ihr Angst. "Ich denke, du machst einen großen Fehler."

Harry nahm seinen leeren Teller und stand auf. "Nein. Dieses Bellissima Haarglätter-Geschäft wird uns alle reich machen."

Kat ergriff seinen Arm. "Erinnerst du dich noch an dein letztes großes Investment? Du hast fast alles verloren, was du besitzt." Onkel Harry hatte Aktien von einer Diamantminenfirma gekauft und Kat hatte in die gleiche Firma investiert. Es hatte sich als eine große Betrügerei herausgestellt und er hatte großes Glück gehabt, sein Geld wiederzubekommen.

"Geh' sofort zu Raphael und sag' ihm, dass du das, was du getan hast, rückgängig machen willst. Du wirst dein Geld nie wieder sehen, es sei denn, du bekommst es jetzt zurück." Raphael hatte es geschafft, drei seiner vier Gäste zu beschwindeln. Sie würden ihr Geld nie wieder sehen, es sei denn, sie hielt ihn auf.

"Keine Chance. Bei dem hier werde ich den Anschluss nicht verpassen."

"Du wirst mehr, als nur den Anschluss verpassen, Onkel Harry. Wo sind die Investmentinformationen? Ich will sie sehen."

Jace sah sie ärgerlich an, aber sagte nichts.

Kat konnte es nicht erwarten, Jace die gleichen Fragen zu stellen, aber das würde fast sicher zu einem Streit führen. Sie würde bis später warten, wenn sie allein waren.

Harry sah zur Seite. "Sie sind in Vancouver. Er schickt sie mir, wenn wir wieder zurück sind."

"Du hast investiert, ohne erst das Kleingedruckte zu lesen?" Raphael hatte nicht die Absicht, Onkel Harry irgendetwas zu schicken.

Onkel Harry hielt die Hände in gespielter Kapitulation hoch. "Ich wusste, dass du das sagen würdest."

"Ich dachte, diese Jacht ist sein Büro," sagte Kat. "Warum sind seine Unterlagen nicht an Bord des Schiffes?"

"Keine Ahnung. Er hat wahrscheinlich das Büro seines Anwalts gemeint."

"Hast du irgendetwas unterschrieben?"

"Nein."

"Du hast noch kein Geld überwiesen?"

"Noch nicht. Ich kann erst am Montag zur Bank."

Kat seufzte erleichtert. Gott sei Dank war Harry von der alten Schule und machte seine Bankgeschäfte nicht online. "Verpflichte dich zu nichts anderem. Nicht, bis ich mir ein paar Dinge angesehen habe."

"Dann beeil dich. Ich werde nicht meine Chance verpassen, den Jackpot zu gewinnen." Onkel Harry zeigte auf das Boot. "Vielleicht kaufe ich mir auch eine Jacht."

"Du hast schon den Jackpot gewonnen. Du hast eine gute Rente und Geld auf der Bank. Du sagst immer, du hast alles was du brauchst. Warum riskierst du das?"

"Nur einmal will ich auch dabei sein. Ruinier' nicht meine Chance, Kat."

Die Möglichkeit einer verpassten Chance war gering, aber finanzieller Ruin war fast sicher. Die Welt hatte sich gegen jeden, außer Raphael verschworen und sie hatte sich vorgenommen, das zu ändern.

## 22

Kat war schon bei ihrem dritten Kaffee, als Gia und Raphael an Deck erschienen. Raphael murmelte Guten Morgen zu Jace und Harry, aber sah nur ärgerlich zu Kat hinüber. Gia blickte zu Kat hinüber und sah dann zur Seite. Gias Augen waren rot und geschwollen. Sie hatte offensichtlich geweint und schien schon wieder kurz davor zu sein.

Harry sprang von seinem Stuhl auf und ging zur Kaffeemaschine an der Bar. Er goß dampfenden Kaffee in zwei Becher und gab jedem von ihnen einen. "Guten Morgen. Gut geschlafen?"

Raphael murmelte etwas und stellte seinen Becher auf den Tisch.

"Hm." Harry drehte sich um und verschwand in der Küche. Ein paar Sekunden später kam er wieder mit ein paar Schokoladencroissants. Er bot Gia einen an, doch sie schüttelte den Kopf.

Kat machte sich Sorgen über das, was Jace ihr spät am Abend gestanden hatte. Nicht nur hatte er all sein Erspartes investiert. Er hatte auch Geld aus einem Dispokredit dazugegeben. Er schuldete nun Geld für eine Investition, die nicht existierte. Auch wenn es sein Geld war, fühlte sie sich von seiner Handlung betrogen. Es hatte ein große Auswirkung auf sie beide und trotzdem hatte er sich nicht mal mit ihr besprochen.

Kat sah hinüber zu Gia. Ihre unordentliche Erscheinung war uncharakeristisch für sie. Sie schien müde zu sein und anstatt, wie sonst, um Raphael herumzuscharwenzeln, saßen sie ein bisschen von einander entfernt. Irgendwas stimmte nicht, denn Gia sah Raphael kaum an. Hatte sie endlich verstanden, dass Raphael sie ausnutzte?

"Esst auf. Ich kann es nicht erwarten, an Land zu gehen und die Höhle zu finden." Harry kaute an seinem zweiten Croissant und bemerkte die Spannung kein bisschen.

"Eine Änderung des Plans, Harry," sagte Raphael. "Wir haben die Hochzeit erst und gehen heute nachmittag zur Insel."

Gia blieb stumm, obwohl ihre Unterlippe leicht zitterte.

Schlechte Nachrichten, dachte Kat. Jetzt hatte sie noch weniger Zeit, die Hochzeit aufzuhalten.

"Das ist sogar besser," sagte Harry. "Ich ziehe mich um. Ich wünschte, ich hätte meinen Anzug mitgebracht."

"Warte," Jace wandte sich an Gia. "Wir haben so viel Zeit für die Zeremonie. Wäre es nicht besser am Nachmittag?"

Gia hob die Achseln. "Was auch immer Raphael will, ist okay."

Wenn Gia ihre Meinung über die Hochzeit nicht ändern würde, musste Kat wenigstens versuchen, sie davon zu überzeugen, sie zu aufzuschieben. Sie würde sich irgendeine Ausrede einfallen lassen, sobald sie mit Gia unter vier Augen sprechen konnte. "Wenn das der Plan ist, dann lass' uns in dein Kabine gehen und uns fertig machen."

Zehn Minuten später saß sie auf dem Bett in Gias Kabine und war nicht ein bisschen weiter, sie zu überzeugen, ihre Meinung zu ändern. Ihre gesellige, selbstsichere Freundin hatte sich in einen demütigen, unsicheren Schatten ihrer selbst verwandelt. Sie tat einfach, was auch immer Raphael entschied. "Was sind schon ein paar Stunden mehr? Der Nachmittag ist viel besser für eine Hochzeit."

"Es ist nicht ideal, aber Raphael will mich so schnell wie möglich heiraten." Gia schob ihr Haar zurück und betrachtete sich im Spiegel.

Kat suchte den Boden der Kabine ab, in der Hoffnung weitere Beweise in Verbindung mit dem Portmonnaie zu finden. Sie sah nichts anderes, als Schuhe, die Gia aus dem Schrank genommen hatte, um sich für ein Paar zu entscheiden. Sie stand vom Bett auf, ging umher und gab vor, sich zu strecken. Auf dem Nachttisch war auch nichts zu sehen.

Gia zog ein halbes Dutzend Kleider aus dem Schrank und legte sie aufs Bett. Die meisten waren farbenfrohe ärmellose Kleider, ähnlich wie das, was sie jetzt trug. "Das ist alles, was ich zum Anziehen habe. Ich habe immer von einer großen Hochzeit geträumt und habe mich einem Vintage Hochzeitskleid gesehen. Diese hier sind nicht besonders genug. Die ganze Sache scheint so überstürzt."

Kat nickte, aber sagte nichts anderes.

Gia hielt ein schwarzes pailettenbesetztes Futteralkleid vor sich. "Wie wäre es mit diesem?"

"Du solltest nicht Schwarz zu deiner Hochzeit tragen." Kat schüttelte den Kopf.

Obwohl Raphael zu heiraten ein Anlass zur Trauer war. "Warum kannst du nicht warten, bis wir zurück in Vancouver sind? Ich helfe dir, ein Kleid zu kaufen."

"Wir können nicht so lange warten." Gia seufzte. "Wir machen uns morgen auf den Weg nach Costa Rica."

Pete hatte Costa Rica auch erwähnt.

"Costa Rica? Warum? Für wie lange?" Wenn Raphael das Land verließ, würde er nie wieder kommen. Sie zweifelte sehr daran, dass er Gia mitnehmen würde, egal was er sagte. Gia hatte wahrscheinlich nicht mal ihren Pass dabei.

"Ich weiß nicht. Es hängt von Raphaels Geschäftstreffen ab. Ich wünschte, ich hätte Zeit, es ein bisschen besser zu planen. Es ist alles ein bisschen gehetzt."

"Du kannst nein sagen, Gia. Du musst nicht mitfahren."

Gia überlegte einen Moment lang und schüttelte dann den Kopf. "Natürlich fahre ich mit. Ich kann ihn nicht verlieren. So einen wie ihn finde ich nie wieder."

Kat konnte es kaum erwarten, dass Raphael verschwand, aber zuerst musste sie das Geld von allen zurückbekommen. "Du musst nichts überstürzen mit der Hochzeit. Du kannst nach San Jose fliegen und ihn jederzeit besuchen. Oder er kann hier her kommen."

"Er wird nicht in San Jose sein, sondern irgendwo abgelegen an der Westküste. Man kann es nur per Boot erreichen."

Ein seltsamer Ort für ein Geschäftstreffen, dachte Kat. "Wenn er dahin kann, kannst du es auch. Es wird kein Problem sein." Sie war mehrmals in Costa Rica gewesen. Auch wenn die Straßen nicht sehr gut waren, konnte man trotzdem fast überall hinreisen. Es dauerte nur ziemlich lange.

"Nein, es ist ein Problem. Wenn ich Raphael helfen will, muss ich ihn unterstützen." Gia wischte ihre tränengerötete Wange ab. "Ich weiß, dass er mehr als ich verdient, aber warum ist es alles oder nichts? Ich muss meinen Salon, mein Heim, meine Freunde verlassen, einfach so." Sie schnippte mit den Fingern. "Das ist nicht fair."

"Du hast absolut Recht. Du solltest du nicht tun müssen." Es sah Gia überhaupt nicht ähnlich, ihren Lebensunterhalt und ihre Klienten von heute auf morgen im Stich zu lassen. "Warum Costa Rica? Es ist ein ziemlich seltsamer Ort, um ein Produkt einzuführen."

"Das macht für mich auch keinen Sinn." Gia seufzte. "Aber er weiß immer, was er tut. Ich wünschte nur, ich könnte eine direkte Antwort von ihm bekommen."

Kat legte einen Arm um die Schulter ihrer Freundin. "Nimm' dir wenigstens genug Zeit, um deine Angelegenheiten in Ordnung zu bringen. Du musst dein Geschäft schließen und etwas für die Zeit deiner Abwesenheit arrangieren. Es gibt keinen Grund, die Dinge zu überstürzen."

"Ich will nichts sagen, falls er sonst seine Meinung über mich ändert. Er ist das Beste, was mir je passiert ist."

Eher das Schlechteste, was ihr je passiert ist. "Wenn Raphael deine Wünsche nicht in Betracht zieht, ist er vielleicht nicht der Richtige für dich."

Ausnahmsweise protestierte Gia dieses Mal nicht. "Ich wünschte, wir würden wenigstens manchmal das tun, was ich möchte."

"Sag' es ihm. Fang' mit der Hochzeit an. Wir schauen uns erst Valdes Island ein paar Stunden lang an. Dann sind wir alle zum Feiern bereit."

"Du hast Recht." Gia atmete tief ein. "Es ist Zeit, dass ich ein

Machtwort spreche. Wir belassen die Hochzeit bei heute Nachmittag wie geplant."

Obwohl Gia immer noch entschlossen war, Raphael zu heiraten, gewann Kat dadurch wenigstens ein bisschen mehr Zeit. Sie ging zu ihrer Kabine, um endlich an ihrer Suche zur Catalyst weiterzumachen und festzustellen, wie genau es dazu kam, dass sie *The Financier* genannt worden war.

## 23

Kat hatte nur ein paar Minuten Zeit, bevor sie nach Valdes Island aufbrachen, aber es war lang genug, ihren Laptop hochzufahren und zu hoffen, dass die Internetverbindung wieder hergestellt worden war. Sie tippet Anne Bukowskis Namen in das Suchfenster und klickte auf das oberste Ergebnis.

Dieses Mal war die Verbindung gut und sie konnte verschiedene Einträge anklicken. Es gab nichts über Anne Bukowski, aber da war eine tragische Geschichte über eine Familie namens Bukowski von vor ein paar Monaten. Ihr tödlicher Bootsunfall hatte auf der Titelseite der Zeitungen gestanden und sie erinnerte sich vage daran, etwas darüber gehört zu haben. Sie überlas den Artikel, um ihre Erinnerung aufzufrischen.

Der Artikel war vom 1. Juli, vor fast zwei Monaten. Das teilweise abgebrannte Boot der Bukowski Familie wurde von einem Fischerboot verlassen auf den Wellen treibend in der Georgia Strait auf halbem Weg zwischen Vancouver und Victoria gefunden. Es gab kein Zeichen von der dreiköpfigen Familie an Bord des teilweise abgebrannten Bootes und es wurde davon ausgegangen, dass sie ertrunken waren. Frank, Melinda und die vierjährige Emily waren auf dem Weg zu einem neuen Haus in Victoria gewesen. Eine traurige Geschichte, aber eine, die nichts mit Anne Bukowski zu tun hatte. Die Familientragödie brachte sie nicht näher zur Besitzerin des Portmonnaies.

Der Name Bukowski war nichts weiter als ein Zufall.

Oder war es das? Eine vermisste Familie und ein vermisstes Portmonnaie mit dem gleichen Nachnamen? Das Portmonnaie gehörte jemandem und Anne und Melinda waren vielleicht miteinander verwandt. Sie klickte sich durch die verbleibenden Artikel über den Bootsunfall und stockte, als sie den dritten Artikel las.

Anne Bukowskis voller Name war Anne Melinda Bukowski, obwohl sie ihren Mittelnamen Melinda bevorzugte. Wie war das Portmonnaie der vermissten Frau auf Raphaels Jacht gelandet? Was auch immer der Grund war, es konnte kein guter sein. Wenigstens war das Portmonnaie ein wichtiges Beweisstück. Raphael hätte es den Behörden übergeben sollen. Es könnte die Position der vermissten Familie genau bestimmen.

Anne Melindas Portmonnaie war wieder aufgetaucht, doch sie und ihre Familie waren spurlos verschwunden. War es möglich, dass sie ihr Portmonnaie nicht dabei hatte, als sie verschwand? Kaum, da sie dabei waren, von Vancouver in ihr neues Heim in Victoria umzuziehen. Kat fröstelte.

Sie nahm das abgenutzte Lederportmonnaie von ihrem Nachttisch und untersuchte es. Das Portmonnaie war alt, aber das Äußere und der Inhalt schien nicht von Wasser oder Feuer beschädigt worden zu sein. Wie war es auf Raphaels Jacht gekommen?

Sie öffnete den nächsten Artikel und wurde mit einem Bild belohnt. Das Foto zeigte eine attraktive Dreißigjährige mit schulterlangen Haaren und braunen Augen. Sie hatte ein kleines Mädchen auf dem Arm, wahrscheinlich Emily ein paar Jahre früher. Die Frau lächelte in die Kamera, aber ihre gleichgültigen Augen betrogen sie. Es war deutlich, dass sie versuchte, glücklich zu sein, aber war es nicht.

Sie musste etwas wegen dem Portmonnaie tun. Sie konnte es

nicht in Gia und Raphaels Kabine zurückbringen, selbst wenn sie es wollte. Gia hatte sie schon mit dem Portmonnaie in ihrer Kabine gesehen und sie hatte darüber gelogen, wo sie es gefunden hatte. Gia würde fuchsteufelswild sein, wenn sie zugab, dass sie in ihrer Kabine herumgeschnüffelt hatte. Kat hatte Raphael des Diebstahls bezichtigt; jetzt erschien sie selbst unehrlich.

Für den Moment musste sie ihre Entdeckung vor Gia verbergen, denn ihr Geständnis würde sicher mit Raphael geteilt werden. Es gab keinen guten Grund dafür, dass Raphael das Portmonnaie hatte, aber viele schlechte. Sie würde der Polizei das Portmonnaie übergeben, wenn sie morgen nach Vancouver zurückkehrten.

Sie änderte die Strategie und suchte nach mehr Informationen über die Jacht. Dann sah sie auf die Uhr und realisierte, dass sie die Zeit hätte nutzen sollen, um bei Majestic Yachts anzurufen. Sie machte sich eine Notiz, dort anzurufen, wenn sie von der Insel zurückkehrten. Wenn sie sicher sein konnte, ein paar Minuten für sich zu haben. Jace könnte jeden Moment hereinkommen und er wäre ärgerlich darüber, dass sie Fakten überprüfte. In der Zwischenzeit könnte sie so viele Informationen wie möglich sammeln. Sie klickte auf den ersten Eintrag und fand heraus, dass ihr Verdacht korrekt war.

Die Catalyst war vor zwei Monaten aus dem Friday Harbor Hafen auf den San Juan Inseln in Washington State gestohlen worden. Die San Juan Inseln waren weniger als eine Stunde entfernt auf dem Seeweg. Alles, was sie tun musste, war zu beweisen, dass die Catalyst in Wahrheit *The Financier* war. Endlich könnte sie Raphael als Lügner bloßstellen.

Ihr Puls beschleunigte sich, als sie den Artikel über die Catalyst noch einmal las. Die Jacht war von einer reichen Familie in den Hafen von Friday Harbor gelegt worden. Sie hatten das Boot nicht genutzt, seitdem sie vor ein paar Monaten an die Ostküste gezogen waren. Da die Catalyst zum Verkauf angeboten war, gab es keine Crew an Bord. Jeder, der ein paar Tage im Hafen von Friday Harbor verbrachte, würde schnell bemerkt haben, dass niemand an Bord war. Das machte es leicht, die Jacht zu stehlen, ohne allzu viel Aufmerksamkeit zu erregen.

Mit den Informationen von Pete und ihren Suchergebnissen konnte man mit Sicherheit annehmen, dass die Catalyst und *The Financier* identisch waren. Es erklärte auch die zusammengewürfelte und dürftige Crew und Petes Zögern, persönliche Fragen zu beantworten.

Raphael würde es nicht riskieren, eine professionelle Mannschaft anzuheuern. Sie würden so kurzfristig schwer zu finden sein und die gestohlene Jacht mit Sicherheit melden. Sie würden sich bestimmt weigern, an Bord zu arbeiten.

Die Kabinentür wurde geöffnet und Jace trat ein.

"Lass' uns gehen," sagte er. "Sie warten an Deck auf uns." Jaces schlechte Laune war verflogen. Er kam zu ihr herüber und küsste sie.

Gia hatte sich behauptet und auf eine Hochzeit am Nachmittag bestanden. Endlich mal eine gute Nachricht.

"Komm' und sieh' dir das erst an." Sie gab Jace ihren Laptop, damit er den Bildschirm sehen konnte. Sie hatte die Webseite des Herstellers offen. Darauf waren zwei Dutzend Fotos von der Jacht, die alle Seiten von außen zeigten und die meisten der inneren Räume.

"Das ist schön." Er sah auf den Bildschirm und stellte den Laptop dann auf den Schreibtisch. "Hol' deine Sachen oder wir kommen zu spät."

"Nein, Jace. Sieh' genau hin." Sie klickte auf ihre Kabine. "Kommt dir das Zimmer bekannt vor? Es hat die gleichen Möbel und die gleiche Bettdecke wie unsere Kabine."

"Es gibt halt identische Schiffe hier und da."

"Nein, das gibt es nicht. Diese Jacht wurde speziell angefertigt." Sie tippte auf die Beschreibung. "Alles vom Holz, dass benutzt wurde, bis hin zur Gestaltung jeder Kabine wurde nach besonderen Anweisungen gefertigt."

"Na und?"

"Diese Jacht ist gestohlen worden und ich glaube, dass ich es beweisen kann." Sie ging zur Registrationswebseite der kanadischen Regierung. "Siehst du diese Nummern? Wenn ich die Registrationsnummer auf der Seite eingebe, gibt es kein Ergebnis. Das ist, weil die Jacht nicht kanadisch ist."

Er sah sie verwirrt an.

"Ich weiß, was du denkst, aber sie ist auch nicht italienisch. Und Raphael ist es auch nicht. Ich kann noch nicht beweisen, dass er über seine Identität lügt, aber es gibt eine Sache, die ich beweisen kann." Sie gab die Registrationsnummer in die Washington State Webseite ein und zeigte sie Jace. "Diese Jacht ist amerikanisch. Die Signatur der *The Financier* gehört zu einer anderen Jacht, der Catalyst."

Jace runzelte die Stirn, als er auf den Bildschirm sah. "Bist du sicher, dass du die Zahlen richtig eingegeben hast?"

Sie nickte. "Ich habe zwei-, dreimal nachgecheckt." Sie beschrieb die Schatten unter dem Namen der Jacht und das schräge e. "Wenn ich Recht habe, ist diese Jacht gestohlen."

"Und Raphael ist nicht der Milliardär-Tycoon, der er vorgibt zu sein."

Jace war skeptisch. "Es muss eine logische Erklärung geben. Du liest zu viel in die Dinge hinein."

"Über eine gestohlene Jacht? Ich glaube nicht."

Ein Anflug von Zweifel erschien auf Jaces Gesicht, als er auf den Bildschirm sah. "Bist du sicher, dass sie nicht zwei Schiffe gleich bauen?"

Kat nickte. "Selbst wenn sie das tun würden, wäre das Innendesign unterschiedlich, denn das wird ausgesucht, um dem Eigner zu gefallen. Sie dir die Bilder an den Wänden an." Sie rief das Foto des Esszimmers auf und vergrößerte das Bild über der Anrichte. "Das ist identisch mit dem Druck an Bord dieses Schiffes. Die Bilder in unserer Kabine sind auch genau gleich."

Jace ging zu dem Bild über dem Bett und fuhr mit dem Finger über die Pinselstriche." Das ist ein Original-Ölgemälde. Einzigartig. Es muss eine logische Erklärung dafür geben."

"Die Logik sagt, dass es gestohlen ist. Schau." Sie vergrößerte das Foto ihrer Kabine und fokussierte auf das limitierte Exemplar eines Salvador Dali Drucks, der über dem Schrank hing. "Der Dali Druck ist Nummer drei von 120. Was steht auf unserem?"

"Drei von 120. Vielleicht ist es eine Fälschung. Wer würde eine Jacht stehlen? Ist das nicht etwas offensichtlich?"

"Nicht unbedingt. So lange er weg bleibt von dem Ort, an dem das Schiff gestohlen wurde, wer sollte es erkennen? Niemand wird die Registration des Schiffes prüfen. Es gibt noch mehr." Sie erzählte ihm von dem Portmonnaie und dem Verschwinden der Bukowski Familie. "Wir müssen ihn aufhalten, Jace. Bevor es zu spät ist."

## 24

Raphael ging in seine Kabine und blieb wie angewurzelt stehen, als er Gias Gesichtsausdruck sah. Ein Blick und er wusste, dass er in Schwierigkeiten steckte.

Gias Augen verengten sich, als sie mit einem Umschlag winkte. "Erzähl' mir, warum du Flugtickets nach Costa Rica hast. Sie sind für morgen und eins ist auf den Namen einer anderen Frau ausgestellt."

Raphael winkte ab. "Keine Aufregung, Bellissima. Es ist nicht, was du denkst."

"Erzähl' mir keinen Mist. Wer zum Teufel ist Maria und warum fliegt ihr beiden erste Klasse nach Costa Rica?" Gia verschränkte ihre Arme und sah ihn ärgerlich an. "Ich dachte wir segeln dorthin."

Raphael zuckte nur mit den Achseln und lächelte. "Meine Assistentin hat deinen Namen falsch verstanden. Ich werde dafür sorgen, dass sie es korrigiert."

"Netter Versuch. Wie zum Teufel bekommst du Maria aus Gia?"

"Statik am Telefon, denke ich. Wir hatten eine schlechte Verbindung."

Raphael machte an seinen Fingernägeln herum und vermied ihren Blick. Etwas oder jemand hatte Gias Antwort ausgelöst. Da war er sich sicher. Zum ersten Mal war Zweifel in ihrer Stimme. Er musste seinen Plan beschleunigen.

"Wie konntest du das nicht bemerken? Diese Tickets sind für einen Flug morgen und du hast gesagt, wir segeln dorthin. Irgendwas stimmt hier nicht."

"Pläne ändern sich, Bellissima. Meine Geschäftspartner haben einige Meetings verschoben. Daher habe ich mehr Zeit. Jetzt können wir auf der Jacht segeln, anstatt zu fliegen." Er streichelte ihr über das Haar.

Sie schob ihn weg. "Du hast dich ihren Plänen angepasst, aber nicht meinen. Warum soll ich mein Geschäft schließen und mein ganzes Leben innerhalb weniger Tage zurück lassen?"

Raphael zuckte mit den Achseln. "Es ist schnell passiert. Wir können Geschäftsmöglichkeiten nicht ignorieren."

"Wir scheinen meine zu ignorieren." Gia runzelte die Stirn, während sie das Ticket betrachtete. "Dieses Ticket wurde vor einem Monat gekauft. Das war bevor wir uns kennengelernt haben. Lüg' mich nicht an, Raphael. Du wolltest eigentlich jemand anderen mitnehmen, stimmt's?"

"Natürlich nicht."

"Dann sag' mir, warum du mit einer Frau namens Maria erste Klasse fliegst." Gias Augen verengten sich. "Du veränderst deine Geschichte immer wieder. Ich mag es nicht, wenn man mich anlügt, also mach' mich nicht dafür verantwortlich, was passiert, wenn ich herausfinde, dass du mich angelogen hast."

Brother XII hat es richtig gemacht, dachte Raphael, als er einer wütenden Gia gegenüber stand. Der Mann hatte Tausende von Anhängern davon überzeugt, auf seine dumme kleine Insel zu ziehen, all ihre Besitztümer abzugeben und trotzdem ungeschoren davonzukommen. Brother könnte ihm sicher Unterricht im Betrügen geben.

Leider war es dafür zu spät.

Brother XII hatte den Schaden begrenzt und war weggelaufen, als die Leute zu viele Fragen gestellt hatten. Aber anders als Brother XII, konnte Raphael nicht einfach Gebäude niederbrennen und ohne eine Spur verschwinden. Genau die Leute, vor denen er fortlief, waren an Bord seines Schiffes.

Gias plötzliches Misstrauen stammte von irgendetwas oder irgendjemandem.

Kat.

Er hatte Gias Freunde als mögliche Investoren an Bord geladen, aber das war fehlgeschlagen, als Kat angefangen hatte, zu viele Fragen zu stellen. Wenn Gia argwöhnisch war, waren die anderen das mit Sicherheit auch. Er musste sie loswerden, und das bald. Die Dinge gerieten außer Kontrolle. Wenn er nicht bald handelte, war es möglich, dass er alles verlor.

Sein Puls raste. War sein Pass in dem Umschlag mit den Tickets? Ein einfacher Fehler, der ihn alles kosten konnte. Er konnte sich nicht erinnern.

"Bellissima, ich – " Seine Stimme blieb ihm im Hals stecken.

"Spiel' keine Spielchen mit mir, Raphael." Gia tippte auf den Umschlag. "Wer ist sie?"

"Maria ist eine frühere Angestellte, die Verkaufsleiterin für Lateinamerika. Sie hat vor einer Woche gekündigt. Das ist ein anderer Grund, warum ich entschieden habe zu segeln anstatt zu fliegen. Ich habe vergessen, die Tickets zu canceln." Er streckte die Hand nach dem Umschlag aus. "Gib mir das. Ich bringe das alles in Ordnung."

Gia zögerte, bevor sie ihm den Umschlag gab. "Du lügst mich besser nicht an."

"Natürlich nicht, Bellissima." Er legte seine Arme um sie und küsste sie. "Jetzt hol' deine Sachen für unsere Wanderung."

Gia befreite sich aus seiner Umarmung und packte gehorsam ihre Tasche.

Wenn Gia nur die Tickets nicht gefunden hätte. Er hasste ein unschönes Ende.

---

## 25

Kat saß an der Außenbar mit Jace und Onkel Harry. Gia und Raphael waren wieder spät. Onkel Harry war ungeduldig, bereit an Land zu gehen. Er spielte mit der Fernbedienung und schaltete sich durch die Kanäle bis der Fernseher über der Bar den Nachrichtensender zeigte.

Sie warteten auf das Paar und hofften, dass sich ihre Pläne nicht schon wieder geändert hatten. Der Valdes Island Tunnel Ausflug war alles, auf das sich Kat noch freuen konnte. Ein paar Stunden lang konnte sie Raphael im Blickwinkel behalten und ihn davon abhalten, noch mehr von ihren Freunden zu stehlen. Und die Hochzeit zu verschieben, die mit Sicherheit Gias Leben ruinieren würde.

Sie hörte dem Nachrichtensprecher nur mit halbem Ohr zu, als sie den Inhalt ihrer Tasche neu ordnete. Dieses Mal hatte sie alles Wichtige eingepackt, eine Taschenlampe und einen Verbandskasten eingeschlossen. Ihr Knie und ihr Knöchel fühlten sich viel besser an durch die Ruhe der letzten Nacht. Die Schwellung war sogar ein bisschen heruntergegangen.

Sie band sich die Schuhe noch fester zu, während der Nachrichtensprecher die neuesten Nachrichten durchging. Sie spitzte die Ohren, als der Sprecher neue Entwicklungen im Fall des Verschwindens der Bukowski Familie ansprach. Der Name überraschte sie, denn sie hatte gedacht, dass der Unfall der Familie schon Schnee von gestern war.

Sie hob den Kopf in Richtung Fernseher. Die Kamera schwenkte über das Wasser zu einem Hafen, wo die Überreste eines verbrannten Bootes abgeschleppt wurden.

Der Bildschirm wechselte zu einem Sprecher, der das Archivmaterial kommentierte, bevor er die neuesten Entwicklungen vorstellte. Dann sah man einen Reporter vor Ort. Er stand auf der gleichen Pier, die in dem Bericht zuvor gezeigt worden war. Dieses Mal lag kein Bootswrack hinter ihm. Er zeigte auf das Wasser hinter ihm, während er die neuesten Nachrichten zum Verschwinden der Bukowski Familie beschrieb.

Der teilweise verweste Körper von Emily Bukowski war heute vor der Küste von Vancouver Island gefunden worden. Der Körper der Vierjährigen war von einem Fischerboot entdeckt worden. Das kleine Mädchen und ihre Eltern Melinda und Frank Bukowski wurden seit fast zwei Monaten vermisst. Bisher hatte es keine Spur gegeben. Die Küstenwache suchte weiter in der Gegend, wo das ausgebrannte Wrack ihres Bootes gefunden worden war.

Die RCMP sah die Todesfälle als verdächtig an. Melinda Bukowskis Kollegen zufolge, hatte sie vor kurzem ihren Job gekündigt, nachdem ihr Mann Frank Bukowski eine Lehrerstelle in Victoria angenommen hatte. Die Polizei hatte bei allen Schulen in Victoria nachgefragt, aber sie konnte die Schule, die Herrn Bukowski angestellt hatte, nicht finden.

Kat erschauderte bei dem Gedanken daran, dass der Körper des kleinen Mädchens in einem Fischernetz aufgetaucht war. Der Fernsehbildschirm zeigte eine Reihe von Fotos der Bukowski Familie. Ihr Mund stand vor Schreck offen. "Jace, komm' her!"

Jace war damit beschäftigt, seine Sachen im Beiboot zu verstauen. "Eine Sekunde, ich kann gerade nicht."

"Aber das ist er! Er ist im Fernsehen." Kat sprang von ihrem Stuhl auf.

"Wer ist im Fernsehen?" Jaces genervter Gesichtsausdruck wechselte zu einem von Erkenntnis. "Was zum Teufel ist –" Onkel Harry hatte es auch bemerkt.

"Wow, der Typ ist das genaue Ebenbild von Raphael."

"Nein, Onkel Harry. Er ist es selber. Frank Bukowski und Raphael sind ein und diesselbe Person."

Onkel Harry schüttelte den Kopf. "Nein, das ist unmöglich."

"Ich wünschte, das wäre es." Sie war sicher gewesen, dass Raphael ein Dieb war, aber die Erkenntnis, dass er vielleicht auch ein Mörder war, ließ ihr das Blut in den Adern gefrieren. "Was auch immer passiert, zeigt nicht, dass ihr es wisst, okay?"

Onkel Harry nickte, obwohl er nicht überzeugt schien.

"Es muss ein Fehler sein. Der Typ im Fernsehen ist sein Zwillingsbruder oder so. Wie heißt das noch mal?" Er beantwortete seine eigene Frage. "Ein Doppelgänger."

"Daran zweifle ich, Onkel Harry." Ihr Onkel wusste nichts von dem Portmonnaie, aber es war nicht die Zeit oder der Ort, ihm davon zu erzählen. Das Portmonnaie von Melinda Anne hatte nun eine noch größere Bedeutung. Was auch immer der kleinen Emily passiert war, erschien noch unheimlicher, mit dem Portmonnaie der vermissten Frau an Bord.

Da Kat das Portmonnaie angefasst hatte, waren Fingerabdrücke und bedeutendes Beweismaterial wahrscheinlich nicht mehr vorhanden. Sie würde es erst an einen sichereren Ort, als ihren Nachttisch legen und dann die Polizei anrufen.

"Ich frage mich, wie es ist, wenn man jemanden trifft, der genau wie man selber aussieht. Es ist, als ob man einen identischen Zwilling hat oder so."

"Ich glaube nicht, dass das der Fall ist, Onkel Harry."

"Es muss eine Erklärung geben." Onkel Harry kratzte seine Glatze. "Könne wir Raphael nicht einfach fragen?"

Jace starrte gebannt auf den Fernsehbildschirm, als auch er zu verstehen begann. Er wollte etwas sagen in dem Moment, als Raphael hinter ihm erschien.

"Mich was fragen?" Raphael war allein. Sein Mund verzog sich zu einem Lächeln, aber seine Augen waren kalt.

Kats Herz schlug laut in ihrer Brust.

"Äh, ob Sie sicher sind, dass Sie bereit zum Heiraten sind. Erst wägen, dann wagen."

Raphael lachte. "Natürlich bin ich bereit. Ich zähle die Stunden. Ehrlich gesagt haben wir unsere Meinung schon wieder geändert. Wir wollen die Zeremonie heute morgen. Können Sie das tun, Harry?"

"Ich-ich weiß nicht." Schweiß brach auf Onkel Harrys Stirn aus, während er Kat einen verstohlenen Blick zuwarf.

"Natürlich kann er das." Kat hielt ihren Ton ungezwungen, denn sie wollte keine Aufmerksamkeit erregen. Sie würden die Hochzeit nicht mehr aufschieben können, ohne Verdacht zu erregen.

"Gut. Sie können uns trauen, sobald Gia hier ist. Wir gehen gleich nach der Zeremonie zu Valdes. Wir feiern später, wenn wir zurück kommen."

"Ich geh' und helfe Gia," sagte Kat.

"Nicht nötig. Sie wird in ein paar Minuten hier sein." Raphaels Augen verengten sich, als er auf den Fernseher sah. "Stellen Sie das Ding aus."

Kat brach der Schweiß aus. Raphael hatte den letzten Teil ihres Gespräches gehört. Hatte er die Nachrichtensendung gesehen? Wenn er irgendwas ahnte, waren sie in großer Gefahr.

Aber Raphaels Gesicht blieb ausdruckslos.

Harry stellte den Fernseher aus und sie verbrachten die nächsten Minuten in unangenehmer Stille. Einen Moment später erschien Gia in Shorts und einem übergroßen Männerhemd an Deck. "Los geht's."

Entweder startete Gia einen Grunge Hochzeitstrend oder Raphael hatte Gia über den geänderten Plan nicht informiert. Sie setzte auf Letzeres.

Jace hatte es auch bemerkt. "Du heiratest so?"

Gia hob die Achseln. "Keine Zeit zu verlieren. Harry, bist du bereit?"

"Moment – ich habe etwas unten vergessen." Kat winkte Onkel Harry zu. "Kannst du mir mit etwas helfen?"

"Okay." Er hob die Achseln und folgte ihr zu der Treppe in der Mitte des Schiffes. "So kommen wir zu nichts."

"Entspann dich, Onkel Harry. Wir müssen sprechen." Sie sah hoch zu den Überwachungskameras über der Treppe. Sie musste vorsichtig sein, bis sie sicher in der Kabine waren.

Fünf Minuten später hatte sie ihrem Onkel alles erzählt, was sie bis dahin herausgefunden hatte, inklusive der gestohlenen Jacht und dem Portmonnaie von Anne Melinda. Genug Beweise für Raphaels Betrug, um jeden zu überzeugen. Und genug, dass sie sich sehr um Gia sorgte. Sie konnte es noch nicht riskieren, es ihrer Freundin zu erzählen, denn jeder Versprecher Raphael gegenüber könnte für sie alle gefährlich sein.

"Denkst du, dass er seine Frau und Tochter umgebracht hat?"

"Ich weiß nicht, was ich denken soll, Onkel Harry. Aber sieh dir die Fakten an. Er behauptet, dass die gestohlene Jacht seine ist und er sagt, er ist ein Milliardär. Entweder ist er Frank Bukowskis Doppelgänger oder er ist Frank. Da er Melinda Bukowskis Portmonnaie hat, würde ich sagen, er ist es. Und dann seine tote Tochter ..." Sie wurde sich dem Ernst ihrer Situation bewusst. Geld bedeutete überhaupt nichts, wenn ihr Leben in Gefahr war. "Wir stecken in großen Schwierigkeiten. Wir sind auf einem Boot mit einem Mörder."

Onkel Harry sprach die Worte aus, die sie nicht konnte. "Denkst du wirklich, dass er ein Mörder ist, Kat? Das arme kleine Mädchen. Wie kann irgendjemand so etwas tun?"

"Ich weiß nicht, was ich denken soll, außer, dass wir in großer Gefahr sind. Wir können das Schlimmste annehmen und auf das Beste hoffen." Sie konnte sich nur nicht auf Letzteres verlassen.

Onkel Harry wischte sich den Schweiß von der Stirn. "Habe ich gerade bei einem Kriminellen investiert?"

Kat nickte. "Ich denke leider ja."

"Was sind die Chancen mein Geld zurückzubekommen?"

"Nicht besonders gut, aber es ist noch nicht aussichtslos. Jetzt haben wir ein größeres Problem. Wir können unseren Verdacht nicht durchblicken lassen, selbst wenn wir Beweise haben. Wir können nicht Raphaels Verdacht erregen, bis wir sicher von diesem Boot runter sind. Wenn er erfährt, was wir wissen, tut er vielleicht etwas Extremes." Oder etwas Tödliches. Ihre Gedanken rasten. War Pete nur ein unbeteiligter Dritter oder war er Raphaels Komplize? Was war mit dem Rest der Mannschaft? Es war zu riskant, irgendjemandem zu trauen.

Onkel Harry kratzte seinen kahlen Kopf. "Aber wir müssen immer noch beweisen, dass er der gleiche Typ ist. Wie machen wir das?"

"Du brauchst Identifikation, um sie zu trauen, stimmt's? Frag' ihn danach." Er hatte vielleicht keine. Oder die, die er hatte, war vielleicht eine offensichtliche Fälschung. Es war alles, was sie sich vorstellen konnte.

Gia war kurz davor, einen kaltblütigen Mörder zu heiraten und Kat war zu machtlos, um es zu stoppen.

## 26

Die Trauzeremonie war eine düstere Angelegenheit, jedenfalls für Kat. Wenn die Situation nicht so gewichtig gewesen wäre, hätte die Zeremonie komisch sein können. Gia sah aus wie eine Obdachlose in ihrem weiten Tshirt und ihren Shorts. Raphaels Shorts und Tanktop waren nicht einmal annehmlich Designerkleidung. "Fran – ich meine – Raphael ..." Onkel Harrys Wangen röteten sich, als er über seine eigenen Worte stolperte.

Raphaels Kinnlade sackte herunter, aber er fing sich schnell.

Kat hatte Onkel Harry als einen letzten Ausweg die Wahrheit gesagt, in der schwachen Hoffnung, dass er die Trauung nicht vollziehen würde. Ihr Onkel war nicht gerade ein Bluffer und es war ihm offensichtlich unangenehm. Kein Wunder. War er doch kurz davor, Gia mit dem gleichen Mann zu trauen, der ihn bis aufs Hemd ausgezogen hatte.

"Raphael und Gia, wir sind hier zusammengekommen – " Die Worte blieben ihm im Halse stecken, als Onkel Harry sich räusperte. "Entschuldigung."

Er musste die Zeremonie durchziehen oder er würde sich verdächtig machen. Kat und Jace müssten auch als Zeugen unterschreiben. Sie hatten in dieser Sache keine Wahl. Sie waren jetzt alle gewissermaßen gefangen auf der Jacht.

Obwohl sie die Jacht verlassen konnten, wollte Kat den Mann nicht aus den Augen verlieren, der ihr Geld gestohlen hatte.

Oder zwei unschuldige Menschen umgebracht hatte.

Raphael sah ihn ärgerlich an. "Ich dachte, das hier ist Ihr Job."

"Das stimmt. Es ist nur – ich habe in der letzten Zeit so viele Zeremonien durchgeführt, dass ich Sie mit einem anderen Paar verwechselt habe." Sein Gesicht wurde rot. "Lassen Sie uns noch mal beginnen."

"Lassen Sie es hinter uns bringen." Raphael war der schlecht gelaunteste Bräutigam, den Kat je gesehen hatte. Und der am schlechtesten gekleidete.

Gia sah Onkel Harry besorgt an. "Was ist mit den Dokumenten? Du hast die Namen nicht durcheinander gebracht, stimmt's?"

Onkel Harry winkte ab. "Natürlich nicht. Raphael hat mir die Heiratslizenz gezeigt. Eure beider Namen sind darauf. Das erinnert mich daran. Ich muss Eure Ausweise sehen."

"Aber du kennst mich, seitdem ich acht Jahre alt war," protestierte Gia.

"Das ist die Prozedur," sagte Onkel Harry. "Ich muss die Regeln befolgen. Die Ausweise bitte. Deinen und Raphaels."

"Das ist die am meisten verpfuschte Zeremonie, die ich je gesehen habe," sagte Raphael. "Warum haben Sie nicht vorher nach unseren Ausweisen gefragt?"

Harry antwortete nicht.

Gia kramte in ihrer Handtasche und warf ihren Führerschein auf den Tisch.

Raphael gab Onkel Harry einen italienischen Pass und einen Führerschein. "Warum brauchen Sie meinen Ausweis? Ich habe ihn schon vorgezeigt, als ich die Heiratslizenz geholt habe."

"Ich mache nur alles so, wie es sich gehört. Kann ich die Heiratslizenz noch einmal sehen?"

Harry leckte an seinem Finger und blätterte durch sein Handbuch für Traubevollmächtigte.

"Das hast du mitgebracht?" Kat war überrascht, dass ihr Onkel sein Handbuch eingepackt hatte. Oder überhaupt irgendetwas, da er eigentlich überhaupt keine Reise geplant hatte.

"Muss meinen Job richtig machen."

Raphael seufzte, zog einen Umschlag aus der Gesäßtasche seiner Shorts und nahm die Heiratslizenz heraus. Er gab sie Harry. "Können wir jetzt anfangen?"

Es war ein brillianter Glückstreffer. Onkel Harry war nicht gerade pedantisch, aber er nahm seine Aufgabe als Traubevollmächtigter sehr Ernst. Jede Minute, die er die Sache verzögerte, gab ihnen die Möglichkeit, Zeit zu schinden.

Onkel Harry sah sich Raphaels Pass an und schrieb Informationen daraus in ein kleines blaues Notizbuch. Nach einer Ewigkeit gab er Raphael das Dokument zurück und wiederholte den Prozess mit seinem italienischen Führerschein.

Raphael seufzte. "Wir haben nicht den ganzen Tag."

"Was macht es schon, Raphael?" Gia streichelte seinen Arm. "Es ist noch nicht einmal zehn Uhr. Wir haben alle Zeit der Welt."

Da Raphael und Gia schon eine Heiratslizenz hatten, war die Hochzeit offensichtlich schon vor der Reise geplant worden. Die Lizenz war drei Monate lang gültig. Natürlich bedeutete eine Heiratslizenz allein nicht, dass das Paar geplant hatte, die Zeremonie auf dieser Reise zu haben.

Kat war enttäuscht, dass Gia, die jedem alles erzählte, es bis jetzt vermieden hatte, von ihren Heiratsplänen zu erzählen. Sie hatte es noch nie erlebt, dass Gia ein Geheimnis vor ihr verbarg. Besonders nicht so etwas Großes. Auf der anderen Seite hatte sie kaum Zeit allein mit ihrer Freundin verbracht, seitdem sie an Bord gekommen waren. Raphael hatte dafür gesorgt.

Gia steckte ihren Führerschein wieder in ihr Portmonnaie. "Bist du bereit, Harry?"

Harry warf Kat einen nervösen Blick zu.

Kat hob die Achseln. Raphael hatte schon die Heiratslizenz, also konnte niemand außer Gia die Hochzeit aufhalten. Als ob sie das tun würde.

"Okay, nehmt eure Positionen ein." Harry bedeutete Gia und Raphael, sich vor der Bar zu ihm zu drehen. Kat und Jace saßen auf Barstühlen und sahen zu, während Raphael Gias Hand nahm.

"Los geht's." Raphael zog Gia zu sich heran und das Paar wandte sich Harry zu.

Die Zeremonie ging wie im Traum an Kat vorbei. Warum musste Raphael Gia heiraten, wenn er schon ihr Geld hatte? Als Betrugsermittlerin waren ihr schon oft Betrüger untergekommen. Sie blieben nicht lange da, sobald sie das Geld hatten und dann verschwanden sie schnell für immer. Es war offensichtlich, dass er es auf Gia abgesehen hatte, aber als Bonus hatte er auch Onkel Harrys und Jaces Geld bekommen.

Raphael war zumindest ein Schiffsdieb, der Gia, Jace und Harry betrogen hatte. Und im schlimmsten Fall ein Mörder. Das Portmonnaie war kein Beweis dafür, aber es war sehr belastend. Die Nachrichtensendung im Fernsehen ließ keinen Zweifel zu bei ihr, dass Raphael wirklich Frank Bukowski war. Sie musste die Polizei kontaktieren, ohne Raphaels Verdacht zu erregen.

"Kat?"

"Ja?" Onkel Harry bedeutete sie zur Bar, wo ein Ordner lag,

"Unterschreib' hier – auf dem Feld für Trauzeugen da." Onkel Harry tippte mit dem Zeigefinger auf das Papier. "Jetzt ist es alles offiziell."

Sie sah ihm in die Augen, um zu sehen, ob es irgendetwas gab, das sie tun könnte. Da war nichts und so setzte sie ihre Unterschrift neben Jaces.

"Fertig."

"Dann ist alles legal?" Raphael knuffte Harry in die Schulter.

"Ja. Ich reiche den Papierkram ein, wenn wir wieder in der Stadt sind. Ihr zwei habt euch gerade das Jawort gegeben. Herzlichen Glückwunsch!"

Jace zog zwei Flaschen Champagner hinter der Bar heraus.

"Lasst uns feiern." Er füllte ihre Gläser.

"Ein Hoch auf das glückliche Paar." Harrys Stimme war ungewöhnlich matt. "Auf glücklich bis ans Lebenende."

Eher unglücklich. Das Paar war nun verheiratet und ohne einen Ehevertrag gehörte alles beiden. Gias Eigentum war auch Raphaels. Was auch immer er nicht schon von ihr hatte, gehörte ihm jetzt zur Hälfte.

"Bellissima, meine Frau." Raphael hob eine von Gias Haarsträhnen und flüsterte in ihr Ohr.

Gia besiegelte ihr eigenes Schicksal mit einem Kuss auf Raphaels Wange. Sie drehte sich zu ihnen. "Ich kann nicht auf Costa Rica und das nächste Kapitel meines Lebens warten!"

Kat hoffte, es war nicht das letzte Kapitel. Sie hatte keinen Zweifel daran, dass Montag die Nullstunde war. Raphael würde sich von Gia befreien und mit ihrem Geld verschwinden.

Kat hatte weniger als vierundzwanzig Stunden, um Beweismaterial gegen Raphael zusammenzutragen und das Geld zurückzubekommen.

Und dabei das Herz ihrer Freundin zu brechen.

---

## 27

Die besten Pläne gingen oft daneben und der Ausflug nach De Courcy Island war keine Ausnahme. Sofort nach der Heiratszeremonie kündigte Raphael an, dass sie doch nicht an Land gehen würden. Stattdessen segelten sie nach Valdes Island, wo sie nach der Höhle und dem Verbindungstunnel dort suchen würden.

Die Valdes Island Höhle war nicht unbedingt ein gut gehütetes Geheimnis. Der Höhleneingang war direkt am Strand und für jeden im Hafen sichtbar. Der Eingang war etwa zehn Fuß breit und selbst dreißig Fuß entfernt konnte Kat sehen, dass er mit Graffiti bemalt war. Den leeren Flaschen und dem Müll nach, der um den Eingang herum verstreut war, war die Höhle auch bei den einheimischen Feiernden beliebt.

Sie gingen über den steinigen Strand in Richtung Eingang. Pete und Jace gingen vorn und Onkel Harry und Gia folgten. Kat war die letzte und beobachtete Raphael scharf. Sie war überrascht und nervös, dass er Pete eingeladen hatte mitzukommen. Pete behauptete, ein Gelegenheitsarbeiter zu sein, aber vielleicht war das Teil von Raphaels größerem Plan. Sie vertraute im Moment einfach niemandem.

Das konnte sie sich nicht leisten, besonders da Raphael mit großer Sicherheit ein Mörder war.

"Bist du sicher, dass das der Ort ist?" Jace ging langsam um den Eingang herum. "Sieht nicht gerade geheim aus." Holzscheite lagen um die verkohlten Überreste eines Lagerfeuers in der Nähe.

"Der Eingang ist vielen bekannt," sagte Pete. "Die Einheimischen feiern hier, aber sie gehen nicht viel weiter, als bis zur ersten Höhlenkammer. Die Kammern weiter hinten sind blockiert, aber es gibt einen geheimen Gang."

Kat dachte, dass sie einen weiteren Geheimgang nicht ertragen könnte, besonders nicht mit Raphael in der Nähe. Sie zeigte auf Pete und Raphael. "Geht schon mal vor. Wir kommen hinterher."

Jace nickte, während Onkel Harry sich bückte, um seinen Schuh zuzubinden.

"Wie Sie wollen." Pete drehte sich weg und machte sich auf den Weg zum Höhleneingang. "Wir warten vor der zweiten Höhlenkammer auf Sie."

"Worauf warten wir?" Gia legte die Hände an die Hüften. "Warum können wir nicht alle zusammen gehen?"

Kat hatte keine Antwort.

"Aus Sicherheitsgründen sollten wir nicht alle zusammen gehen." Jace ging mit ihr zu den Holzstämmen. "Zwei Gruppen sind besser als eine."

Kat wischte vertrocknete Algen von dem Ende eines Holzstamms und setzte sich hin. Harry, Gia und Jace taten es ihr gleich.

"Was ist das Problem? Ich dachte, die Höhle ist sicher," wandte sich Gia an Jace. "Warum geht Raphal zuerst hinein anstatt du? Du bist doch der Experte für Suche und Rettung."

Jace runzelte die Stirn. "Das ist keine Suche und Rettung. Das ist gesunder Menschenverstand. Keiner weiß, dass wir die Höhle untersuchen. Die Crew weiß nur, dass wir auf der Insel umher wandern. Wenn wir uns verlaufen und niemand weiß von der versteckten Kammer, dann stecken wir alle in Schwierigkeiten."

"Wir lassen sie erst gehen," fügte Kat hinzu. "Es macht keinen Sinn, wenn wir alle hineinstürmen und in Schwierigkeiten geraten."

Jace war ein Genie, dass er an den Unfall-Blickwinkel gedacht hatte. Raphaels Eifer, die Höhle zu erforschen war ihr unheimlich, besonders nach ihrem vorherigen Beihnaheunfall. Sie würde nicht in die Nähe der Höhle gehen, wenn er dabei war.

"Okay." Gia seufzte, als sie sich auf einen großen Felsen setzte. "Ich wollte die blöde Höhle sowieso nicht erforschen. Das ist das Letzte, was ich erwartet hatte, an meinem Hochzeitstag zu tun."

"Wenigstens kannst du dich auf schöne Flitterwochen freuen," sagte Harry.

"Ich Glückliche." Gia seufzte und starrte in die Ferne.

"Die Westküste nach Costa Rica runterzusegeln ist viel besser, als das, was diese Brother XII Frauen erfahren haben," sagte Harry. "Der Typ hat viele Leben zerstört. Hat auch mehr als eine Frau hereingelegt."

"Da hast du Recht," sagte Jace. "Er benutzte das Geld von Mary Connally um 400 Morgen direkt hier auf Valdes Island zu kaufen. Er hat auch drei Inseln der De Courcy Gruppe gekauft. Um das Ganze noch schlimmer zu machen, nahm er ihr Geld um einen Motor für den Schlepper zu kaufen, mit dem er letztlich entkommen ist. Obwohl er sie und alle anderen mittellos verlassen hat, sagte sie, dass sie ihn wieder finanziert hätte. Dann war da Myrtle. Sie versagte darin, das zu tun, was eine sogenannte Fruchtbarkeitsgöttin tun soll: Nachwuchs zu produzieren. Es stellte sich heraus, dass Myrtle gar nicht fruchtbar war."

Wenn Jace die Ironie seiner Geschichte bemerkt hatte, zeigte er es nicht. Zwei Frauen waren von einem Mann hereingelegt worde. Ein Jahrhundert später trug sich die gleiche Geschichte zu mit Gia und Raphael.

Liebe machte so blind.

Sie saßen ein paar Minuten schweigsam da. Obwohl es niemand sagte, war die Geschichte von Brother XII nicht mehr vorherrschend, da sie sich um ihre eigenen Schwierigkeiten kümmern mussten.

Pete und Raphael waren nicht zurückgekehrt und selbst Jace und Onkel Harry zögerten, ihnen nachzugehen. Raphael hatte eine

Veränderung bemerkt und seine Reaktion auf Onkel Harrys Versprecher während der Trauzeremonie bereitete Kat Sorgen.

"Brother XII hat wirklich viele Leben zerstört," sagte Onkel Harry.
"Es hört sich so an, als ob er so ziemlich jeden ruiniert hat, mit dem
er in Kontakt kam."

"Er war nicht der Einzige," sagte Jace. "Seine dritte Geliebte war
kein Opfer wie die anderen. Mabel Scottowe war auch bekannt unter
dem Namen Madame Zee. Sie war eher wie eine Sadistin und
Brother XII ließ sie gern den Laden schmeißen. Sie war eine brutale
Aufseherin und schlug die Leute mit ihrer Peitsche wegen der
kleinsten Provokation. Die Anhänger waren nicht viel mehr als
Sklaven zu diesem Zeitpunkt. Sie bekamen kaum zu Essen und die
Frauen wurden gezwungen, einhundert Pfund schwere Kartoffel-
säcke zu tragen. Sie arbeiteten jeden Tag von zwei Uhr morgens bis
zehn Uhr abends."

"Sie hätten sich einfach weigern sollen," sagte Harry.

"Unmöglich," sagte Jace. "Er drohte die Ehepartner zu verschiedenen Inseln zu schicken. Was würdet ihr tun?"

"Darauf wäre ich nie hereingefallen," sagte Gia. "Ich hasse es das
zu sagen, aber es geschah ihnen Recht, wenn sie so leichtgläubig
waren. Wer lässt sich schon so über's Ohr hauen?" Sie schüttelte den
Kopf.

"Du würdest überrascht sein. Die schlauesten Leute wurden
hereingelegt. Anscheinend war Brother XII sehr charismatisch.
Irgendwie fand er immer noch neue Anhänger und das Geld floß
weiter, selbst nachdem er als Krimineller bloßgestellt worden war."

"Nicht sehr schlau," sagte Gia.

"Nein, aber einige Gauner sind sehr überzeugend," sagte Kat. "Ich
kann mir nicht vorstellen, dass ich mich so von jemandem behandeln
lassen würde."

Jace warf ihr einen warnenden Blick zu, als Raphael und Pete
wieder aus der Höhle traten. Keiner der beiden sah glücklich aus.

"Warum haben sie sich nicht alle gegen ihn verbündet und sind
abgehauen?" Gia schüttelte den Kopf. "Ich kann nicht glauben, dass
sie sich jahrelang so abgeschuftet haben."

"Vergiß' nicht den ganzen Mystizismus-Blickwinkel. Zusätzlich dazu, dass sie keine Möglichkeit hatten, von der Insel weg zu kommen, glaubten sie wirklich, dass ihre Seelen zerstört werden würden. Und überhaupt, wohin sollten sie gehen? Sie hatte nichts mehr, als die Kleidung, die sie trugen." Kat sah auf die beiden Männer, die kurz vor der Höhle stehengeblieben waren. Raphael gestikulierte Pete ärgerlich zu. Dieser schüttelte nur den Kopf. Sie waren immer noch außer Hörweite.

"Es ist erstaunlich, wie so viele Leute von einem Mann kontrolliert werden konnten. Sie waren völlig einer Gehirnwäsche unterzogen worden. Irgendjemand hat irgendwann alles herausbekommen, stimmt's?" Harry stocherte mit einem Stock im verkohlten Feuerholz herum.

"Nicht bis es zu spät war." Jace verlagerte sein Gewicht auf dem Holzbalken. "Sie wollten nicht glauben, dass sie hereingelegt worden waren. Sie waren alle intelligente, erfolgreiche Geschäftsleute. Es war schwer für sie, zuzugeben, dass sie betrogen worden waren. Sie schämten sich. Sie haben das Ausmaß seines Betrugs nicht erkannt. Selbst nachdem er ihnen alles von Wert genommen hatte. Es war nicht, bis er alle Gebäude in Brand gesteckt hatte und mit dem Schlepper verschwunden war, dass sie verstanden, was passiert war."

"Konnten sie ihn nicht fangen und zur Rechenschaft ziehen?" fragte Gia.

Jace schüttelte den Kopf. "Er hat alle Transaktionen in bar gemacht, weißt du noch? Keine belastenden Dokumente. Und es gab auch keine Fotos von ihm. Kameras waren damals nicht so geläufig, aber er war eine bekannte Person. Trotzdem wurde er rasend, wenn jemand versuchte, ein Foto von ihm zu machen. Schade. Ich hätte gern ein Foto für meinen Artikel gehabt."

"Obwohl es ein paar Zeichnungen von ihm gibt. Er hatte einen satanisch aussehenden Kinnbart. Nicht gerade modisch zu der Zeit. Er sah ein bisschen verrückt aus, wie ein teuflischer Zauberer. Versuchte vielleicht, wie ein Mystiker auszusehen."

"Die armen Leute," sagte Gia. "Wenn sie nur eine Kristallkugel gehabt hätten, um in die Zukunft zu sehen. Sie hätten sich nie mit dem Typen eingelassen."

"Was macht Sie hier?" Raphaels Gesicht war rot. "Wir haben drinnen auf Sie gewartet."

"Ich gehe nicht in irgendeine dunkle Höhle, Raphael." Gias Unterlippe zitterte, als ob sie kurz davor war, in Tränen auszubrechen. "Das ist nicht meine Vorstellung von einer Hochzeitsfeier."

"Wir feiern später." Seine Stimme hatte einen harten Ton. Es hörte sich mehr wie ein Befehl an.

Onkel Harry stand auf. "Ich will zurück zum Boot gehen. Ich bin müde."

Raphael drehte sich um, aber Pete hatte den Blick abgewandt.

Was auch immer sich zwischen den beiden Männern abgespielt hatte, es war kein belangloses Gespräch gewesen. Ausgehend von Petes Körpersprache stimmte er nicht mit Raphael überein. Er schien verärgert zu sein, dass sie nicht in die Höhle gegangen waren. Egal auf welcher Seite Pete stand, wenigstens waren sie nicht in der Minderzahl.

Kats Magen machte einen Überschlag, als sich Raphael rechts neben Gia setzte. Pete ließ sich auf einen Holzbalken ein paar Fuß entfernt nieder.

"Brother XII ist mit all dem Gold entkommen." Onkel Harry versuchte, die Stimmung zu heben. "Der Gauner hat am Ende gewonnen."

"Schlauer Typ," Raphael küsste Gia auf den Kopf.

"Ich weiß nicht," sagte Jace. "Ein schlauer Mann hätte nicht so viele Leute verärgert. Es ging ihm gut, bis die Gier ihn überwältigte. Einige sagen, dass er das Gold sogar zurückgelassen hat."

"Ich nehme an, Leute haben danach gesucht?" fragte Onkel Harry.

"Ja, überall auf der Insel, eingeschlossen dort, wo das Haus gestanden hat. Niemand hat es gefunden, obwohl sie eine Notiz gefunden haben, die unter den Bodenbrettern versteckt gewesen war."

"Was stand darauf?" fragte Gia.

"Nichts für Narren und Verräter."

Raphael war nicht der Einzige mit einem Talent für Manipulation.

# 28

S ie gingen zurück zum Beiboot. Kat wollte unbedingt zurück zum Schiff. Raphaels Jacht war der einzige Ort, an dem sie sich sicher fühlte und die Ironie dieser Tatsache entging ihr nicht. Irgendwie beruhigten sie die Sicherheitskameras an Bord, obwohl das lächerlich war. Wenn die Kameras wirklich überwacht würden, wäre das gestohlene Boot bestimmt schon gefunden worden.

"Sie haben wirklich etwas verpasst," sagte Pete. "Sie gehen an Land, aber schauen sich nicht mal den versteckten Gang an. Kaum jemand war jemals da drin. Wer weiß, vielleicht ist der Schatz dort versteckt."

Jace blieb wie angewurzelt stehen. "Ich dachte, Sie haben gesagt, der Gang ist blockiert."

"Das ist er, aber ich weiß, wie man reinkommt. Wir sind genug Leute, um den Felsen zur Seite zu schieben. Jeder müsste aber mitmachen."

Jace hob die Achseln. "Sicher. Ich bin dabei."

"Ich auch," sagte Onkel Harry.

"Ich nicht." Gia sah zu Kat, um zu sehen, ob sie zustimmte.

Kat nickte. Sie verstand Gia völlig. Es war schon später Nach-mittag und Höhlenerkunden stand nicht unbedingt auf der Liste für die meisten neuen Bräute an ihrem Hochzeitstag. Hatte Gia endlich Raphaels Selbstsucht erkannt?

Gia tippte auf ihre Uhr. "Wir warten eine Stunde, nicht länger. Danach kehren wir zum Schiff zurück."

Kat fühlte einen Anflug von Hoffnung, als die alte Gia die demütige, wässrige Version ersetzte. Die Zeit allein gab ihr eine Möglichkeit, vernünftig mit Gia zu sprechen. Obwohl sie zögerte, zu viel von ihren Erkenntnissen preiszugeben. Gias Loyalität war noch nicht getestet worden und man konnte nie sicher sein, wenn Liebe mit im Spiel war. "Wir warten am Strand."

Die Männer drehten sich um und gingen einer hinter dem anderen in Richtung Höhle. Pete und Jace waren sich ähnlich von der Größe und dem Gewicht her, obwohl Pete wahrscheinlich zwanzig Pfund leichter und eher dünn war. Raphael war etwas sechs Zoll kleiner, aber übertraf Onkel Harry in Größe, Stärke und Jugend.

Gia trat in den Sand. "Wie kann er von mir erwarten, alles zurückzulassen?"

Eine gewichtige Frage, die Kat nicht zu beantworten plante.

"Ich liebe Raphael, aber ich finde einige Dinge an ihm wirklich nervig. Dass er alle Entscheidungen für uns beide trifft. Zuerst gefiel mir die Idee, dass jemand das Kommando übernimmt und sich um mich kümmert, aber die Hälfte der Zeit beachtet er nicht einmal, was ich möchte."

"Vielleicht solltest du öfter widersprechen."

"Ich habe Angst, das zu tun. Verheiratet oder nicht, vielleicht will er mich dann nicht mehr. Er kann mich einfach so mit jemandem ersetzen." Sie schnippte mit den Fingern. "Ihm liegt die Welt zu Füßen. Er kann jeden haben, den er will."

"Du bist nicht gerade hilflos, Gia. Du hilfst dir auch nicht gerade mit solchen Kommentaren. Denkst du wirklich, dass er dich ersetzen würde?"

"Irgendwie schon. Zuerst drehte sich seine ganze Welt um mich, aber jetzt fühle ich mich einfach nur wie ein Hintergedanke." Ihre Unterlippe zitterte. "Wir sind erst seit ein paar Stunden verheiratet. Wie wird es in ein paar Jahren sein?"

Raphael würde nie so lange da bleiben. Das war Gias Rettung. Nur wusste sie das noch nicht. "Du hast nicht daran gedacht, bevor du ihn geheiratet hast?"

"Es ging alles so schnell. Es ist wie ein Märchen oder ein Traum, von dem ich nicht aufwachen will. Und er hat gesagt, wir wandeln meinen Salon in einen Franchise um und jetzt schließe ich ihn auf einmal. Unsere Pläne ändern sich von Minute zu Minute. Was würdest du an meiner Stelle tun?"

"Ich würde nicht gehen. Ich würde nie so einfach meine Träume aufgeben. Der Richtige würde das auch nicht von dir verlangen." Kat atmete tief ein. "Es gibt etwas, was ich dir erzählen muss, Gia. Es gehen merkwürdige Dinge an Bord vor sich."

"Ich weiß, dass du ihn nicht magst, Kat. Belassen wir es dabei."

"Es ist etwas anderes. Ich kann es dir nicht erzählen, bis du mir versprichst, es nicht mit Raphael zu besprechen. Du könntest sonst unser aller Leben in Gefahr bringen."

Gia kicherte. "Sei nicht so dramatisch. Wir sind alle in Sicherheit."

"Ich meine es Ernst. Gibst du mir dein Wort?"

"Sicher."

"Raphaels Jacht heißt nicht wirklich *The Financier*. Der wahre Name ist Catalyst. Sie wurde vor kurzem aus einem Hafen gestohlen. Es ist ein amerikanisches Boot, kein italienisches und ich kann es beweisen." Sie erzählte von dem übergemalten Namen und der Registration. "Ich kann dir die Catalystbeschreibung zeigen, wenn wir wieder an Bord sind. Das Äußere und Innere der Jacht sind identisch, bis hin zu den identischen Originalölgemälden."

"Das muss ein Fehler sein. Raphael ist mit *The Financier* von Italien her gesegelt."

"Nur weil Raphael das sagt, muss es nicht wahr sein, Gia. Mein Beweis sagt etwas anderes." Gia würde Raphael mit Sicherheit wegen Melindas Portmonnaie konfrontieren, also erzählte sie ihr nichts davon. Die Jacht war genug Beweis dafür, dass Raphael ein Lügner war.

Gia seufzte. "Ein richtigen Beweis? Bist du sicher?"

Kat nickte. "Entweder hat er das Boot gestohlen oder er weiß, dass es gestohlen ist. Es gibt einfach keine andere Erklärung."

"Er hat mich angelogen." Gia sprang auf und rannte in Richtung Höhle. "Ich bringe diesen Bastard um."

Kat rannte hinter ihr her und ergriff ihren Arm. "Gia, warte. Wir brauchen einen Plan. Du kannst nichts tun oder sagen, um zu zeigen, dass du es weißt. Verhalte dich einfach normal und wir schauen, was wir dann machen können."

"Wissen Jace und Harry es?"

"Ja, ich habe es ihnen gerade gesagt. Ich weiß nicht, was das alles bedeutet. Aber wir müssen vorsichtig sein. Vielleicht lügt er noch über andere Dinge. Lass' uns die Männer finden und zurück zum Schiff gehen."

Sie gingen über den Strand in Richtung Höhle. Gias Vertrauen war ausschlaggebend für ihre sichere Rückkehr. Trotz des Untergangsszenarios sah Kat endlich einen Funken von Hoffnung.

# 29

Trotz Kats Absicht, war sie schon wieder in einer Höhle ohne Taschenlampe. Sie hatte sie vergessen bei dem Hin und Her. "Jace?"

Ihre Stimme echote durch die Höhle, aber es kam keine Antwort.

"Er ist wahrscheinlich zu weit drin, als dass er dich hören kann," sagte Gia.

Genau wie Kat befürchtet hatte. Jetzt da Raphael Jaces und Onkel Harrys Geldmittel eingefroren hatte, konnte er nicht mehr viel mit ihnen anfangen. Als mögliche Opfer waren sie eher eine Belastung. Unfälle konnten in der Höhle passieren und ohne Zeugen. Niemand würde sie in einer kaum bekannten Höhlenkammer finden.

"Jace?" Diesmal rief sie. Wenn die Höhlenerforschung ein Trick gewesen war, um Jace und Harry zu trennen, hatten sie nicht mehr viel Zeit. Sie ging schneller, als ihre Augen sich an die Dunkelheit gewöhnten.

"Ziemlich cool hier drin," Gia schaltete die Taschenlampe ihres Handys an. Das dünne Licht war eine deutliche Hilfe. "Ich glaube, ich höre Raphaels Stimme."

Sie gingen langsam den Gang entlang, als eine männliche Stimme lauter wurde. Sie folgten der kurvigen Wand und Raphael erschien etwa eine Minute später. Er hielt einen Stein fest in der rechten Hand.

Kat gab vor, es nicht zu bemerken, aber ihr Herz raste. Sie waren zwei gegen Raphael. Oder gegen Raphael und Pete, der gerade aus dem Schatten aufgetaucht war. War der Stein in Raphaels Hand ein Souvenir oder eine Waffe? Wenn es Letzteres war, könnte er ihnen ernsthaft weh tun. Hatte er sie absichtlich von Jace und Onkel Harry getrennt?

Gia wandte sich Raphael zu. "Warum hast du Kat nicht geantwortet, als sie gerufen hat?"

Raphael ignorierte sie. Er drehte den Stein hin und her und war tief in Gedanken.

"Wo sind Jace und Harry?" Kat suchte die Höhle ab, aber sah keine Spur von ihnen. Raphael stand in der Mitte des Ganges und blockierte den Weg nach vorn.

"Sie sind schon vorausgegangen." Pete trat vor Raphael, nur ein paar Fuß entfernt von Kat. "Wir haben sie seit etwa fünfzehn Minuten nicht mehr gesehen."

Fünfzehn Minuten war eine lange Zeit. Trotz der Kühle innerhalb der Höhle, brach ihr der Schweiß auf der Stirn aus. Weder Jace, noch Onkel Harry hätten sich aus eigenem Antrieb von Pete und Raphael getrennt. Jace wäre nie allein in eine unbekannte Höhle gegangen. Er wäre auch innerhalb der abgemachten Stunde wiedergekommen. Irgend etwas stimmte nicht mit Jace und Onkel Harry; sie wusste es einfach.

"Was ist das für ein Stein in deiner Hand, Raphael?" Gia ergriff seinen Arm und versuchte, den Stein aus seiner Hand zu nehmen.

"Lass' es." Er verstärkte seinen Griff und zog die Hand weg. "Ich sammele Steine."

"Ein Steinjäger," sagte Gia. "Das wusste ich nicht über dich."

"Es gibt viel, was du nicht weißt." Raphael drehte sich wieder zum Ausgang. "Lasst uns gehen."

Gias Augen weiteten sich, aber sie sagte nichts.

"Moment mal. Wir können Jace und Onkel Harry nicht einfach hier lassen." Kat erinnerte sich an ihre Höhlenerfahrung. Die

Männer könnten falsch abgebogen sein. Ihre Abwesenheit bedeutete, dass sie sich verlaufen hatten, verletzt waren oder aus irgendeinem Grund nicht in der Lage waren, den Weg zurück zu gehen.

"Es gibt nur einen Weg hinaus. Es ist nicht schwer," sagte Raphael.

"Aber es ist ein Untersee-Tunnel," protestiere Kat. "Es gibt mindestens zwei verschiedene Gänge. Was, wenn da mehr Kammern sind? Sie könnten überall sein."

"Ich suche sie." Pete hielt seine Taschenlampe nach vorn, während er den entgegengesetzten Weg zurück ging. "Warten Sie hier. Ich bin in ein paar Minuten zurück."

Kat atmete erleichtert auf. Pete schien kooperativ zu sein. Selbst wenn er auf Raphaels Seite stand, war die Gefahr noch nicht unmittelbar. Sie lehnte sich gegen die kühle Höhlenwand und versuchte gelassen auszusehen.

Sie betrachtete Raphael. Die Venen an seinen Armen traten hervor, während er den Stein in der Hand hatte. Sie bewegte sich ein bisschen näher auf ihn zu und erschrak zu sehen, dass der Stein leicht rot verfärbt war. Die rote Färbung war nicht nur auf dem Stein, sondern auch auf seiner Handfläche. Sie bemerkte Gias Blick und nickte in Richtung Raphaels Hand.

Raphael war verblüfft gewesen über Petes Entscheidung, aber das bedeutete nicht unbedingt etwas.

Das zweite Mal innerhalb von 24 Stunden war sie in einer Höhle mit einem Mörder. Auf die eine oder andere Art würde es das letzte Mal sein.

## 30

D er rot gefärbte Stein stellte sich als nichts anderes als ein Souvenier heraus, ein archäologisches Artefakt.

"Sie sollten den Stein wieder zurück legen, wo Sie ihn gefunden haben," sagte Kat. Die rötlichen Stellen auf dem Stein schienen mit der gleichen Farbe gemacht worden sein, die sie auf dem Steinaltar auf De Courcy Island gesehen hatten. Es war Farbe, kein Blut und es war wahrscheinlich Tausende von Jahren alt.

"Was macht es für einen Unterschied? Niemand geht in diese dumme Höhle, also wird ihn keiner vermissen." Raphaels Augen verengten sich. "Und überhaupt, ich mag es nicht, wenn Leute mir etwas vorschreiben. Ich mache, was ich will."

"Das ist nicht der Punkt. Das ist eine archäologische Fundstätte. Sie können nicht einfach Dinge mitnehmen." Die Küsten-Salische Kunst an den Wänden und auf den Felsen der Höhle war Tausende von Jahren nicht gestört worden. Raphal würde den Stein wahrscheinlich nicht mal behalten, aber er sah es nicht als falsch an, die Stätte zu beeinträchtigen.

"Ich kann und ich will. Vielleicht nehme ich sogar noch mehr." Er zog sein Taschenmesser heraus und steckte es in eine Spalte in der Höhlenwand. Er kratzte am Stein und Fragmente fielen auf den

Boden. Er holte den Stein mit der Hand heraus und nahm auch einen zweiten Kleineren. Noch eine Höhlenbemalung ruiniert.

Kat blieb still. Sie war sich bewusst, dass ihre Kommentare seine Handlungen nur noch weiter ansporten. Sie verspürte aber etwas Genugtuung darüber, dass Raphael die Fassung verloren hatte. Totzdem war sie erleichtert, als Pete aus der Dunkelheit auftauchte, gefolgt von Jace und Onkel Harry.

"Woher wussten Sie überhaupt von diesem Gang?" fragte Jace. "Sind Sie hier in der Gegend aufgewachsen?"

Pete nickte. "Mein Großvater war Edward Arthur Wilson, besser bekannt als Brother XII."

Pete war ungefähr fünfzig Jahre alt, also war es möglich, dachte Kat. Das erklärte auch sein lokales Wissen.

Jace pfiff. "Ich hatte keine Ahnung. Warum haben Sie das vorher nicht erwähnt?"

Pete zuckte mit den Achseln. "Ich wollte die Sache nicht negativ beeinflussen."

Harry tippte Pete auf die Schulter. "Er muss schon ein Typ gewesen sein. Ich meine, all diese Leute zu überzeugen, ihm zu folgen usw. Es gibt zwei Seiten bei jeder Geschichte, stimmt's?"

"Das weiß ich nicht, denn ich habe ihn nie getroffen. Er hat die Kolonie verlassen, als meine Mutter erst fünf Jahre alt war. Sie hat ihren Vater auch nicht sehr gut gekannt. Aber meine Großmutter hat uns viele Geschichten über das Leben in der Kolonie erzählt."

"Wer war ihre Großmutter? Mabel Scottowe?"

Pete schüttelte den Kopf. "Der Name meiner Großmutter war Sarah. Sie war nur eine von den vielen Frauen, die er ausgenutzt hat. Er und meine Großmutter haben nie geheiratet, was zu der Zeit ziemlich skandalös gewesen war. Sie wurde mittellos zurückgelassen wie der Rest seiner Anhänger. Offensichtlich war er kein guter Mensch, aber er war immer noch mein Großvater."

"Verstehe," sagte Jace. "Mein Artikel hat nicht so sehr mit der persönlichen Seite zu tun, sondern mit der Aquarian Foundation und dem angeblich verborgenen Schatz. Die Leute lesen gern über so etwas. Ich würde gern hören, was Sie über ihn wissen."

"Es gibt nicht viel zu sagen, was nicht schon bekannt ist. Mein Großvater glaubte, dass er die Wiedergeburt des ägyptischen Gottes Osiris war. Zusammen mit einer wiedergeborenen Isis würde er den Neue Welt Lehrer zur Welt bringen, der die Aquarian Foundation in ein neues Zeitalter führen würde. Meine Großmutter war nur eine von vielen Frauen, die auf seine lächerliche Geschichte hereingefallen sind."

"Eine unglaubliche Geschichte," sagte Jace.

"Ich weiß nicht, ob er sie wirklich geglaubt hat. Aber das ist es, was er jedem erzählt hat."

"Vielleicht können wir ein bisschen mehr auf dem Schiff sprechen." Jace lächelte. "Er muss ein Original gewesen sein."

Pete hob die Achseln. "Ich weiß nur, was meine Mutter mir erzählt hat. Wahrscheinlich nichts, an dem Sie interessiert sind, denn ich habe ihn nicht persönlich gekannt."

"Trotzdem, das sind bestimmt ein paar Geschichten," sagte Harry. "Was ich dafür geben würde, dagewesen zu sein."

Kat hob die Augenbrauen, aber blieb still.

"Es war wahrscheinlich besser, nicht dagewesen zu sein." Pete schüttelte den Kopf. "Meine Mutter wurde auf De Courcy geboren und lebte auf der Insel bis sie fünfzehn war. Sie ist verstorben, aber sie hat mir immer Geschichten erzählt, wie sie aufgewachsen ist. Sie konnte sich nicht mehr an viel von dem Kult erinnern, aber wenn man in einem Kult aufwächst, ist das alles, was man kennt. Für sie war es normal. Es gab eine Sache, über die sie immer gesprochen hat. Meine Großmutter hat zwölf Stunden am Tag gearbeitet und hatte keine Zeit für meine Mutter. Es war harte körperliche Arbeit. Meine Mutter dachte, dass es ein normales Leben war, bis sie wegging. Aber selbst als Kind hat sie sich vor Madame Zee gefürchtet."

"Wow," sagte Kat. "Warum haben Sie das alles nicht vorher erwähnt?" Raphael wusste bestimmt von Petes Bindung an den Ort, denn er hatte bestimmt Pete, einem Mannschaftsmitglied, den Grund für die Reise genannt. Trotz der Relevanz, hatte Pete es gestern auf dem Pfad nicht erwähnt.

"Ich wollte meine Familiengeschichte nicht in einem Zeitungsartikel wiederfinden. Brother XII war nicht gerade ehrlich, aber er war mein Großvater. Es ist alles lange her und außer mir ist niemand mehr da. Trotzdem will ich nicht den Namen meiner Familie durch den Schmutz gezogen haben."

"Das würde ich nicht tun," sagte Jace. "Ich würde es Ihnen erst zeigen. Viele Leute würden fasziniert sein von Ihrer Familiengeschichte. Die Leute hier müssten Ihren Namen erkennen."

"Das tun sie nicht. Brother XII hat seinen Namen ein paar Mal geändert, aber jeder, der ihn unter anderen Namen kannte, ist längst verstorben. Da er meine Großmutter nie geheiratet hat, hat sie seinen Namen nicht angenommen. Und überhaupt, die Mitglieder des Kults kamen sowieso nicht aus der Gegend. Die Leute kamen aus der ganzen Welt und als der Kult sich auflöste, gingen sie alle weg. Die, die Glück hatten, kratzten genug Geld zusammen um dahin zurückzugehen, wo sie hergekommen waren. Jeder außer meiner Mutter, heißt das. Sie konnte nicht genug Geld zusammenkratzen und so hatte sie keine andere Wahl, als zu bleiben. Sie arbeitete als Dienstmädchen bis zu dem Tag, an dem sie mit sechzig an Krebs starb. Sie kannte nie einen anderen Ort."

"Wie tragisch," sagte Gia. "Wie ist er damit davongekommen, das Geld aller Leute zu nehmen?"

"Er ist nicht ganz davongekommen," sagte Jace. "Einige der Aquarian Mitglieder haben Brother XII vor Gericht gebracht. Er hatte den gesamten Besitz der Kolonie mit dem Geld der Mitglieder gekauft und trotzdem war alle notariellen Urkunden nur in seinem Namen. Sie schafften es, dass die notariellen Urkunden von Brother XII auf ihre Namen übertragen wurden. Aber es war zu wenig zu spät. Er war längst verschwunden, wahrscheinlich mit Geld, das er versteckt hatte. Mary Connally hat die Urkunde für Valdes Island bekommen, da es mit ihrem Geld gekauft wurde. Seitdem sind die Teile der Insel natürlich schon lange aufgeteilt und verkauft worden."

"Wenigstens etwas," sagte Gia. "Obwohl es all den Missbrauch, den sie erlitten haben nicht wieder gut macht."

"Nichts kann es wieder gut machen," fügte Pete hinzu. "Vielleicht werde ich eines Tages alles erzählen, was ich weiß. Aber der Tag ist noch nicht da."

Kat fühlte einen Schauer, als sie bemerkte, dass Raphael nicht länger neben Gia stand. Er musste zurück zum Höhleneingang gegangen sein. "Es ist spät. Lasst uns zurück zum Schiff und der Hochzeitsfeier gehen." Die Hochzeit war das Letzte auf der Welt, das es wert war zu feiern, aber wenigstens konnte sie so ein Auge auf Raphael behalten. Sie konnte ihn nicht aus den Augen lassen. Ihre Zukunft hing davon ab.

## 31

Es war später Nachmittag, als sie endlich wieder zur *The Financier* zurückkehrten. Das Beiboot schnitt durch das glasähnliche Wasser, während Schatten über das Heckwasser des Bootes tanzten. Alles war friedlich auf der Wasseroberfläche, aber an Bord brodelte Spannung.

Die Bucht war wunderschön. Die Stille wurde nur von den Schreien der Möwen unterbrochen, die über ihnen kreisten und nach der nächsten Mahlzeit suchten. Vielleicht hielten sie Raphaels Jacht für ein Fischerboot und blieben in der Nähe, um ein paar Happen zu erhaschen. Ein Fischerboot der anderen Art, dachte Kat. Kein Netz, um die Opfer einzufangen, nur ein schön daher redender Betrüger.

"Schau mal." Raphael warf den bemalten Stein in den Ozean. Er sprang einmal auf, bevor er im dunklen Wasser versank. Er lachte. "Hätte noch mehr mitnehmen sollen."

Der archäologische Schatz war auf dem Boden des Meeres verloren, wo er bleiben würde, für immer unentdeckt und unbekannt. Niemand würde von seiner Existenz wissen. Ein weiteres Stück Geschichte versteckt und vergessen.

Es war alles was Kat tun konnte, um still zu bleiben. Es stand viel mehr auf dem Spiel, wenn sie Raphael reizte. Sie musste ruhig und gelassen bleiben, wenn sie am Leben bleiben und Raphael zur Rechenschaft gezogen sehen wollte.

Sie näherten sich der Jacht. Sie stupste Jace an und zeigte auf die Buchstaben der *The Financier* am Heck. In der hellen Sonne, war es unmöglich, irgendwelche Buchstaben unter der weißen Farbe zu sehen, aber das verräterische schräge e war nicht zu übersehen.

Jaces Gesicht war ausdruckslos, als er den Namen der Jacht betrachtete. Er kontrastierte scharf mit dem Außenlack der Jacht und dem sorgfältig handgemachten Inneren. Ein schräger Buchstabe bedeutete noch keinen Betrug, aber es war ein auffälliges Zeichen. Es waren immer die kleinsten Details, die letztendlich ein Verbrechen aufdeckten und dieses war absolut offensichtlich.

Gia folgte Jaces Blick und runzelte die Stirn. Sie rückte etwas von Raphael weg, der es nicht zu bemerken schien.

Kat Augen begegneten Gias. Ihre Freundin sah panisch aus. Es würde nicht lange dauern, bis ihre Gefühle hervorbrachen. Sie musste mit Gia allein sein, bevor es zu spät war. "Wir sollten uns heute abend schick machen. Deine einfache Schiffhochzeit muss nicht bedeuten, dass wir nicht eine extravagante Party danach haben können." Sie stand auf und winkte ihrer Freundin zu, sie zu begleiten.

"Das hört sich gut an." Gias Stimme war seltsam flach, als sie an Bord ging.

Selbst Raphael bemerkte es. "Wir feiern, wie auch immer du es willst, Bellissima." Sein finsterer Blick von vor einer Stunde wurde von einem Lächeln ersetzt, aber seine kalten Augen waren noch immer wie Laser auf Kat gerichtet. Er versuchte nicht einmal seine Verachtung zu verbergen.

Zehn Minuten später saßen sie mit kalten Getränken und Snacks an der Außenbar und warteten auf das Abendessen. Kat und Gia planten den Rest des Abends, aber es war fast unmöglich, sich darauf zu konzentrieren, während sie Raphael genau beobachtete.

Raphael stand auf und ging ohne ein Wort hinein.

Kat sah zu, wie er ging und fragte sich, was er vorhatte. Er gab nicht mehr an wegen seinen Geschäften oder zeigte irgendeine Art von Interesse an dem Brother XII Geheimnis. Er bereitete seinen Abgang vor. Sie sah zu Jace, der einen besorgten Gesichtsausdruck hatte.

Onkel Harry nahm die Fernbedienung und stellte den Nachrichensender an. Eine Kamera schwenkte über eine bekannte Meereslandschaft. Kat erkannte Active Pass von ihren vielen Fahrten mit der Fähre von Vancouver nach Victoria. Der Fernsehreporter stand an einem steinigen Strand und zeigte auf das Wasser hinter ihm.

"Melinda Bukowskis Körper wurde heute morgen von Strandläufern entdeckt. Die Polizei sagt nichts, außer, dass eine volle Autopsie angeordnet wurde."

Kat fühlte, wie ein Schauer ihren Rücken hinunter lief. Das Autopsieergebnis des kleinen Mädchens war auch noch nicht veröffentlicht worden. Sie hatte keinen Zweifel daran, dass beide Autopsien zum gleichen Ergebnis kommen würden: Mord. Trotz der Ergebnisse hatte Raphael einiges zu erklären über das Portmonnaie und das Boot. Hatte er das Portmonnaie nur gefunden und behalten, wie den Stein aus der Höhle? Sehr unwahrscheinlich.

Wie groß waren die Chancen, dass er das Portmonnaie hatte und nicht in Melindas und Emilys Untergang involviert war? Die Wahrscheinlichkeit war unglaublich klein. Genau gesehen, zusammen mit seiner unheimlichen Ähnlichkeit mit Frank Bukowski war die Wahrscheinlichkeit geradezu nicht existent.

Sie sah eine Bewegung aus dem Augenwinkel. Als ob er ihre Gedanken gehört hatte, war Raphael zur Bar zurückgekehrt. Er stand wie gelähmt vor dem Fernseher.

Sie wandte schnell den Blick ab, denn sie wollte nicht seinen Verdacht erregen. Ihr Gesicht wurde rot bei dem Gedanken, dass sie nun das Portmonnaie einer Toten hatte. Sie wünschte, sie hätte es gelassen, wo sie es gefunden hatte. Aber hätte sie das getan, hätte sie nicht von Raphaels dunklem Geheimnis erfahren.

Nur Jace wusste von dem Portmonnaie, aber Raphael hatte bestimmt inzwischen gemerkt, dass es weg war. Wenn er zuvor sorglos gewesen war, es zu verstecken, würde er mit Sicherheit jetzt danach suchen. Trotzdem würde er nicht unbedingt annehmen, dass sie es gefunden hatte. Vielleicht aber schon, wenn er sie in seiner Kabine gesehen hatte. Wie auch immer, eine Familie war in der Nähe unter mysteriösen Umständen verschwunden und Raphael hatte das Portmonnaie, das einem von ihnen gehörte. Ein Zufall, der sich nicht erklären ließ.

"Traurig mit dem kleinen Mädchen," sagte Jace. "Und jetzt auch die Mutter."

"Tragisch." Raphael war ausdruckslos. "Lasst uns hineingehen. Es wird kalt hier draußen." Ohne eine Antwort abzuwarten, stellte er den Fernseher aus und ging hinein.

Kat blickte zu Gia und zeigte ihr an zu bleiben.

Ein Schauer lief Kats Rücken hinunter. Raphael konnte nicht viel tun, solange sie alle zusammen blieben. Er war in der Unterzahl. Aber er war auch verzweifelt und da sie mit einem Dieb und einem Mörder auf einem gestohlenen Boot waren, sollten sie sich besser vorsehen. Der schlimmste Fall würde nicht eintreten, solange Raphael nicht wusste, dass sie seine wahre Identität kannten.

Der beste Fall war, dass Raphael einfach fortlief. Er hatte schon all ihr Geld. Abhängig von den Autopsieergebnissen, hatte er jeden Grund wegzulaufen, egal was sie und die anderen wussten. Er wusste schon, was die Ergebnisse sein würden.

Er hatte auch jeden Grund, bis auf den Tod zu kämpfen.

Niemand folgte Raphael hinein.

Onkel Harry drückte auf die Fernbedienung, stellte den Fernseher wieder an und die Lautstärke höher.

Kat erstarrte, als sie den Bildschirm sah. Ein Fernsehreporter stand am Strand mit dem Meer hinter sich. Die Kamera schwenkte über den Strand, um ein Dutzend oder mehr Polizeibeamte, die Küstenwache und andere Offizielle zu zeigen, die hin und her liefen zwischen der Strandstraße und dem Anleger, an dem das Boot der Küstenwache lag. Zwei uniformierte Männer kamen aus dem Boot mit einer Bahre. Die Stimme des Reporters beschrieb, wie der Körper an Land gespült worden war. Der Körper war im Meer ziemlich beeinträchtigt worden, aber anhand vom Ort und dem Zustand der Verwesung, nahm man an, dass es Melinda Bukoswki war.

Raphael musste zur Rechenschaft gezogen werden.

Um jeden Preis.

Sie drehte sich zu Jace. "Wir brauchen einen Plan."

Er nickte. "Bei dem Typen besteht auf jeden Fall Fluchtgefahr."

"Wovon sprecht ihr?" Gias Augenbrauen zogen sich zusammen, als sie auf den Fernsehbildschirm schaute. "Sagt mir, was los ist."

Kat wollte es ihr nicht sagen. Gias Reaktion könnte alles verraten und dann würde Raphael – und ihr Geld – für immer verschwinden. Auf der anderen Seite war die Vorstellung, dass ihre Freundin mit einem Mörder schlief undenkbar. Raphael hatte jeden Grund, diejenigen zum Schweigen zu bringen, die ihn vielleicht entlarven würden.

Gias Gesicht wurde rot. "Entweder ihr sagt es mir jetzt sofort oder ich gehe direkt zu Raphael. Ich habe ein Recht, es zu wissen, Kat. Egal, was es ist."

Kat zog ihren Stuhl näher heran. Gia hatte Recht. Jace und Onkel Harry wussten es schon, also war es unfair, Gia im Dunkeln zu lassen. Es war ein großes Risiko, aber eines, das Kat eingehen musste. "Weißt du noch, dass ich dir gesagt habe, dass die Jacht gestohlen ist. Nun ja, da gibt es noch mehr." Sie erzählte Gia alles.

Es würde eine sehr lange Nacht werden.

## 32

G ia stand auf und stampfte mit dem Fuß. "Er hat mich
belogen! Ich bringe ihn um."

"Nein, warte." Kat ergriff den Arm ihrer Freundin. "Du
kannst nichts sagen, Gia. Wir sind jetzt schon in Gefahr." Sie bedeutete Gia, sich hinzusetzen.

"Das kann nicht dein Ernst sein. Das ist nicht der Raphael, den
ich kenne."

"Das ist der Punkt, Gia. Der Raphael, den du liebst, existiert nicht.
Alles über ihn ist eine riesengroße Lüge." Sie wiederholte die
Beweise gegen ihn, von der gestohlenen Jacht bis zum Portmonnaie.
Ihre Freundin musste es zweimal hören, um es zu verstehen. "Wir
müssen etwas tun. Das Portmonnaie, das ich an Bord gefunden habe,
gehört der Frau in der Nachrichtensendung."

Gia schüttelte den Kopf. "Es muss eine Erklärung geben. Können
wir nicht Raphael direkt fragen? Selbst wenn er ein Dieb ist, ist er
kein Mörder."

"Nein. Wir wissen nicht, inwieweit er involviert ist und wie das
Portmonnaie an Bord gekommen ist. Alles was wir sagen, wird uns
schaden. Geringstenfalls wirst du ihn oder dein Geld nie wieder

sehen. Im schlimmsten Fall, wirst du nie wieder irgendwas sehen. Wir werden alle tot sein."

Gia schaukelte vor und zurück auf ihrem Stuhl. Sie stand deutlich unter Schock.

"Du denkst, mein Mann ist ein Mörder?"

"Wir wissen es nicht genau, aber er ist irgendwie involviert. Warum hat er sonst das Portmonnaie?"

Gia hob die Achseln. "Wahrscheinlich hat er es am Strand gefunden oder so."

"Vielleicht, vielleicht nicht," fügte Jace hinzu. "Die Bukowskis hatten ein Feuer auf ihrem Boot. Trotzdem hat das Portmonnaie weder Feuer-, noch Wasserschaden. Wie ist das möglich?"

"Lasst uns das Schlimmste annehmen und auf das Beste hoffen," sagte Onkel Harry. "Wenigstens über das Portmonnaie. Wegen dem Rest – wir sind an Bord einer gestohlenen Jacht, also nehmen wir besser an, dass Raphael etwas darüber weiß."

"Ihr könnt nicht einfach annehmen – "

"Gia, seine ganze Geschichte, dass er von Italien hier hergesegelt ist, ist eine Lüge," sagte Kat. "Das Boot wurde vor einem Monat in Washington State gestohlen. Ich habe schon bewiesen, dass Raphael darüber gelogen hat. Worüber lügt er noch?"

Eine Träne lief Gias Wange hinunter. "Ich kann nicht glauben, dass ich gerade einen Lügner und Dieb geheiratet habe. Wie konnte ich nur so dumm sein?" Sie verbarg ihr Gesicht in den Händen und schluchzte.

"Es tut mir leid." Vielleich war es ein Fehler gewesen, Gia alles zu erzählen. Raphael musste nur einen Blick auf sie werfen und würde wissen, dass er bloßgestellt war.

Gia hob den Kopf und sah Kat ärgerlich an. "Warum, zum Teufel, hast du mich nicht aufgehalten?"

Kat hätte sie in keinem Fall aufhalten können, aber Gia konnte das nicht verstehen, daher hob sie die Achseln. "Es tut mir so leid, Gia. Ich hätte mehr tun sollen."

"Was machen wir jetzt, Kat?" Onkel Harry kratzte sich den Kopf.

"Wir stecken mit einem Kriminellen unter einer Decke. Wir sind auf einem gestohlenen Boot. Was, wenn wir auch verhaftet werden?"

"Das werden wir nicht," sagte Kat. "Wir sind auch Raphaels Opfer."

Onkel Harry sah niedergeschlagen aus. "Oh, stimmt. Er hat mein Geld. Vielleicht sollten wir einfach von Bord gehen."

"Wir können ihn nicht davonkommen lassen," sagte Kat. "Nicht nur hat er dein Geld, sondern er hat auch das Portmonnaie einer toten Frau und keine logische Erklärung dafür."

"Dagegen lässt sich nichts sagen," sagte Jace.

Kat lehnte sich nach vorn und sprach leise. "Wir müssen die Jacht hier weg bekommen und die Behörden alarmieren. Wir brauchen eine Ausrede, um früher nach Hause zurückzukehren."

"Wie ein mechanisches Problem oder so?" fragte Onkel Harry.

"So etwas Ähnliches, obwohl ich nicht weiß, wie wir das vortäuschen können." Sie wusste immer noch nicht, ob Pete ein Teil von Raphaels Plan war oder nicht. "Vielleicht könnte einer von uns vortäuschen, krank zu sein oder so. Es muss schlimm genug sein, dass wir früher zum Hafen zurückkehren müssen."

"Das kann ich machen," sagte Gia. "Wirklich, denn ich bin krank wegen meinem Geld. Werde ich je etwas davon wiederbekommen?"

"Vielleicht, wenn wir rechtzeitig zurückkommen." Kat war nicht sehr zuversichtlich. "Betrüger bringen das Geld normalerweise so schnell wie möglich außer Reichweite. Aber es gibt immer Hoffnung."

"Wenigstens haben wir Hoffnung," wiederholte Onkel Harry.

Eine geringe Hoffnung, aber gering war besser als gar keine. Kat befürchtete, dass es vielleicht schon zu spät war. "Hier ist, was wir tun werden."

# 33

"Wir werden nicht früher nach Hause fahren." Raphael hatte keine Absicht, jemals nach Vancouver zurückzukehren. Es war zu riskant. Sein Foto war überall in den Regionalnachrichten und er würde mit Sicherheit identifiziert werden. Er fühlte nach seiner Jackentasche. Alles, was er brauchte, war da drin. Sein Pass, Geld und Bankpasswörter. Zeit für einen neuen Anfang.

Gia nahm ihre Kleidung aus dem Schrank und warf sie in eine Reisetasche auf dem Bett. "Wir müssen zurück fahren. Diese Costa Rica Reise kam so plötzlich. Ich habe nur genug Medikamente für ein Wochenende mitgebracht. Ich kann nicht ohne mehr Medikamente."

"Du kannst alles dort bekommen, Bellissima." Er hatte nicht gesehen, dass sie Medikamente nahm und er hatte keine Ahnung wofür. Es war ihm auch egal.

"Nein, Raphael. Ich habe nur noch genug für einen Tag. Ich brauche genug für die ganze Seereise und noch ein paar Extra als Sicherheit. Wir müssen zurück." Gia umarmte ihn. "Es wird nicht lange dauern."

Jeder Aufschub war zu lang. "Ich werde deine Medikamente zu unserem nächsten Hafen bringen lassen. Problem gelöst."

"Nein, Raphael. Und überhaupt, ich muss einiges Geschäftliches mit dem Salon erledigen. Es wird nur ein paar Tage dauern. Wir müssen sowieso zurücksegeln, um Kat, Jace und Harry zurückzubringen." Sie lehnte ihre Wange an seine Brust. "Hey, was ist in deiner Tasche?"

"Nichts, lass' das."

"Was soll das?" Gia trat zurück und sah in seine Augen. "Du versteckst was."

"Ich verstecke gar nichts."

Aber Gias Hand war schon in seiner Tasche. Sie nahm den Umschlag heraus, bevor er sie aufhalten konnte.

Sein Herz raste, als sie den Umschlag öffnete. Er enthielt drei Pässe, Flugtickets und genug Bargeld, um ihn ein paar Monate lang unterschlüpfen zu lassen.

Sie nahm die Flugtickets heraus und betrachtete sie. "Was ist das alles? Hey, wer ist Frank Buk-"

"Gib mir das." Er entriss ihr den Umschlag und steckte ihn wieder in die Tasche.

"Lass' mich sehen." Gia nahm den Umschlag wieder aus seiner Tasche. Sie lief hinüber zum Bett und kippte den Inhalt auf die Damask-Bettdecke.

Sein Herz sank, als sie einen Pass vom Bett nahm und ihn öffnete.

"Warum hast du die?"

"Gib sie mir, Gia." Sein gefälschter Pass war auch in dem Umschlag, mit seinem richtigen. Er hatte keine andere Wahl, als seine wahre Identität zu bewahren, da die Konten in Costa Rica unter seinem echten Namen waren. Er hatte das Geld noch nicht auf die Konten unter seiner neuen Identität überwiesen.

Sie ignorierte ihn.

Er hätte das Land früher verlassen sollen, aber er hatte nicht erwartet, so einen großen Sieg einzufahren mit Gia und ihren Freunden. Er hatte jetzt genug Geld, um komfortabel in Costa Rica zu leben. Er musste nicht einen weiteren Tag in seinem Leben arbeiten. Sobald er sicher dort war, würde er außer Reichweite und unangreifbar sein.

"Wer zum Teufel ist Frank Bukowski?"

Wenn sie es noch nicht wusste, würde sie es bald. Sein Name war überall in den Nachrichten mit dem Auffinden von Melindas Körper. Er musste weg, solange er noch konnte.

"Raphael? Antworte mir."

Er hatte zwei anderen Pässe. Einen unter Raphaels Namen und einen unter einem spanischen Namen. Er hätte seinen richtigen Pass verschwinden lassen sollen, aber befürchtete, dass er ihn noch brauchen würde, obwohl er plante, die gefälschten zu benutzen. Er würde durch einen kleinen Hafen in Costa Rica einreisen. Dort würde sein Pass nur angesehen, aber nicht elektronisch gescannt werden. Sein falscher Ausweis müsste leicht die Kontrolle bestehen, es sei denn, jemand erkannte ihn. Solange er sich nicht verdächtig verhielt, war er in Sicherheit.

"Ich behalte ihn." Gia hielt ihren Arm hoch. "Wenigstens bis du mir sagst, wer Frank Bukowski ist und was du mit seinem Flugticket und Pass machst."

Raphael atmete aus. "Eine lange Geschichte für einen anderen Tag." Er bemühte sich, eine Geschichte zu erfinden. Wenigstens hatte Gia den Pass nicht geöffnet, um sein Bild zu sehen, also hatte sie die Verbindung nicht hergestellt. Anscheinend hatte sie die Nachrichtensendung auch nicht gesehen. Seine einzige Rettung, aber eine, die nicht lange anhalten würde. Solange er ruhig blieb, würde keiner argwöhnisch werden.

"Nein, Raphael. Wir sind Geschäftspartner und jetzt sind wir auch verheiratet. Du kannst nichts vor mir verbergen."

"Es ist nicht, was du denkst, Bellissima." Er streckte seinen Arm nach ihr aus, aber sie schlug ihn weg.

"Lüg' mich nicht an." Tränen liefen ihre Wangen hinunter, als sie die Flugtickets betrachtete. "Zwei Flugtickets nach Brasilien? Worum geht es hier?"

"Ich weiß nicht, wovon du sprichst. Ich habe dich über nichts angelogen. Warum sollte ich meine Frau anlügen?"

"Du hast meine Frage nicht beantwortet." Gia hielt ein Ticket hoch und betrachtete es. "Wie Maria und wer weiß wer noch. Du betrügst mich."

Raphael lachte, erleichtert, weil Gia die Wahrheit nicht erraten hatte.

"Du weißt, dass ich dich nie betrügen oder anlügen würde, Bellissima."

"Ich weiß überhaupt nichts. Du lügst mich in diesem Moment an." Gia nahm ihren Ring ab und warf ihn auf das Bett. "Du sagst mir nicht mal die Wahrheit."

"Nur weil das meine Überraschung für dich verderben würde." Seine Gedanken rasten, um eine Entschuldigung zu erfinden. Die Gier hatte ihn überwältigt. Trotzdem war die Reise viel profitabler gewesen, als er gedacht hatte, da er Investments von mehr als einer Person an Bord hatte. Seine Glückssträhne endete aber nun. Er sollte sich davon machen, solange er es konnte.

Gia stoppte das, was sie sagen wollte und wischte sich eine Träne aus dem Auge. "Was für eine Überraschung?"

"Die Tickets sind für meinen Freund Frank und seine Frau. Ich habe sie gekauft, damit sie herfliegen und dich kennenlernen können. Jetzt habe ich deine Überraschung verdorben."

"Das verstehe ich nicht. Sie leben in Italien und nicht in Kanada." Gias Stirn legte sich in Falten. "Warum hast du ihre Flugtickets?"

"Die Tickets sind nur Kopien, weil ich sie gekauft habe. Mein Cousin hat die Tickets schon." Es war nicht sehr glaubhaft, aber Gia glaubte so ziemlich alles, was er sagte.

"Aber auf diesen Tickets steht Vancouver nach Rio de Janeiro. Wir fahren nach Costa Rica. Wie kann ich irgendetwas glauben, was du mir sagst, wenn du mir immer wieder etwas anderes erzählst?"

"Ich habe die Tickets gekauft, bevor das Meeting in Costa Rica geplant wurde." Gia musste seine Taschen durchsucht haben, was bedeutete, dass sie einen Verdacht hatte. Er tippte sich an die Stirn. "Ich habe sie ganz vergessen. Ich muss sie ändern."

Gia sah ihn ausdruckslos an.

"Ich will, dass du sie kennenlernst, aber da wir nicht bis in ein paar Monaten in Italien sein werden, dachte ich, dass das die Lösung wäre." Er lächelte ein, wie er hoffte, demütiges Lächeln. "Sie können es nicht erwarten, dich kennenzulernen."

"Wirklich?" Gia wischte ihre tränennassen Wangen ab.

"Ich kann nicht aufhören, von dir zu sprechen, also sind sie natürlich neugierig." Raphael breitete seine Arme aus. "Jetzt komm' schon her."

Gia warf sich in seine Arme. "Oh, Raphael, es tut mir so leid. Wie konnte ich dir nur misstrauen?" Sie verbarg ihr Gesicht an seiner Brust. "Ich fühle mich schrecklich."

"Nein, ich bin derjenige, der sich entschuldigen sollte. Ich sehe jetzt, wonach es aussieht." Er war so gut in diesem Improvisations-Scheiss, dass er von sich selbst beeindruckt war. "Nächstes Mal werde ich die Dinge mehr durchdenken. Aber das ist nur ein Teil der Überraschung."

"Es gibt noch mehr?" Gias Mund verzog sich zu einem Lächeln. "Ich habe nie wirklich an dir gezweifelt, aber ich wusste einfach nicht, wer diese Leute waren. Ich denke, ich habe voreilige Schlüsse gezogen."

Gia war so naiv und glaubte seine Lüge. Das verschaffte ihm etwas mehr Zeit, aber es war klar, dass er lieber früher als später verschwinden sollte. Dieser Brother XII hat es richtig gemacht. Er nahm, was er konnte und wusste, wann er aufhören sollte. Das leichte Geld war nicht mehr so leicht.

"Nur noch eine Sache, Bellissima. Unser enger Zeitplan bedeutet, dass wir doch nicht nach Vancouver zurückkehren können."

"Aber was ist mit den anderen? Wir müssen sie zurück bringen."

"Wir bringen sie morgen früh nach Friday Harbor. Ich werde einen Charterflug für sie arrangieren, der sie von da nach Vancouver zurück bringt."

Er hatte nicht die Absicht, zu dem Hafen zurückzukehren, an dem er die Jacht gestohlen hatte, aber das musste Gia nicht wissen.

"Aber Raphael, meine Medikamente. Ich brauche sie. Es dauert nur ein paar Stunden, nach Vancouver zurückzukehren. Wir könnten einfach früher losfahren."

Er schüttelte den Kopf. "Mein eigener Arzt wird alles arrangieren.

Deine Medikamente werden zum Schiff gebracht werden, wenn wir in Friday Harbor anlegen." Er klopfte ihr auf den rundlichen Hintern. Gias Extrafett würde ihr wahrscheinlich mehr Auftrieb geben, als es bei Melinda der Fall gewesen war. Er müsste noch mehr Gewicht an ihr befestigen, damit sie unterging. "Schreib einfach auf, was du brauchst und ich schicke es ihm."

"Aber Vancouver ist nur ein kleiner Umweg. Ich verstehe nicht, warum wir nicht-"

"Entspann dich, Bellissima. Es wird alles erledigt." In ein paar Stunden würden alle seine Probleme für immer gelöst sein.

# 34

G ia durchsuchte Raphaels Schrank, während Kat an der Tür
Wache stand.

Kat betrachtete ihre Freundin. "Das war wirklich gut
mit den Pässen. Bist du sicher, dass du dich nicht verraten hast?"

"Ich glaube wirklich nicht, dass er es getan hat, Kat. Selbst wenn
du Recht hast und er Frank Bukowski ist, ist er kein Mörder. Er kann
es nicht sein." Gia hielt inne, ihre Hand in der Tasche, während sie
Raphaels Kleidung durchsuchte.

"Die Fakten lügen nicht. Normale Leute haben nicht verschiedene Identitäten. Ich habe immer gedacht, dass sein Name nicht echt
war. Jetzt haben wir einen Beweis." Raphael Amore hörte sich an wie
der Name eines Helden mit nacktem Oberkörper in einem
Liebesroman.

"Was stimmt nicht mit Raphael Amore? Es hört sich so roman-
tisch an, Gia Amore hört sich so viel besser an als Gia Camiletti. Und
ich will das nicht mehr machen," protestierte Gia. "Jeder neue Fund
depremiert mich noch mehr."

"Von zwei Übeln wählt man besser das, was man schon kennt."
Kat machte Gia keinen einzigen Vorwurf. Eine stürmische Romanze,
Hochzeit und Betrug. Alles innerhalb von ein paar Wochen. Es war

wie ein schlechter Film. "Wenn du mit seiner Kleidung fertig bist, checke seine Schuhe, besonders unter den Einlagen."

"Seine Einlagen? Was sollte er dort verstecken?"

Kat schob Gia zurück in Richtung Kleiderschrank. "Ich übernehme die restlichen Schubladen. Dann suchen wir unter dem Teppich."

"Du hast das schon mal gemacht. Seit wann durchsuchen Betrugsermittler die Kleiderschränke von Leuten?"

"Das ist nichts Besonderes." Sie hatten keine Zeit zu verlieren. Raphael konnte jeden Moment hereinkommen und sie auf frischer Tat ertappen.

"Ich habe mir immer vorgestellt, dass du auf einem Taschenrechner herumtippst," sagte Gia. "Wenn mein Leben nicht ruiniert wäre, würde das sogar ein kleines bisschen Spass machen."

Kat würde lieber alles selber durchsuchen und Gia den Schmerz ersparen, aber es gab nicht genug Zeit. Gia war nicht besonders detailorientiert, aber sie konzentrierte sich komplett auf ihre Aufgabe.

Kats einzige Sorge war, dass Gia nicht aufhörte, von Raphael zu sprechen. Er hatte immer noch Macht über sie und spielte mit ihren Gefühlen. Sie sehnte sich so sehr nach seiner Version der Wahrheit, dass sie einige sehr offensichtliche Lügen und Beweise übersehen hatte, die direkt vor ihrer Nase lagen. Trotzdem kooperierte sie, wenn Raphael nicht da war, wenngleich auch nur widerwillig.

Die Durchsuchung der Kabine war nicht nur, um Raphael zu belasten. Sie musste sichergehen, dass es keine versteckten Waffen in der Kabine gab. Kat hoffte auch, dass sie noch weitere Schadensnachweise gegen Raphael fand. Wenn etwas auftauchte, konnte Kat Gia ein für alle mal davon überzeugen, dass Raphael ein Betrüger war. Kat hoffte auch, Bankunterlagen zu finden, um das Geld wiederzuerlangen, aber es gab wenig Aussicht auf Erfolg. Wenn im schlimmsten Fall das Geld schon weg war, konnten Bankunterlagen wenigstens ein Verbrechen beweisen.

Ihre Suche war noch nicht erfolgreich gewesen. "Du willst die Wahrheit nicht sehen, Gia. Er hat dein Geld schon, aber was ist mit deinem Leben? Wir sind alle in Gefahr, bis wir von diesem Schiff runter sind."

"Wir nehmen einfach das Beiboot. Problem gelöst."

"Es geht nicht nur um uns. Wenn wir weglaufen, wird er nicht zur Rechenschaft gezogen."

"Das ist nicht unsere Sache." Gia schniefte.

"Wenn nicht wir, wer dann? Denk' an das kleine Mädchen. Er hat seine eigene Tochter umgebracht. Und seine Frau. Warum sollte es bei dir anders sein?" Solange Gia zweifelte und bei Raphael blieb, stand ihr fast sicher der Tod bevor. "Wir können ihn nicht entkommen lassen."

"Das wird er nicht. Er glaube aber immer noch nicht, dass er ein Mörder ist. Es muss eine logische Erklärung für alles geben. Vielleicht ist er wirklich nicht Raphael, aber wer auch immer er ist, ich liebe ihn immer noch, Kat. Ich weiß, dass es dumm ist, aber ich kann nicht anders." Gia Stimme brach, als sie den Kat den Pass überreichte. "Selbst hiermit."

Kat fiel die Kinnlade herunter. "Du hast gesagt, er hat sie dir wieder weggenommen."

"Das hat er. Aber ich habe sie später wieder herausgenommen, als er abgelenkt war. Er hat sich so darauf konzentriert, sich wieder mit mir zu versöhnen, dass er meine Hand in seiner Tasche nicht mal bemerkt hat."

"Gia, du bist ein Genie. Wo hast du den Taschendiebstahl gelernt?"

"Sagen wir mal, ich bin eine Frau mit vielen Talenten." Sie seufzte. "Ich wünschte aber irgendwie, dass ich den Pass nicht mitgenommen hätte. Ich weiß tief in mir drin, dass du Recht hast, aber ich will nicht, dass meine Träume noch mehr zerstört werden, als sie es ohnehin schon sind. Es gibt bestimmt mehr als eine Person mit dem Namen Frank Bukowski."

"Es ist besser, es zu wissen, als nicht. Wenigstens kannst du dich schützen." Kat öffnete den Pass zur Seite mit dem Foto. Raphaels Gesicht starrte sie an auf Frank Bukowskis Pass.

"Du kannst nicht immer noch Zweifel haben, Gia."

Gia schüttelte den Kopf. "Ich weiß, dass er nicht echt ist. Aber ich hoffe, dass auch der falsche Raphael mich liebt. Vielleicht ist das hier sein Zwilling oder so. Er hat gesagt, dass Frank sein Cousin ist…"

"Nichts an ihm ist echt, Gia. Du hast dich in eine Person verliebt, die nicht existiert." Sie zeigte auf Franks Passfoto. "Siehst du diesen Haarwirbel? In seinem Haar ist es genau gleich. Was ist mit dem Muttermal? Es ist identisch mit seinem."

"Wahrscheinlich nicht." Gias Schultern sackten nach unten. "Ich denke, ich kenne ihn wahrscheinlich doch nicht. Wie konnte ich nur so dumm sein?"

"Du bist nicht dumm. Du warst schlau genug, seinen Pass zu nehmen und du hast auch den Richtigen mitgenommen. Das war ein genialer Einfall. Jetzt, da wir wissen, dass er nicht echt ist, wissen wir, was wir tun müssen. Er kann nicht entkommen."

"Er kann es immer noch, weil ich nur einen Pass genommen habe. Wenn ich die anderen genommen hätte, hätte er es mit Sicherheit bemerkt."

"Es wäre vielleicht ein Pass für Raphael Amore." Die meisten Betrüger gingen nicht soweit, dass sie sich einen falschen Pass besorgten, obwohl man leicht einen kaufen konnte, wenn man die richtigen Leute kannte. Aber die meisten Hochstapler waren keine kaltblütigen Mörder.

Gias Unterlippe zitterte, als sie sich langsam auf das Bett setzte. "Wie konnte ich mich nur in ihn verlieben? Ich fühle mich wie eine solche Versagerin. Ich habe meinen Salon belehnt und dem Idioten all meine Ersparnisse gegeben. Wie soll ich mich jemals erholen?" Sie schlug mit der Faust auf die Matratze.

"Wir finden einen Weg." Kat zweifelte mit jeder neuen Information an ihren Worten. Raphael – oder Frank schien ein kaltblütiger Killer mit einem sorgfältig ausgearbeiteten Plan zu sein. Ein Plan, von dem sie nun alle ein Teil waren.

Gia stand auf und ging hin und her. "Ich lasse ihn damit nicht entkommen."

Gias Rachedurst wäre vor kurzem noch hilfreich gewesen. Jetzt könnte ihre Vendetta ihre Sicherheit gefährden. Im Nachhinein konnten sie froh sein, dass ihnen Raphaels wahre Identität bis jetzt unbekannt gewesen war. "Wenn wir ihn konfrontieren, wird er uns auch umbringen."

"Ich will wenigstens mein Geld zurück. Gibt es da irgendeine Hoffnung?"

"Vielleicht." Kat zweifelte sehr daran. "Wieviel genau hast du verloren?"

"Genug, dass ich arbeiten müsste, bis ich achtzig bin, nur um es zurück zu zahlen."

"Ich überlege mir etwas." Kat seufzte. Sie hatten schon zwanzig Minuten in der Kabine mit Suchen verbracht. Jace beschäftigte Raphael mit Fragen, aber das würde nicht lange dauern. "Wir sollten an Deck gehen. Raphael wird sich fragen, was wir machen."

"Er denkt, wir schauen uns Klamotten an."

"Das tun wir."

"Meine Klamotten, nicht seine." Gia seufzte. "Kannst du nicht einfach in sein Konto hacken oder so?"

"Dafür haben wir nicht genug Zeit. Selbst wenn wir das täten, bezweifle ich, dass das Geld in irgendeinem Bankkonto unter seinem richtigen Namen ist." Kat hielt inne. "Darum soll sich die Polizei kümmern, aber zuerst müssen wir alle Fluchtmöglichkeiten entfernen." Sobald sie sicher waren, dass er keinen Zugang zu Waffen hatte, würden sie ihn an Bord einsperren.

Gia verzog das Gesicht. "Ich kann nicht glauben, dass ich diesen Mistkerl geheiratet habe. Ich bin so ein Idiot, weil ich alles geglaubt habe."

"Du bist nicht allein, Gia. Das hätte jedem passieren können." Kat sah auf ihre Uhr. "Lass' uns unsere Suche beenden." Sie wandte sich der Kommode zu. Sie war bei der dritten Schublade, als sie fühlte, dass etwas hinter der Schublade steckte. Sie zog daran und wurde mit einer Box aus Pappe belohnt, die die Größe einer Zigarettenschachtel hatte. Sie öffnete sie und konnte nicht glauben, was sie sah. "Gia, schau' dir das an."

Gia fiel fast nach hinten. In der Box lagen sechs Diamantringe, alle identisch. Sie blickte auf ihre Hand und zurück auf die Box. "Sie sehen genauso aus, wie mein Verlobungsring. Warum hat er all diese Ringe?"

Kat hob die Brauen. "Ich bin sicher, dass du ein paar Ideen hast." Die Diamant- und Platinringe waren atemberaubend, jeder mit einem zweikarätigen Solitaire. Ein gefaltetes Papier lag auf dem Boden der Box. Sie nahm es heraus und faltete es auf. Die Rechnung war für Sieben Zirkonia-Silberringe von einer Firma in Hongkong. Sie legte das Papier in die Box. Gias Herz war schon gebrochen. Warum sollte sie es noch schlimmer machen?

Gias falscher Verlobungsring war Beweis genug. Raphael war genau wie jeder andere schleimige Betrüger, den sie in ihrem Betrugsermittlungsgeschäft sah. Sie konnte sich schon aus der Ferne sehen mit ihren schicken Autos, Designerklamotten und ausgefallenen Geschenken. Immer mit dem Geld von jemand anderem gekauft.

"Du meinst, er hat mich von Beginn an anvisiert?" Gia holte tief Luft. "Meine ganze stürmische Romanze war von vornherein geplant?"

Kat nickte. "Ich weiß nicht, wie er dich gefunden hat, aber ich weiß warum. Dein Erspartes, dein erfolgreiches Geschäft."

"Er hat mir aufgelauert? Dieser Bastard!" Gias Stimme wurde lauter und sie fing an zu schluchzen. "Ich bedeute ihm wohl gar nichts."

"Gia, sei leise. Wir wollen nicht, dass er kommt."

Gia war endlich überzeugt. Das war gut, weil eine geschädigte Gia mit einer Vendetta war eine mächtige Geheimwaffe, die sie nicht mal ihrem schlimmsten Feind wünschte.

Gia wischte ihre Tränen mit dem Ärmel ab und ihr Gesichtsausdruck hellte sich auf. "Wenigstens können wir mit diesem Ringen einen Teil des Geldes zurückbekommen." Gia sah Kat hoffnungsvoll an.

Stille.

"Selbst die Ringe sind nicht echt?"

Kat nickte.

"Er liebt mich nicht, stimmt's? Wahrscheinlich mag er mich nicht einmal." Eine einzelne Träne fiel von Gias Auge. "Ich bin nur eine von vielen Frauen, stimmt's?"

"Das befürchte ich. Wir müssen ihn aufhalten." Das gestohlene Geld machte ihr am wenigsten Sorge. Raphael – oder Frank – hatte schon das abscheulichste alle Verbrechen begangen, in dem er seine Frau und Tochter umgebracht hatte. Seine neueste Frau war ohne Zweifel das nächste Opfer.

"Wie kann ich das für mich behalten?" Gia stampfte mit dem Fuß auf. "Ich will ihn umbringen."

Kat war fertig mit den Schubladen und wandte ihre Aufmerksamkeit einer Ecke des Teppichs zu, dass von der Fußleiste wegzogen worden war. Sie zog vorsichtig daran und fragte sich, ob Raphael es als Versteck für Dokumente oder vielleicht Geld benutzte.

"Du musst dich zusammennehmen, Gia. Selbst wenn du die Stunden zählst. Wenn du jetzt etwas sagst, wird er mit seinen Verbrechen davon kommen, das kann ich dir versichern." Und er würde noch mehr begehen.

"Mit was davonkommen?" Raphael stand an der Tür mit verschränkten Armen. Er blickte Kat finster an.

Kat sprang auf und erschauderte. Sie hatte nicht gehört, dass die Tür geöffnet wurde.

"D-du bist schon zurück?" Gia stotterte, als sie sich umdrehte und Raphael gegenüber stand. "Ich dachte, du wärst oben." Sie lachte nervös. "Wir sprachen gerade über-"

"Wie einige Leute ordentlich sind und andere nicht." Kat beendete den Satz. "Ich und Jace, zum Beispiel. Er ist absolut ordentlich und ich nicht. Er räumt immer hinter mir her."

Raphael unterbrach. "Warum haben Sie den Teppich hochgehoben? Haben Sie etwas verloren?"

"Kat hat mir geholfen, nach meinem Ohrring zu suchen."

Kats Herz schlug so laut in ihrer Brust, dass sich ihr Tshirt bei jedem Herzschlag mitbewegte. Sie war dankbar für Gias schnell erfundene Ausrede. Eine Hand war immer noch auf dem Teppich, den sie hochgezogen hatte. Sie war wie erstarrt. Besorgt, dass jede Bewegung ihre Handlung preisgeben würde.

Raphael kam hinüber und besah sich Gias Ohrläppchen. "Ich sehe beiden von deinen Ohrringen. Du trägst sie."

Auf frischer Tat ertappt. Ein dünner Film von Schweiß brach auf Kats Oberlippe aus.

Gia tippte ihm auf die Brust. "Nicht die, die ich trage, Dummi. Die anderen."

"Welche?"

"Meine Emerald und Diamantenstecker. Ich habe sie Kat gezeigt und einen fallen gelassen. Ich muss ihn finden." Gia nahm eine Box aus ihrer Handtasche und schnippte heimlich einen mit ihrem Fingernagel daraus. Er fiel auf den Boden ihrer Tasche.

"Ich hasse es, Dinge zu verlieren." Raphael streichelte Gias Kinn. "Ich lasse euch weiter suchen. Aber mach' nicht zu lang. Ich habe eine Überraschung für dich an Deck."

Kat erschauderte unwillkürlich.

"Wir kommen in ein paar Minuten hoch." Gia küsste ihn auf die Wange. "Zurück zur Suche."

"Wie ihr wollt." Raphael drehte sich zur Tür.

Kat wartete bis Raphaels Fusstritte den Gang entlang verschwanden. "Sehr überzeugend."

"Danke." Gia strahlte, als sie ihre Tasche hoch hielt. "Aber ehrlich – ich muss den Ohrring auf dem Boden meiner Tasche finden. Bevor wir weitersuchen."

"Sicher."

Gia schüttete den Inhalt ihrer Handtasche auf das Bett und suchte die Gegenstände einer nach dem anderen ab.

"Gefunden." Gia fischte den Ohrstecker heraus und hielt ihn hoch für Kat. "Und jetzt?"

Kat legte den Zeigefinger auf die Lippe. "Schau' dir seine Sachen im Badezimmer an. Mal sehen, was du findest."

"Wie was? Noch einen Pass?"

"Man weiß nie. Vielleicht findest du etwas Bargeld oder Schecks oder so. Vergiss nicht, dass er Dinge vor dir versteckt, während du im gleichen Zimmer bist. Das Badezimmer ist ein perfektes Versteck. Such da, wo du normalerweise nie suchen würdest."

"Aber, wenn er es vor mir versteckt, warum solllte er es irgendwo hier verstecken?"

"Weil er es schnell holen muss, wenn es nötig wird. Er kann die Sachen nicht an Gemeinschaftsbereichen an Bord - wie in der Küche - lassen."

Gia korrigierte sie. "Kombüse, nicht Küche. Ich werde es so vermissen, eine Jacht zu haben. Warum kann es nicht klappen mit ihm?"

"Er ist ein Dieb, erinnerst du dich? Würdest du lieber ins Gefängnis mit ihm gehen, Gia?"

Gia schüttelte den Kopf. "Ich will nur mein Geld zurück haben. Ich hätte gleich auf dich hören sollen. Obwohl es Spass gemacht hat."

"Es ist alles eine Täuschung, Gia. Ich denke, das Benzin für diese Jacht kostet ein Vermögen. Woher kommt das Geld dafür?"

"Denkst du, dass er mein Geld ausgibt?" Gias Mund stand offen.

"Ich denke es nicht, ich weiß es. Je schneller wir ihn aufhalten, um so größer ist die Chance, dass wir wiederbekommen, was noch übrig ist."

"Guter Punkt." Gias Schultern sackten herunter, als sie ins Badezimmer verschwand.

Männer versteckten oft Dinge im Badezimmer oder in der Garage, aber die gab es nicht auf einem Schiff. Sein Versteck an Bord der Jacht war wahrscheinlich irgendwo, wo er den Zugang kontrollieren und seine Dinge schnell holen konnte. Crew und Gäste hatten Zugang zu den Gemeinschaftsbereichen, also war seine Kabine die einzige logische Lösung.

Gia kam aus dem Badezimmer. Ein Blick auf ihr Gesicht zeigte Kat, dass sie wieder aufgelöst war. "Was ist los?"

"Ich fasse es nicht an. Komm und sehe es dir an."

Kat folgte Gia ins Badezimmer, wo die Abdeckung des Toilettentanks gegen die Wand gelehnt war. Sie sah in den Tank und fluchte leise. Eine Plastiktüte war hineingezwängt. Von dem, was sie sehen konnte, war dort unter anderem ein Seil und mehrere Latexhandschuhe.

Eine Mordausrüstung.

Hatte er sie für seine Familie benutzt oder sollte sie für zukünftigen Gebrauch sein?

Gia kauerte bei der Tür. "Was zum Teufel ist all das Zeug?"

"Ich habe eine Ahnung, aber keine gute. Hast du es angefasst?"

Gia schüttelte den Kopf.

"Gut. Lass' es einfach da und mach' den Deckel wieder darauf."

Gia tat, was sie sagte. "Ich kann hier nicht mit ihm bleiben, Kat. Was, wenn er versucht, mich zuzubringen?"

"Wir überlegen uns was." So oder so würde heute die letzte Nacht für alle an Bord sein.

# 35

Kat stand am Bug und suchte den Horizont ab. Es wurde ein Gewitter vorhergesagt, was sehr ungewöhnlich für die Küste im Spätsommer war. Das Wasser war komplett still, als ob es auf den Sturm wartete. Die späte Nachmittagssonne hatte sich hinter einigen niedrigen Quellwolken versteckt, die vor einer Stunde aufgezogen waren. Sie brachten eine bedrückende Stimmung und Stille mit sich. Selbst die Möwen hatten aufgehört zu fliegen.

Sie blickte hinter sich, wo Gia und Onkel Harry sich um den Tisch gekauert hatten. Die Stimmung war nicht gerade feierlich. Vielmehr lag eine Spannung in der Luft. Wenn Raphael es noch nicht bemerkt hatte, würde er es bald tun. Eine Veränderung lag in der Luft auf mehr als eine Art.

Onkel Harry drehte den Kopf und schaute zu Kat. "Was sollen wir tun, Kat?"

Sie sah hinüber zur Bar, wo Raphael Drinks mixte. "Tu einfach so, als ob nichts ist. Ich gehe in ein paar Minuten unter Deck. Warte zehn Minuten und sage dann allen, dass du krank bist. Dann komm' in meine Kabine."

Jace saß an der Bar und unterhielt sich mit Raphael. Sie konnte ihm nicht rechtzeitig Bescheid sagen, aber er würde sicher schalten, sobald Harry ging.

Raphael brachte einen Martini für Gia und Bier für alle anderen. Kat fand es seltsam, denn er hatte sie nicht gefragt, was sie wollten. Und er hatte sehr lange gebraucht, nur einen Martini zu mixen.

Gia hielt ihren Drink ohne Enthusiasmus hoch. "Prost."

Ein Mörder, der schon seinen eigenen Tod inszeniert hatte, hatte keinen Grund da zu bleiben. Er würde sie mit Sicherheit auch nicht unversehrt lassen. Auch wenn sie seine Verbrechen nicht unmittelbar gesehen hatten, hatten sie doch Beweise dafür gesehen.

Kat und Gias Durchsuchung der Kabine hatte keine weiteren Überraschungen gebracht. Die Mordausrüstung hatte Kat alarmiert, aber wenigstens hatten sie keine anderen Waffen in der Kabine gefunden. Nichts gefunden zu haben bedeutete zum Glück, dass wenigstens einige Ort an Bord sicher waren, obwohl es viele andere Verstecke gab, die sie nicht durchsucht hatten. Die Dinge würden schnell eskalieren, sobald die Wahrheit ans Licht kam und Raphaels verändertes Verhalten deutete an, das seine Konfrontation bevor stand.

Sie wünschte, dass sie mehr über Petes Beziehung zu Raphael wüsste. War er ein Komplize oder nur angeworben?

Wie auf Stichwort erhob sich Raphael. "Ich muss gehen. Die Crew sagt, es gibt ein Problem." Er küsste Gia auf die Wange und ging in Richtung Bug.

Kat hatte schon länger niemanden von der Crew gesehen und Raphael hatte sein Handy nicht benutzt. Wahrscheinlich nur ein Vorwand. Sie erschauderte. "Lasst uns hinein gehen."

"Ich gehe in meine Kabine," sagte Gia. "Ich fühle mich auf einmal nicht so gut."

≈

EINE STUNDE SPÄTER SABEN KAT, Jace und Onkel Harry im Wohnzimmer wie gelähmt vor dem Fernseher. Donner grollte draußen und Blitze teilten sich am Himmel. Der Sturm war in vollem Gange.

Der Sprecher der 6-Uhr-Nachrichten saß vor dem Hintergrund der verkohlten Bukowski-Jacht und gab Informationen zu der vermissten Familie.

Sekunden später wechselte der Bildschirm zu einer Polizeikonferenz. Eine Polizeisprecherin stand hinter einem Podium, eingerahmt von einer Reihe uniformierter Polizeibeamter. "Der Gerichtsmediziner hat die Todesursache von Emily und Melinda als Mord eingestuft. Der Aufenthaltsort von Frank Bukowski ist immer noch unbekannt. Die Polizei möchte mit jedem sprechen, der mit den Bukowskis vor ihrem Verschwinden Kontakt gehabt hat."

"Sehen Sie den Ehemann als Verdächtigen bei diesen Morden an?" fragte eine Frau hinter der Kamera. "In achtzig Prozent der Fälle ist es der Ehemann, nicht wahr?"

Eine laute männliche Stimme erhob sich über die anderen. "Ist das Feuer die offizielle Todesursache? Wie sind sie gestorben?"

Die Sprecherin winkte mit der Hand ab.

"Keine weiteren Fragen für heute. Wir werden Ihnen morgen nachmittag die neuesten Entwicklungen mitteilen." Sie stellte ihr Mikrofon aus und stieg vom Podium hinunter, während die Reporter ihre Fragen riefen.

Der Bildschirm wechselte zu einem etwa fünfzigjährigen Reporter mit Halbglatze, der in einem Büro stand, dessen Hintergrund das verbrannte Boot der Bukowskis von vor zwei Monaten zeigte. Der verkohlte Rumpf war der einzige Teil der Bootes, der noch intakt war.

"Die Polizei wollte keine Aussagen zur Todesursache machen, außer, dass sie verdächtig ist. Frank Bukowski wird immer noch vermisst, aber die Polizei hat ihn noch nicht als Verdächtigen bezeichnet. Aber anhand der verdächtigen Umstände ist es wichtig festzustellen, was die Polizei nicht gesagt hat." Er zeigte auf das verbrannte Skelett des Bootes. "Die Brandstiftungsexperten, die wir befragt haben, sagten, dass das Brandmuster des Schiffes andeutet, dass ein Brandbeschleuniger, wie z. B. Benzin benutzt worden ist. Und dass, wer auch immer das Feuer gelegt hat, an Bord war."

Jace und Onkel Harry sahen sich nervös an.

Kat nahm ihr Handy heraus und war bestürzt, dass sie kein Signal hatte. Sie würden sich so um Raphael kümmern müssen, bis der Service so lange wieder hergestellt war, dass sie um Hilfe bitten konnten.

Die Kamera schwenkte zurück zum Reporter für eine Nahaufnahme.

"Die Polizei weigert sich, darüber zu spekulieren, ob irgendein Verdacht sich auch auf Frank Bukowski hinauszieht oder ob er auch ein Opfer ist. In Situationen wie diesen ist der Ehepartner immer ein Verdächtiger. Da Bukowski immer noch vermisst wird, ist es nicht klar, ob er noch am Leben ist. Aber es ist auch aussagekräftig, was die Polizei nicht sagt."

Kat griff nach der Fernbedienung und stellte den Fernseher ab.

"Wir können uns nicht von Raphael dabei erwischen lassen, dieses Zeug anzusehen. Wenn er weiß, dass wir seine Identität erraten haben, wird er zum Handeln gezwungen sein." Sie betrachtete ihn immer noch als Raphael und nicht als Frank, trotz dem, was sie jetzt wusste. "Ich hoffe, Gia ist okay. Vielleicht sollte ich nach ihr sehen."

Jace zuckte die Achseln. "Sie ruht sich wahrscheinlich nur aus. Gib' ihr ein bisschen Zeit."

"Wir brauchen einen Plan, um die nächsten Stunden zu schaffen," sagte Kat. "Und ihn davon zu überzeugen, nach Vancouver zurückzukehren."

Jace schüttelte den Kopf. "Er wird nie zurückgehen. Er wird gesucht und man wird ihn mit Sicherheit erkennen."

"Dann ist unsere einzige Möglichkeit, ihn zu überrumpeln," sagte sie. "Aber was ist mit der Crew? Ich glaube nicht, dass Pete und die anderen von Raphaels Plan wissen. Aber was, wenn sie es doch tun?"

"Dann sind wir ziemlich in der Minderzahl." Onkel Harry kratzte seinen Kopf. "Sie sind fünf, Pete eingeschlossen. Mit Raphael sechs. Gegen uns drei. Vier mit Gia."

Die Außentür schwang auf und eine kalte Brise Wind blies in den Raum, gefolgt von Raphael. Er stand an der Tür. "Wer kann mir helfen? Wir haben ein Leck."

Kat runzelte die Stirn. Die Jacht hatte sich nicht von ihrem Anker bewegt und es war unwahrscheinlich, dass es bei so einer neuen Jacht irgendeine Art von Verfall gab.

"Kümmert sich normalerweise die Crew nicht um solche Sachen?" fragte Harry.

"Sie haben schon alle Hände voll damit, dass Leck zu reparieren." Raphael trat zurück in Richtung Tür. "Schnell. Das Schiff könnte sinken."

Kat sah zu Jace hinüber. Wenn es wahr war, konnten sie nicht einfach nichts tun. Sie hatten keine andere Wahl, als Raphael zu folgen. Wenn es ein Trick war, mussten sie viel früher aktiv werden.

"Lasst uns gehen." Jace winkte Kat und Harry, ihm zu folgen.

Kat blieb hinter den anderen zurück, als sie Richtung Schiffsmitte gingen. Sie ging langsamer, als sie an einer offenen Staukiste vorbeigingen. Sie blickte hinein.

In der Kiste lagen Rettungswesten und andere Überlebensausrüstung. Sie hielt inne. Wenn die Jacht im Begriff war zu sinken, sollte sie vorsichtshalber Rettungswesten mitnehmen. Sie griff in die Box und erstarrte, als sie etwas Metallenes sah.

Sie schob die oberste Rettungsweste zur Seite und starrte auf eine Pistole. Sie lag auf den übrigen Rettungswesten. Sie wusste so gut wie gar nichts über Pistolen, außer der Tatsache, dass sie einen einzigen Zweck hatten: Leute zu töten. Sie schob die Rettungswesten herum, um besser sehen zu können. Sie war vorsichtig, die Pistole nicht anzufassen.

War es Raphaels Waffe oder gehörte sie dem Besitzer der Jacht? Es war ein merkwürdiger Platz, um eine Waffe aufzubewahren. Die meisten Leute behielten ihre Waffen bei sich oder wenigstens verschlossen in ihren Privaträumen. Sie hatte keine Ahnung, ob die meisten Seeleute überhaupt Waffen trugen, aber viele hatten sicherlich Schutzmaßnahmen, wenn sie an entlegene Orte reisten. Aber

nur ein Narr würde seine Pistole in eine nicht abgeschlossene Staukiste an Deck werfen.

Ein Narr oder jemand, der sie auch benutzen würde.

Sie beugte sich vor, um die Waffe besser sehen zu können. Sie
wusste nicht, ob die Pistole geladen war oder wie man es herausfinden könnte. Jace und Onkel Harry wussten wahrscheinlich auch
nicht mehr als sie. Sie überlegte, was sie tun sollte. Sie konnte sie zur
Sicherheit mitnehmen, aber das machte Raphael darauf aufmerk-
sam. Aber wenn sie die Waffe dort ließ, könnte Raphael sie gegen sie
benutzen.

Natürlich wusste Raphael aber vielleicht auch nichts von den
Gegenständen in der Kiste, da es nicht mal seine Jacht war. Aber da
die Kiste offen stand, hatte er fast sicher die Pistole dort hinein gelegt
oder wusste davon.

Sie sah nach oben zu den Männern, die nun dreißig Fuß entfernt
waren. Sie wandte sich wieder zur Staukiste und schob die Rettungswesten zur Seite, um einen besseren Blick auf den Inhalt der Kiste zu
bekommen. Ein aufgerolltes Seil lag auf dem Boden der Kiste. Das
alarmierte sie nicht, bis sie die anderen Gegenstände sah.

Ein Schrei blieb ihr im Hals stecken, als sie das Beil, die Ketten-
säge und eine Box mit Latexhandschuhen sah.

"Kat?" Jace zeigte ihr an zu folgen. "Komm schon."

Sie winkte ihm, weiter zu gehen. Sie musste die Pistole und das
Beil herausnehmen, aber sie wusste nicht, wo sie die Sachen verstecken sollte. Der sicherste Ort war ihre Kabine, aber sie hatten
geplant, zusammen zu bleiben. Wenn sie jetzt ging, könnte sie ihre
Sicherheit gefährden.

"Kat, beeile dich." Jace stand an der Tür.

Sie ergriff das Beil und schob es unter ein Stuhlkissen. Sie würde
es später holen. Sie steckte die Pistole in den Bund ihrer Jeans, wie
sie es in Filmen gesehen hatte. Sie hoffte inständig, dass die Waffe
nicht losgehen würde. Sie wusste nicht, ob sie geladen war oder wie
man sehen konnte, ob sie gesichert war. Sie ging steifbeinig in Jaces
Richtung, voller Angst, dass die Pistole aus Versehen losgehen
würde.

Jace runzelte die Stirn, als er die Tür aufhielt. "Wir wollten zusammen bleiben."

Kat nickte und senkte ihren Blick zu ihrem Hosenbund. Als Jace sie ansah, hob sie ihr Hemd und zeigte ihm die Pistole, die in ihrem Hosenbund steckte.

"Was zum Teufel, Kat?" Er starrte auf die Waffe. "Du kannst uns umbringen."

Ein paar geflüsterte Worte reichten nicht aus, um zu erklären, warum sie zu einem Piraten geworden war, also versuchte sie es nicht. Sie konzentrierte sich stattdessen auf die nächste Aufgabe: wenigstens einen verzweifelten Mann aus dem Verkehr ziehen und die Kontrolle eines Schiffes zu übernehmen, dass ihr nicht gehörte.

Wenigstens wusste Jace, dass sie die Pistole hatte, aber er wusste nicht, dass sie vielleicht nicht geladen war. Raphael wusste es, also war es riskant, mit der Waffe zu drohen. Sie folgte Jace, als sie in den Gang einbogen, der zum Maschinenraum des Schiffes führte. Raphael und Onkel Harry warteten drinnen.

"Wir müssen uns aufteilen. Das Schiff hat ein Leck und die Pumpe ist kaputt." Raphael zeigte auf Kat und Harry. "Sie zwei checken den Maschinenraum und versuchen, das Wasser aufzuhalten. Jace und ich werden versuchen, den Bug zu versiegeln."

Sie zögerte, aber sie könnten kaum Raphaels Anweisungen verweigern, wenn das Schiff wirklich ein Leck hatte. "Das Schiff lag die ganze Zeit vor Anker. Wie kann es auf einmal ein Leck haben?" Die meisten Schiffe dieser Größe hatten eine doppelte Wand, um genau so eine Situation zu vermeiden. Selbst sie wusste das. Die Möglichkeit, dass eine Pumpe nicht funktionieren würde, war gleichermaßen gering.

"Das finden wir später heraus," sagte Raphael. "Jede Sekunde, die wir mit Sprechen verschwenden, verschlimmert die Situation. Gehen Sie hinein und fangen Sie an, Wasser zu schöpfen."

Sie folgte ihrem Onkel durch die Tür in den Maschinenraum. Es war sauberer, als sie erwartet hatte, aber es gab keine Fenster. Helles fluoreszierendes Licht schien auf sie hinab und glänzte auf dem Boden. Er war glitschig vom Wasser.

Wie auch immer das Wasser dorthin gekommen war, sie musste kooperieren. Irgendetwas anderes zu tun, als Wasser aus einem sinkenden Schiff zu schöpfen, würde Raphael alarmieren. Sie entschied sich dagegen, die Waffe heraus zu holen. Da sie nicht wusste, wie man sie benutzte, würde es fast sicher ein Desaster werden.

"Ich kann nicht sagen, woher das Wasser kommt." Sie suchte nach einem Eimer oder etwas, mit dem sie das Wasser schöpfen konnte, aber fand nichts. Ein Eimer war sowieso unpraktisch, da es nur etwa einen Zoll Wasser auf dem Boden gab. Sie wandte sich Onkel Harry zu. "Wir sollten Wasser aus dem Kielraum schöpfen, nicht aus dem Maschinenraum."

Es gab nicht mal etwas, in das sie das Wasser kippen konnten. Sie sah, dass Raphael sie getrennt hatte, damit er Jace wegschaffen konnte. Als nächstes würde er für sie und Onkel Harry zurückkommen. Ihr Herz klopfte laut, als sie bemerkte, dass sie Gia seit mehr als einer Stunde nicht gesehen hatte. Wenn die Situation so düster war, warum hatte Raphael sie in ihrer Kabine schlafen lassen.

Da Raphael nicht da war, konnte sie ihrem Onkel wenigstens die Pistole zeigen. Er wusste vielleicht sogar, wie man sie benutzte.

Zum Glück war das der Fall. "Wo hast du die her?" Er checkte die Sicherheitsvorrichtung und öffnete dann das Patronenlager. Er drehte die Waffe in der Hand. "Sie ist geladen."

Sie erzählte ihm, dass sie die Waffe zwischen den Rettungswesten gefunden hatte. "Bist du sicher, dass du damit schießen kannst, wenn du es musst?"

"Es ist zwar eine Weile her, aber es ist wie mit dem Fahrrad fahren. Nichts, was man schnell vergisst." Er drehte sie um und hielt sie ihr wieder hin.

"Nein, behalte du sie. Wir müssen sie vielleicht benutzen." Sie winkte mit der Hand. "Es ist leichter für dich, sie zu verstecken."

"Sagst du etwa, dass ich dick bin?" Onkel Harry tätschelte seinen Bauch. "Ich muss essen, wie jeder andere auch."

"Natürlich nicht. Es ist nur so, dass deine Weste so viele Taschen hat. Raphael wird es nicht bemerken."

"Stimmt." Er zog den Reißverschluss seiner Weste auf und steckte die Pistole in eine Innentasche. "Ich habe seit Jahren nicht mehr geschossen."

Der Wasserlevel war auf ein paar Zoll angestiegen. Alarmierend, aber kaum eine Katastrophe. "Ich glaube nicht, dass es hier ein Leck gibt. Das Wasser ist so niedrig. Vielleicht wurde etwas vergossen." Wie auch immer, es war seltsam, dass eine so teure Jacht kein Backup-System hatte. Vielleicht war etwas aus Versehen ausgeschaltet worden.

Onkel Harry sah sich um nach etwas, mit dem man das Wasser schöpfen konnte. "Ich sehe das Problem auch nicht. Das Schiff kann ein bisschen Wasser vertragen."

Sie konnten die Stimmen der Männer draußen nicht hören, nur ein stetes Tropfen von Wasser. "Es ist kaum der Notfall, den Raphael beschrieben hat."

"Er hat uns auf eine sinnlose Unternehmung geschickt." Onkel Harry wandte sich zum Eingang. "Lass' uns Jace finden."

Kat ergriff den Arm ihres Onkels. "Warte. Wir brauchen erst einen Plan."

Das Geräusch von Metall auf Metall kreischte von irgendwo oben, gefolgt von einem lauten Schlag.

Onkel Harry schlug die Hände auf die Ohren. "Was war das?"

Das Tropfen des Wassers war zu einem stetigen Fließen geworden, wie ein Wasserhahn, der aufgedreht worden war. Es floss in den Laderaum über ihnen, nicht von unten. "Er setzt den Maschinenraum unter Wasser. Lass' uns gehen!"

Sie rannte zur Tür und ergriff die Klinke. Sie versuchte, sie hinunter zu drücken, aber sie bewegte sich nicht.

Das Wasser stieg schnell und ging ihnen schon bis zum Schienbein. Der Maschinenraum war wahrscheinlich wasserdicht. Wenn es so war, würden sie innerhalb von ein paar Minuten ertrinken, wenn sie nicht die Quelle des Wassers fanden und sie stoppten.

Sie erschrak, als ein lauter Schlag gegen die Wände echote. Das Licht ging aus und der Motor stand still. Der Strom war weg. Ein Mörder war auf freiem Fuss und sie konnten ihn nicht aufhalten.

## 36

D as Wasser reichte Kat bis an die Oberschenkel und es stieg
weiter. Sie wischte mit der Hand über die Wänder des
Laderaums, um in der Dunkelheit einen Weg nach
draußen zu finden. Sie hatte die gesamte Fläche in den letzten fünfzehn Minuten zweimal abgesucht. Der einzige mögliche Ausgang war
durch die abgeschlossene Tür. "Wir müssen sie irgendwie
aufbekommen."

"Ich versuche es." Onkel Harrys Stimme war heiser vom Schreien.
"Ich kann nichts finden, mit dem ich sie aufstemmen könnte."

Ihr Schlagen und Rufen fand keine Antwort von draußen. Dass
Jace nicht gekommen war, um sie herauszuholen, war sehr beunruhi-
gend. Er wusste, dass sie gefangen waren und hätte sie gerettet, wenn
er es gekonnt hätte. Was hatte Raphael mit ihm gemacht?

"Du hast die Pistole. Kannst du die Tür wegschießen?"

"Sie ist aus Metall. Du hast zu viele Filme gesehen. Das ist nicht
wie im echten Leben."

"Versuche es trotzdem. Wir haben keine andere Möglichkeit."

"Ist wohl einen Versuch wert, denke ich." Onkel Harry zog die
Pistole aus seiner Westentasche. "Dann mal los."

Er löste die Sicherung, zielte und schoss. Die Kugel traf mit einem metallenen Schlag und prallte entweder von der Wand oder der Luke ab, bevor sie ins Wasser fiel.

Im dunklen Wasser war es unmöglich zu sagen, ob sie ihr Ziel getroffen hatte oder nicht. Die Tür blieb verschlossen.

"Wieviele Kugeln hast du?"

"Keine Ahnung. Es kommt auf die Pistole an und ich bin keine Experte für die verschiedenen Arten. Und ob sie überhaupt komplett geladen war. Ich hatte keine Zeit zu checken. Und jetzt ist es zu dunkel, um nachzusehen."

Das Wasser hatte jetzt ihre Hüfte erreicht und die feuchte Luft war schwer zu atmen. "Wir werden es hier nicht mehr lange aushalten. Es muss einen Weg nach draußen geben."

Sie wurde von Klaustrophobie ergriffen, obwohl sie versuchte, nicht daran zu denken.

"Ich gehe näher zur Tür. Das funktioniert vielleicht." Onkel Harry watete zur Tür.

"Vorsichtig, Onkel Harry."

"Weißt du, was seltsam ist?"

"Außer der Tatsache, das wir hier gefangen sind?"

"Das Boot hat sich nicht zur Seite geneigt," sagte er. "Wenn es ein Leck hätte, würde es sich zur Seite neigen, aber das tut es nicht. Trotzdem steigt das Wasser."

Dass das Wasser stieg war alarmierend. Sie hatten vielleicht noch fünf Minuten Zeit, bis das Wasser die Decke erreichte. "Vielleicht solltest du nach oben schießen und nicht auf die Tür."

"Dann kommen wir nie hier heraus."

"Nein, aber jemand wird uns hören." Ein Loch in der Decke würde ihnen vielleicht auch ein bisschen mehr Zeit bringen. Vielleicht war es aus Holz und nicht aus Metall.

Harry verlagerte sein Gewicht und zielte auf die Decke.

"Dann wollen wir mal."

Der Schuss verklang, bevor Kat Zeit hatte zu antworten. Dieses Mal prallte die Kugel nicht ab oder hallte nach. Sie musste irgendwo in der Decke stecken. Kat hatte ein wenig Hoffnung, dass sie aus Holz war.

Die Pistole klickte.

"Das war die letzte Kugel." Harrys Stimme hörte sich verzweifelt an, als er zu Kat watete. "Da waren wohl nur zwei drin."

Kat wurde übel. Sie würden hier sterben, wenn sie das Wasser nicht ablaufen lassen konnten. Es gab sicher eine Möglichkeit, es zu tun, aber weder sie noch Onkel Harry wussten genug über Schiffe, um überhaupt zu wissen, wo sie suchen mussten. Sie stellte sich einen riesigen Stöpsel vor. Wenn es nur so einfach wäre.

Auf einmal knarrte die Tür und ein Lichtstrahl strömte hinein.

Kat seufzte vor Erleichterung auf. Jace war gekommen, um sie zu befreien.

Eine dunkle Figur hockte bei der Tür. "Kommen Sie her." Wasser schoss heraus.

Es war nicht Jace. Es war Pete.

Kat watete zu ihm, so schnell sie konnte. Onkel Harry folgte ein paar Schritte hinter ihr.

"Schnell, bevor Raphael her kommt." Petes Gesicht war rot und er sah ärgerlich aus, als er Kat und dann Harry aus dem überfluteten Maschinenraum zog.

Kat war erleichtert, Licht zu sehen. Der Strom war nur im Maschinenraum abgestellt worden, nicht im ganzen Schiff.

"Gott sei Dank, sind Sie gekommen. Sie haben uns das Leben gerettet."

Kat blinzelte, als sie durch die Tür stolperte. Ihr Herz setzte aus, als sie Jace sah. Sein Gesicht war blutverschmiert und sein Hemd zerrissen. Er stand hinter Pete.

Ein Schrei steckte ihr im Hals fest, als sie zu ihm rannte und ihn umarmte.

Er zog sie an sich heran und küsste sie.

"Wir müssen das Wasser abstellen." Sie fröstelte. "Wo ist die Abschaltvorrichtung?"

"Schon erledigt." Pete schob sie in Richtung Deck. "Lassen Sie uns hier raus gehen."

"Raphael weiß, dass sein Geheimnis aufgedeckt wurde." Jace

ergriff ihren Arm und hielt sie fest. Seine Nase blutete und sein Hemd war zerrissen. "Wir haben nicht viel Zeit."

"Was ist passiert, Jace?" fragte Harry. "Hat Raphael das getan?"

"Er hat versucht, mich in den Frachtraum zu stoßen, aber ich habe mich gewehrt." Er schüttelte den Kopf. "Ich habe ihn festgehalten, aber er ist entkommen. Ich glaube, dass er die Jacht in Brand stecken wird. Wir müssen ihn aufhalten, bevor es zu spät ist."

Pete hielt protestierend seine Hand hoch. "Halten Sie mich und die Crew da raus. Wir gehen. Das sollten Sie auch."

"Sie können nicht einfach weggehen und ihn ungestraft davonkommen lassen," sagte Kat. "Wir müssen ihn zur Rechenschaft ziehen."

"Machen Sie, was Sie wollen, aber wir gehen." Pete drehte sich um und ging in Richtung Treppe.

"Tun Sie das Richtige und helfen Sie uns, Pete. Wir müssen ihn nur solange festhalten, bis die Polizei kommt."

"Ja klar." Pete drehte sich um, während er die Treppe hochstieg. "Ich und die Jungs sprechen nicht mit den Cops. Bis dann."

Kat begriff plötzlich, dass Pete und die Crew wahrscheinlich alle schon einmal mit der Polizei zu tun hatten. Wer sonst würde willentlich als Crew auf einem gestohlenen Boot arbeiten? "Okay, gut. Wir rufen nicht die Polizei, bis Sie weg sind. Aber helfen Sie uns wenigstens, ihn zu fesseln."

Pete hielt inne.

"Er hat schon zwei Menschen umgebracht, Pete. Wenn einer von uns stirbt..."

Sie konnte ihren Satz nicht zu Ende bringen.

"Okay, aber lassen Sie uns schnell machen."

Jace zeigte in Richtung Heck. "Er hatte einen Benzinkanister. Ich glaube, er ging in Richtung Schiffsküche."

Sie stiegen an Deck und rannten in Richtung Schiffsküche. Sie kamen an vier Mitgliedern der Crew vorbei, die sie absichtlich ignorierten, während sie Ausrüstung in das Beiboot warfen.

Pete hielt einen Moment inne, dann lief er hinter Onkel Harry her. Kat blieb hinter den Männern.

Sie erreichten die Schiffsküche und fanden Raphael. Zwei große Benzinkanister standen auf der Anrichte. Raphael hielt einen dritten mit beiden Händen, während er ihn auf dem Boden ausgoß.

"Stellen Sie ihn hin, Raphael." Jace ging zu ihm.

Pete blieb an der Tür stehen.

Kat hatte das Gefühl, dass Pete nichts tun würde.

Raphael richtete sich auf und verhöhnte Jace. "Versuchen Sie doch, mich aufzuhalten." Er hob den Kanister und warf ihn auf Jace. Die Flüssigkeit spritzte auf Jaces Gesicht und Hemd.

Jaces warf seine Hände vor das Gesicht. "Meine Augen!"

Kat griff nach Jace und zog ihn zum Waschbecken. Sie drehte den Wasserhahn ganz auf und schöpfte Wasser mit den Händen, dass sie dann in Jaces Gesicht warf.

"Machen Sie sich keine Arbeit. Er wird verbrennen, so wie Sie."

Raphael zündete ein Streichholz an und grinste. "Schön, Sie gekannt zu haben."

## 37

Harry richtete die Waffe auf Raphael. "Machen Sie das aus."

"Wenn Sie auf mich schießen, falle ich hin. Und so auch das Streichholz." Raphael ging auf Harry und Pete zu. "Lassen Sie die Waffe fallen und mich vorbei."

Harry trat zurück in Richtung Tür, als Raphael auf ihn zu kam. "Vorsichtig."

Kat hielt Jace zurück, als er versuchte, sich einzumischen. "Du bist voll mit Benzin," flüsterte sie. "Du brennst, wenn du in seine Nähe gehst."

Raphael war nur wenige Zoll von Onkel Harry entfernt. Das Streichholz brannte immer noch. Er griff nach etwas Papier und entzündete es mit dem Streichholz. Er schob sich an den Männern vorbei mit dem brennenden Papier in seiner Hand. Er griff nach der Tür und drehte sich um. Dann warf er das brennende Papier hinter sich.

Sie bereitete sich auf eine Explosion vor.

Nichts. Das Papier landete ein paar Zoll von dem vergossenen Benzin entfernt. Die Flamme wurde zu Glut und erlosch dann.

Auf einmal sprang Raphael nach vorn und fiel dann auf den Boden.

"Gut gemacht," sagte Pete.

Onkel Harry drehte sich zu Pete. "Ich wäre nie darauf gekommen, ihm ein Bein zu stellen."

Raphael lag flach auf dem Gesicht auf der Türschwelle.

"Ich hole ein Seil, um ihn zu fesseln," sagte Pete.

"Warten Sie!" Kat erkannte mit Sorge, dass wenn Raphael ein Streichholz hatte, er wahrscheinlich eine ganze Schachtel in der Tasche hatte. "Er hat immer noch Streichhölzer. Bringen Sie ihn an Deck."

Pete nahm Raphaels Arme, während er sich wehrte. Harry nahm seine Füße.

"Lass' mich, Kat. Sie brauchen meine Hilfe," sagte Jace.

"Nein, spül' erst das Benzin ab. Ich gehe. Kat rannte zu den anderen Männern und ergriff ein von Raphaels Beinen. "Wir legen ihn in den Whirlpool." Es war eine Möglichkeit, die Streichhölzer nass zu bekommen.

Jace befolgte ihren Rat nicht, was gut war, denn Raphael wehrte sich mit allem, was er hatte.

Fünfzehn Minuten später waren die vier zu Tode erschöpft. Raphael war im Whirlpool gefangen. Sein Rücken war gegen die Wand gelehnt, damit er nicht unterging. Seine Beine waren mit dem Seil aus der Ladekiste gefesselt und seine Arme waren vorn mit Kabelbindern gefesselt, die Pete irgendwo an Bord gefunden hatte. Es hatte alle vier von ihnen gebraucht, um einen sich wehrenden Raphael zu überrumpeln. Oder Frank, wie es sich herausgestellt hatte.

"Ein Funke und dieses Ding explodiert. Lassen Sie uns ins Beiboot gehen," sagte Pete.

Kat sah hoch zum Himmel, als ein paar Meilen in der Ferne Donner grollte.

Sie musste Pete davon überzeugen, an Bord zu bleiben und nicht mit der Crew wegzugehen. Sie sah hinüber zum Beiboot und konnte nicht glauben, was sie sah.

Das Beiboot war weg.

Sie suchte das Wasser ab, aber es war nirgendwo zu sehen. Die

Crew hatte nicht einmal auf Pete gewartet. Sie waren wahrscheinlich schon lange weg. Wahrscheinlich schon lange vor der Auseinandersetzung mit Raphael in der Schiffsküche. Petes Entscheidung hatte ihn gekostet.

Pete und die anderen hatten es auch bemerkt. Es war nur natürlich, da das Beiboot ihre einzige Fluchtmöglichkeit war von einem mit Benzin übergossenen Schiff mit einem gefluteten Rumpf. Würde die Crew die Behörden alarmieren? Wahrscheinlich nicht.

Frank fluchte und wandte sich im Whirlpool. "Binden Sie mich los und ich gebe Ihnen Geld. Es wird sich lohnen, versprochen."

Onkel Harry schnaubte. "Sie bezahlen uns mit unserem eigenen Geld? Ich glaube nicht."

"Wo ist Gia?" Kat drehte sich um. "Hat irgendjemand in ihrer Kabine nachgesehen?" Gias Abwesenheit schien wie eine Ewigkeit und mit Frank aus dem Verkehr gezogen, konnten sie ihn für einen Moment aus den Augen lassen. Sie winkte ihrem Onkel zu. "Komm, wir holen sie." Sie hielt inne.

"Je nachdem wie es ihr geht, müssen wir sie vielleicht nach oben tragen."

Sie hatten keine Möglichkeit von der Jacht zu kommen, aber wenigstens waren sie zusammen.

Jace und Pete bewachten Raphael. Kat und Onkel Harry gingen unter Deck.

---

## 38

Gias Kabine war dunkel. Kat und Harry gingen zum Bett, wo sie Gia bewusstlos und nicht reagierend fanden.

Kat legte ihr Ohr auf Gias Brust. Wenn sie überhaupt atmete, konnte sie nichts hören oder die Bewegung ihres Brustkorbs sehen. Sie schüttelte ihre Freundin, aber bekam keine Reaktion. Raphael musste etwas in ihren Martini geschüttet haben. "Gia, wach' auf!"

Nichts.

Kat war kurz darauf, Erste Hilfe zu leisten, als sie einen schwachen Atemzug auf ihrem Gesicht fühlte. "Gia?" Sie schüttelte ihre Freundin und wurden mit einem Stöhnen belohnt.

Gia wachte auf einmal auf und würgte.

Kat warf ihrem Onkel einen besorgten Blick zu, als sie Gia in eine Sitzposition zogen. "Sie sieht fürchterlich aus."

Gias Augen flogen auf. "Ich muss mich übergeben. Helft mir ins Badezimmer."

Kat und Onkel Harry stützten sie unter den Armen, als sie Gia ins Badezimmer brachten. Sie warfen sich besorgte Blicke zu. Kat hielt Gias Haare, als Gia sich in die Toilette erbrach. Sie konnten nicht warten, aber sie konnten Gia in ihrem jetzigen Zustand auch nicht bewegen.

Eine Minute später halfen sie ihr zu einem Stuhl. Sie rieb sich die Augen. "Mein Kopf tut so weh. Ich kann mich nicht erinnern, was passiert ist. Ich trinke nie wieder etwas."

Trotz dem Ernst ihrer Situation, konnte Kat einem bisschen Humor nicht wiederstehen. "Das sagt du jedes Mal."

"Oh, dieses Mal meine ich es auch." Gia stöhnte. "Wie viel habe ich getrunken?"

"Nur einen Martini."

"Nur einen?"

Kat nickte. "Du hattest etwas im Drink."

Gias Augen weiteten sich. "Wie ist das möglich? Du denkst doch nicht Raphael ..."

"Ich denke nicht, ich weiß es. Du erinnerst dich an die falschen Buchstaben auf dem Boot? Die Pässe?"

Gia nickte langsam. "Dieser Bastard hat was in meinen Drink geschüttet?"

"Na, es war jedenfalls keiner von uns," sagte Onkel Harry.

"Warum sollte er so etwas tun?"

"Das erzähle ich dir später," sagte Kat. "Jetzt müssen wir an Deck und dich hin- und herlaufen lassen. Du musst das Zeug aus dir raus kriegen."

"Können wir nicht später gehen?" Gia lehnte sich auf das Bett. "Ich bin ziemlich müde. Und mir ist schwindelig."

"Nein, Gia." Harry zog sie am Arm. "Wir müssen jetzt gehen."

Zum Glück war Gia zu müde, um sich zu beschweren und tat was sie sagten. "Geht vor."

Onkel Harry schob seinen Arm unter Gias und ging hinter Kat mit ihr zur Tür.

"Wo ist Raphael? Ich will ihm mal richtig meine Meinung sagen."

Gias Worte waren undeutlich, aber sie kam langsam wieder zu Kräften.

"Das ist genau, wohin wir jetzt gehen," sagte Kat. "Wenn ich du wäre, würde ich nichts zurück halten."

# 39

Franks Zähne klapperten, als er seine gefesselten Hände gegen den Rand des Whirlpools rieb, in dem Versuch, sie aufzuschneiden. Kat drückte auf den Schalter des Whirlpools, als sie, Gia und Onkel Harry ihre Stühle um Frank herum stellten. Das kalte Wasser erschwerte seine vergeblichen Versuche. Es war, als ob man ein eingesperrtes Tier beobachtete, wenn man wusste, wie die Geschichte enden würde. Kat fühlte einen Anflug von Schuld, bis sie sich an das volle Ausmaß von Franks Verbrechen erinnerte.

Pete war auf die Brücke gegangen, um die Polizei anzurufen.

Gia war immer noch benommen von dem Martini, aber sie hörte leise zu, als Kat und Onkel Harry von den Ereignissen der letzten Stunde erzählten. Ihre Augen wurden größer und sie wurde immer wacher mit jeder neuen Eröffnung von Franks Taten.

Jace kam zurück an Deck. Er hatte seine benzindurchtränkte Kleidung gewechselt und trockene Kleidung für Kat und Onkel Harry gebracht. Kat konnte nicht einmal für eine Sekunde weg, um sich umzuziehen. Sie konnte Frank nicht aus den Augen lassen.

Die Wolken hingen niedrig und der Himmel war fast so dunkel wie die Nacht. Der Donner und die Blitze waren mehrere Meilen weiter südlich gezogen, als der Tag zu Abend wurde. Es hatte auch angefangen zu regnen.

Onkel Harry stellte das Radio in der Bar an und drehte die Lautstärke höher. Das Radio spielte ein AC/DC Lied, aber es gab auch Statik wegen des schlechten Empfangs.

"Stellen Sie den Scheiß aus," sagte Frank.

"Was? Ich kann Sie nicht hören." Onkel Harry entwirrte das Kabel, trug das Radio zum Whirlpool und hielt es über Frank. "Hey, der Empfang ist hier besser."

Franks Augen weiteten sich voller Panik. "Nehmen Sie das Ding weg. Ich bekomme einen Stromschlag."

Onkel Harry schwenkte das Radio hin und her über Frank.

"Ich kann Sie immer noch nicht hören."

Gia stand auf und schwankte leicht. "Ich glaube, wir haben etwas vergessen, Frank." Sie starrte ihn ärgerlich an, während er sich hilflos im Wasser wand.

"Was?"

"Du hast schon eine Frau, stimmt's?" Gia winkte Harry zu, das Radio näher zu bringen. Er zog an dem Stromkabel und es spannte sich. Er hielt es über Raphael. Alanis Morissette schmetterte "Jagged Little Pill". "Oder sollte ich sagen, hattest eine."

Frank wurde blass. "Ich weiß nicht, wovon du sprichst. Stellen Sie das Radio hin, Harry."

Harry stellte das Radio auf das Deck, aber Gia ergriff es sofort.

"Du weißt nicht, wovon ich spreche? Komm schon, Frank. Ich weiß, wer du bist. Frank Bukowski ist kein Milliardär. Er ist nicht mal ein guter Ehemann. Raphael Amore ist nichts anderes als eine große fette Lüge. Ich falle nicht mehr herein auf deinen Scheiß. Ich will mein Geld zurück."

"Es ist zu spät." Frank starrte auf das Radio, als Gia es näher heran brachte. "Das Geld ist schon weg. Du bekommst es nie zurück."

"Und vielleicht kommst du nie aus diesem Whirlpool."

Kat warf einen Blick zu Jace. Gia war eine verschmähte Frau. Eine Frau mit Temperament.

Die letzten Noten von "Jagged Little Pill" spielten, als Gia das Radio wenige Zoll weg von dem Whirlpool hielt.

"Gia, nicht!" flehte Frank. "Ich beschaffe dir das Geld, versprochen. Aber nimm das Ding weg!"

Gia schnippte mit den Fingern. "Hast du einen Stift, Harry? Ich möchte, dass du ein paar Dinge aufschreibst. Kat, hole deinen Laptop. Wir holen mein Geld jetzt zurück."

Ein paar Momente später kam Kat in trockener Kleidung und mit ihrem Laptop zurück. Sie saß an der Bar und wartete darauf, dass ihr Computer sich hochlud. Ihre Gebete wurden erhört, als sie eine schwache Internetverbindung bekam. Nach etwas, das wie eine Ewigkeit schien, navigierte sie zur Webseite der ersten Costa Ricanischen Bank und gab das Passwort ein, dass Frank genannt hatte. "Oh, nein, Gia. Da steht 'Passwort ungültig'".

"Spiel' keine Spielchen mit mir, Frank." Gia befestigte zwei Kabelbinder am Griff des Radios. Sie machte eine Kette aus den restlichen Kabelbindern und hängte sie an das Ende eines Besens. Jetzt konnte sie das Radio wenige Zoll über dem Wasser halten und sich nicht einem elektrischen Schock aussetzen, falls das Radio Kontakt mit dem Wasser machte.

Es baumelte gefährlich über Frank, wie eine Angel mit Köder. Der Diskjockey im Radio kündigte eine Einführung in Adeles "Turning Tables" an.

"Ich kann nicht klar denken, wenn du das Radio über mich hältst. Stelle es hin."

"Nein, Frank." Gia schüttelte den Kopf. "Ich denke, das Radio ist sehr motivierend." Sie schwang es hin und her in einem Bogen über ihm. Adeles Stimme wurde jedes Mal schwächer und stärker. "Es ist auch irgendwie hypnotisch."

"Hör auf!" Tränen liefen Franks Gesicht hinunter. "Ich sag es dir. Aber töte mich nicht."

"Du tust mir leid, Frank. Wirklich." Gia sprach leise. "Nur schade, dass du Melinda und Emily keine letzte Chance gegeben hast. Haben sie auch um ihr Leben gefleht?"

"Sie haben bekommen, was sie verdient haben."

"Eine Vierjährige, Frank? Wie kannst du so kaltblütig sein?" Gia rutschte auf dem Deck aus und verlor fast die Balance.

"Vorsicht!" Franks Stimme wurde höher. "Du bringst mich um, wenn du das Ding fallen lässt."

"Melinda und Emily verdienten zu sterben, aber du verdienst zu leben? Wie kann das sein, Frank?" Gia hielt das Radio weiter runter, bis es ein paar Zoll über seinem Kopf schwankte.

"Hör auf." Tränen strömten an Franks Wangen hinunter. "Was willst du von mir?"

"Die Passworte für die Bank, zum Einen."

Frank nannte ihnen ein neues Passwort, eine Kombination von Buchstaben und Zahlen.

Harry schrieb es auf sein Notizblock, zu einer langen Liste von Bankkonten und Passwörtern.

Kat gab das Passwort ein und drückte Enter. "Ich bin drin." Sie suchte die Transaktionen ab. Sie hatten alle zwei Wochen vorher begonnen, was bedeutete, dass Gia fast sicher das Betrugsopfer war. Sie pfiff laut, als sie den Betrag sah.

"Dreihunderttausend? Das ist dein Investment?"

Gia nickte. "Das Meiste ist von einer Hypothek, die ich auf meinen Salon aufgenommen habe. Kannst du es zurückbekommen?"

Kat sah sich die Details der Transaktion an. "Ich denke schon." Sie gab eine neue Transaktion ein, das Gegenstück der Originaltransaktion. "Sind das deine Bankinformationen?"

Gia nickte.

Kat hielt den Atem an und drückte Enter.

"Hat es geklappt?"

Kat nickte.

"Hey! Das ist mein Geld," rief Frank. "Geben Sie es zurück."

"Kein Stück," sagte Harry. "Ich will mein Geld auch zurück. Wo ist mein Scheck?"

Frank sagte es ihm und Jace ging hinein.

Gia klatschte in die Hände und ließ dabei fast das Radio ins Wasser fallen. "Wenigstens habe ich mein Geld zurück."

"Nein, das wissen wir noch nicht," sagte Kat. "Es ist immer noch

Wochenende, also wird die Transaktion vielleicht abgewiesen, wenn die Bank am Montag öffnet. Bis dahin wissen wir nichts sicher."

Gia wandte sich zu Frank. "Es war nie dein Geld, Frank."

Franks Zähne klapperten. "K-kann ich hier rauskommen?"

"Nein." Gia genoss ihre neu gewonnen Kontrolle über Frank.

"Jedenfalls nicht im Moment. Du gehst nirgendwo hin, bis wir Jaces und Harrys Scheck zerrissen haben."

Jace kam ein paar Minuten später mit seinem und Onkel Harrys Scheck zurück. Er gab Onkel Harry einen und zerriss seinen Scheck in kleine Stücke. "Das ist eine Erleichterung. Ich denke, wir sind wieder da, wo wir angefangen haben."

"Nicht ganz." Kat war erleichtert, dass Jace einen Scheck geschrieben und das Geld nicht einfach überwiesen hatte. Da die Schecks vernichtet waren, war alles wieder beim Alten. Geldmäßig wenigstens. "Frank hat seine Familie ermordet und wir müssen sehen, dass er zur Rechenschaft gezogen wird. Wo ist Pete?" Er war nicht wieder zurückgekehrt von drinnen.

"Er ist schon lange weg." Jace zeigte zur Insel. "Das Beiboot war schon weg, aber ich habe ihn im Wasser gesehen. Ich glaube, er ist an Land geschwommen."

---

## 40

Es war fast Mitternacht, als die Küstenwache auf ihre Leuchtsignale reagierte. Die Küstenwache half ihnen von der Jacht auf ihr Schiff. Sie nahmen Frank zuerst und sperrten ihn irgendwo an Bord ein. Er zitterte immer noch vom Whirlpool, was ein sehr effektiver Weg gewesen war, ihn ruhig zu halten.

Frank weigerte sich, mit ihren Rettern zu sprechen, außer, um einen Anwalt zu verlangen.

Das Schiff der Küstenwache kehrte zum Hafen in Victoria zurück und wurden dort von der Polizei erwartet, die an Bord kam und Frank in Handschellen abführte. Sie sahen alle zu, als er zu einem wartenden Polizeiwagen gebracht wurde. Sein brilliantes Lächeln hatte sich in einen finsteren Blick verwandelt und seine Designerkleidung war von einer geliehenen Jogginghose und einem fettverschmierten Tshirt ersetzt worden.

"Ich kann nicht sagen, dass ich ihn vermissen werde," sagte Jace. "Ich werde aber über seine Gerichtsverhandlung schreiben. Denkst du, dass er verurteilt wird?"

"Ich bin sicher. Die Überwachungskameras haben sein gesamtes Geständnis aufgenommen." Kat hatte gehofft, dass sie funktionieren würden und die Polizei hatte es gerade bestätigt. "Das sollte alles Beweismaterial sein, dass sie brauchen."

"Wer bringt die Jacht zurück nach Vancouver?" Harry starrte sehnsüchtig auf das Meer. "Ich würde gerne wieder auf ihr segeln."

"Die Catalyst gehört nach Friday Harbor, nicht Vancouver. Sie wurde gestohlen, erinnerst du dich?" Die Jacht musste nach Franks Verwüstung repariert werden und der Eigner musste kontaktiert werden. Sobald Beweismaterial gesammelt wurde, würde die sichere Rückführung der Jacht arrangiert werden.

"Vielleicht bin ich eines Tages reich genug, sie zu kaufen."

Jace lachte. "Versteife dich nicht darauf, Harry. Und überhaupt, Geld ist nicht alles."

"Das ist es wirklich nicht," stimmte Harry zu. "Wenigstens habe ich jemanden trauen können. Schade, dass daraus nichts wird."

"Es war eine Hochzeit, die man nicht vergessen wird." Gia tätschelte seinen Arm. "Es wird alles gut. Da bin ich sicher."

Sie verbrachten die nächsten Stunden auf der Polizeistation, wo sie weitere Details ihrer Tortur preisgaben. Frank weigerte sich zu sprechen, aber sein aufgenommenes Geständnis und das Beweismaterial, das Kat und die anderen gefunden hatten, war genug für mehrere Anklagen. Zusätzlich zu den Betrugsanklagen, wurde er wegen vorsätzlichen Mordes an Anne Melinda Bukowski und Emily Bukowski angeklagt. Darüberhinaus, wurde er in Washington wegen Diebstahls der Jacht angeklagt.

"Ich hätte es fast vergessen." Kat gab dem Polizisten eine kleine Box. Sie enthielt Melindas Portmonnaie, Franks Pässe, Flugtickets und die falschen Verlobungsringe. "Die werden Sie brauchen."

"Nichts für Narren und Verräter." Jace lächelte.

"Brother XII hat vielleicht sein Gold behalten, aber Frank mit Sicherheit nicht," sagte Kat.

Onkel Harry hob die Brauen. "Was?"

"Die Geschichte hat sich gerade wiederholt, Harry. Nur dieses Mal mit einem glücklichen Ende. Dieses Mal ist der Dieb nicht entkommen." Weitere Details von Franks Verbrechen würde mit

Sicherheit in den kommenden Wochen ans Licht kommen, aber Kat hatte das Meiste schon zusammengesetzt.

Nachdem Frank seine Frau und Tochter umgebracht hatte, war er auf einem zweiten Boot, das er in der Nähe versteckt hatte, nach Süden gesegelt. Er segelte an den Golfinseln vorbei und überquerte die Grenze von Kanada in die Vereinigten Staaten. Er war innerhalb von Stunden nachdem er Melinda und Emily in ihre Wassergräber geschickt hatte in Friday Harbour auf den San Juan Inseln angekommen.

Er hatte sich dort ein paar Wochen lang versteckt, an Bord geschlafen und nach einem Boot Ausschau gehalten, das nicht bewacht wurde. Dann hat er die Catalyst bemerkt. Das Boot wurde nicht genutzt und würde nicht vermisst werden. Er heuerte Pete und die anderen an, Wanderratten, die keine Fragen stellten und auch selber keine wollten.

Er schrieb *The Financier* über den Namen der Catalyst und hielt sich von der Polizei fern. So lange er nirgendwo länger blieb, würde niemand seine Anwesenheit auf der Jacht in Frage stellen.

Seinen Bellissima-Betrug hatte er sich ausgedacht, als er in Gias Salon in der Innenstadt trat. Sie war einfach die erste Frau, die gutgläubig genug war, auf seinen Charme reinzufallen.

Der Rest war Geschichte.

Es war ein langes Wochenende gewesen, obwohl es erst Samstag Abend war. Kat konnte es nicht erwarten, in das Hotel zu kommen, das sie für die Nacht gebucht hatten. Sie würden morgen wieder nach Vancouer zurückkehren und sie würde sobald nicht wieder wegfahren.

"Hast du eine gute Story, Jace?" Harry legte eine Hand auf Jaces Schulter.

"Das kann man wohl sagen." Jace lächelte. "Eine Schatzkiste voller Stories."

# 41

---

Drei Wochen waren vergangen seit Franks Verhaftung, aber es schien, als ob es erst gestern gewesen war. Sie hatten sich entschieden, Gias Beinahe-Katastrophe mit einem Spätsommer-Barbecue zu feiern. Eine Kühle lag in der Luft, als die Sonne über dem Horizont sank. Kat legte sich ihren Schal um die Schultern. Sie freute sich immer auf den Herbst als eine Zeit von neuen Anfängen. Niemand verdiente das mehr als Gia. Sie war glücklich, dass ihre Freundin eine zweite Chance bekommen hatte.

Jace und Harry hatten das Grillen übernommen, während Kat und Gia am Terassentisch saßen und ihre Margaritas tranken. Ihr Haus lag mehrere Level unterhalb der *The Financier*, aber wenigstens waren sie ehrlich dazu gekommen.

"Ein Toast." Kat stoß mit Gia an. "Wir sind sicher und so ist unser Geld."

"Ein Glück," sagte Gia. "Ich bin so froh, dass du mich zur Vernunft gebracht hast. Ich wollte es nicht glauben, aber am Ende hattest du Recht. Raphael – ich meine Frank – war wirklich nur hinter meinem Geld her."

"Ich wünschte, die Dinge hätten sich anders entwickelt. Es muss sich wie im Märchen angefühlt haben."

Gia starrte sehnsüchtig in die Ferne. "Es war wie ein Traum. Wie konnte ich nur so einer Gehirnwäsche unterzogen werden? Ich weiß... gutaussehend, intelligent und auch reich. Ich habe mich wie etwas Besonderes bei ihm gefühlt, Kat. So als ob ich ein Filmstar oder so wäre. Es ist bittersüß, aber in meinem Herzen weiß ich, dass er zu gut für jemanden wie mich gewesen war."

"Da liegst du falsch, Gia. Du warst zu gut für ihn."

Das Gartentor öffnete sich und sie drehten sich um. Pete lächelte und winkte, als er zu Jace und Onkel Harry am Grill ging.

"Hier ist noch jemand, der einen neuen Anfang verdient," sagte Gia.

"Denk nur, wenn du dich nicht in der Höhle verlaufen hättest, hätten wir Pete nie kennengelernt."

Kat nickte. "Manchmal sind die Menschen nicht die, die sie zu sein scheinen."

Pete war ein Beispiel dafür. Er war jemand, der vom Weg abgekommen war und die Hoffnung verloren hatte.

Pete hatte das Schiff verlassen, aber er hatte sie nicht vergessen. Seine Angst vor der Polizei stammte von früheren Begegnungen, als er obdachlos gewesen war. Er hatte ein paar Jahrzehnte mit verschiedenen Jobs verbracht, je nachdem, was für Arbeit er bekommen konnte. Onkel Harry hatte ihm ein kleines Apartment in der Nähe gefunden. Er hatte einen Job als Hausmeister und Handwerker und musste dafür keine Miete zahlen.

"Nächstes Mal höre ich auf dich, bevor ich all mein Geld einem Typen gebe, den ich gerade erst kennengelernt habe. Ich kann nicht glauben, dass du es zurück bekommen hast," sagte Gia.

Kat winkte ab. "Ich habe nur auf ein paar Tasten gedrückt. Du und das Radio haben einen Unterschied gemacht."

Gia lachte. "Ich kann nicht glauben, dass ich das wirklich gemacht habe. Die Droge musste noch gewirkt haben."

"Du schienst mir sehr fokussiert gewesen zu sein," sagte Kat. "Ich bin nur froh, dass am Ende alles geklappt hat."

"Kaum zu glauben, dass ich darauf reingefallen bin." Gia nippte an ihrem Drink. "Alles an diesem Typen war nur eine Fassade, mit dem Geld anderer Leute. Ich kann immer noch nicht glauben, dass er seine Familie umgebracht hat. Und ich hätte die nächste sein können." Gia strich sich gedankenverloren über den Hals. "Denkst du wirklich, dass er mich umgebracht hätte, Kat?"

"Früher oder später."

"Das hört sich so leichtfertig an."

"Natürlich hätte er das. Er hat Melinda nach einer vierjährigen Ehe getötet. Du hast ihm nichts bedeutet."

Gia atmete scharf ein. "Wirklich Kat? Du solltest an deiner Offenheit arbeiten."

"Menschen wie er haben keine Gefühle für irgendjemanden außer sich selbst. Frank war ein kaltherziger, kaltblütiger Killer. Meine Worte sind vielleicht hart, aber es ist gut, der Wahrheit ins Auge zu sehen." Melindas Portmonnaie war der Schlüssel zu Franks Betrug. Es überraschte Kat, dass er es überhaupt aufbewahrt hatte. Er verstand es wahrscheinlich eher als eine Trophäe, denn es gab nicht einen einzigen sentimentalen Knochen in seinem Körper.

"Einige Frauen haben all das Glück." Gia spielte mit ihren Haaren, während sie Kat gegeüber saß. "Ich nicht so sehr."

"Da muss ich widersprechen," sagte Kat. "Du hast ein wunderbares Leben. Schau dir an, was du alles hast."

Gia lächelte. "Und wenn ich daran denke, dass ich fast alles verloren hätte wegen diesem Idioten."

Die Männer kamen zu ihnen an den Tisch mit Tellern voller Steaks und gebackenen Kartoffeln.

Onkel Harry löffelte Krautsalat auf seinen Teller und wandte sich an Pete.

"Warum waren Sie im Friday Harbour Hafen, wenn Sie nicht auf Booten arbeiten?"

"Ich habe nie gesagt, dass ich nicht auf Booten arbeite," sagte Pete. "Nur nicht als Crew."

Harry runzelte die Stirn.

"Ich mache maßgefertigte Holzarbeiten, so eine Art von Arbeit. Ich bleibe am Hafen und es spricht sich herum." Er hielt inne. "Ich arbeite für wenig Geld."

"Ich glaube, ich kann Ihnen mehr Arbeit verschaffen. Das heißt, wenn Sie das wollen."

Gia wandte sich an Kat. "Ich bin froh, dass du mein Geld zurückbekommen hast. Ich habe eine andere Investition geplant."

"Gia, tu das nicht. Wir beide haben kein Glück damit." Onkel Harry stand auf und ging zurück zum Grill.

"Nicht so eine Art von Investition, Harry. Ich renoviere meinen Salon. Die beste Investition, die ich machen kann, ist in mich und ich glaube, Pete hier kann mir helfen."

"Ich kann morgen mal vorbeikommen." Pete kaute an einem Stück Steak.

"Alles gut." Kat wandte sich an Gia. "Ich bin froh, dass alles okay ist."

"Fast alles," sagte Gia. "Außer, dass ich immer noch mit diesem Idioten verheiratet bin."

"Vielleicht, vielleicht nicht," sagte Kat.

Gias Gesicht hellte sich auf. "Was meinst du mit, vielleicht nicht?"

"Ich habe einen befreundeten Anwalt angerufen. Dein Fall ist ein bisschen kompliziert, aber im Grunde genommen konnte Raphael dich nicht heiraten, da er schon mit jemand anderem verheiratet ist."

Gia schnappte nach Luft. "Aber sie waren nicht mehr verheiratet. Ich meine, sie war ... tot."

"Arme Melinda. Es stimmt, dass sie schon vor Eurer Trauzeremonie gestorben war."

"Dann verstehe ich nicht, wie ..."

"Es ist noch keine Sterbeurkunde ausgestellt worden. Als Witwer konnte er niemand anderen heiraten, bevor die Urkunde ausgestellt ist. Das bedeutet, dass deine Heirat von vorn herein nicht legal war." Sie erinnerte sich an die Nachrichtensendung und erschauderte, als sie daran dachte, dass Gia das gleiche Schicksal hätte erleiden können. "Außerdem war die Heiratsurkunde auf Raphael ausgestellt und nicht auf Frank. Die Heirat ist nicht legal wegen seiner Falschdarstellung."

Gia lächelte. "Ich bin gar nicht verheiratet?"

"Stimmt. Du musst die Ehe nicht auflösen oder scheiden lassen oder so."

"Hab ich dir nicht gesagt, dass ich Glück habe," sagte Gia.

"Das nennst du Glück?" Kat lachte. "Schade, dass du nicht genug Glück hattest, ihn ganz zu vermeiden."

"Ich habe von meinen Fehlern gelernt. Ich werde nicht jedem gutaussehenden Typen trauen und ich werde auch keinen heiraten. Jedenfalls nicht im Moment."

"Was höre ich da übers Heiraten?" Onkel Harry kehrte mit einem zweiten Steak zu seinem Platz zurück. "Ich hätte später im Monat noch Zeit für Trauungen."

"Entspann dich, Harry," sagte Gia. "Ich werde nicht heiraten. Ich habe entschieden, dass ich nicht auf alle Kosten einen Mann brauche. Sie sind eine etwas teurere Gewohnheit."

"Du kommst auch allein gut klar," stimmte Kat zu. "Das ist der Grund, warum dich Raphael überhaupt ausgesucht hat."

"Und nächstes mal bestimme ich." Gia kicherte. "Ich will einen Mann, der mich wegen mir möchte und nicht wegen meinem Geld."

"Ich bin froh zu sehen, dass du wieder zu Sinnen gekommen bist," unterbrach Harry.

"Ich wusste, dass der Typ Schwierigkeiten machen würde, als ich ihn zum ersten Mal gesehen habe."

Kat hob die Brauen. "Ist das so?"

"Ja. Aber es ist nicht falsch zu heiraten. Ich habe gehofft, ein anderes Paar zu überzeugen."

"Du meinst Kat und Jace?" Gia wandte sich an Kat. "Warum nicht? Wir können die Zeremonie hier haben. Wir können morgen zusammen ein Kleid kaufen gehen."

Harry rieb sich die Hände. "Ich trage meinen Tuxedo. Das erste Mal seit zwanzig Jahren. Hoffentlich passt er noch."

Jace lächelte Kat an. "Wir heiraten?"

"Kann ich deine Haare glätten?" Gia drehte sich zu Kat. "Ich habe ein neues Produkt, das ich an dir ausprobieren will."

"Nur über meine Leiche." Kat strich sich durchs Haar. "Ich mag meine Haare so wie sie sind."

Sie wandte sich zu ihrem Onkel und lächelte. "Ich verspreche, du wirst der Erste sein, der wissen wird, wenn wir heiraten." Sie und Jace hielten ihre Pläne nicht absichtlich geheim, aber sie wollten sie auch noch nicht teilen. Timing war alles und manchmal waren die besten Pläne überhaupt keine Pläne.

HAT Ihnen Der Kult des Todes gefallen? Freuen Sie sich auf das bald erscheinende nächste Buch in der Serie,

*Greenwash*

BESUCHEN Sie ihre Webseite und melden Sie sich für die Herausgabemitteilung zweimal im Jahr an: http://www. colleencross.com

# AUTORENANMERKUNG

Dies ist eine erfundene Geschichte, beinhaltet aber einige faszinierende historische Fakten. Die historischen Figuren in meiner Geschichte sind fast vergessen heute, aber Geschichte wiederholt sich und diese Geschichte ist auch nicht anders.

Das Beste daran, Geschichten zu schreiben, ist, dass man Sachen erfinden kann. Das Zweitbeste ist, Fakten zu erforschen und sich eine unmittelbare Erfahrung auszudenken. Was ist also Fakt und was ist erfunden?

Raphael und Gias Geschichte ist rein erfunden, obwohl sich ähnliche Betrügereien mit Liebe und Geld immer wieder ereignen. Ich wünschte, das würden sie nicht, aber so ist es. Pete ist auch rein erfunden und kein Nachkomme von Brother XII.

Brother XII ist ein Fakt. Er war eine reale Person und die Geschichte ist hauptsächlich echt, mit nur ein paar erfundenen Drehungen. Sein wahrer Name war Arthur Edward Wilson. Segler an der Westküste, die die kanadische Pazifikküste entlang segelten werden den Namen von Brother XII erkennen und von Pirates Cove, De Courcy Island und Valdes Island gehört haben.

Brother XII (seine bevorzugte Schriftweise, nicht meine) errich-tete die Aquarian Foundation in Cedar-by-the-Sea auf Vancouver

Island in der Nähe von Nannaimo, British Columbia in den 1920er Jahren. Brother XII und sein berüchtigter Kult waren auf der ganzen Welt bekannt für ihre Weltuntergangsvorhersagen in den 1920er und 1930er Jahren. Aber heute sind sie hauptsächlich vergessen.

Als sein Kult zu viele prüfende Blicke auf sich zog, zogen er und seine Anhänger auf die viel kleineren Valdez und De Courcy Inseln. Der Einfachheit halber, habe ich die Geschichte hauptsächlich auf De Courcy verlagert, anstatt auf die verschiedenen Örtlichkeiten. Ich habe auch die Geographie, Topography und den Ort der Höhle verändert, damit die moderne Geschichte hier her passt.

Charismatische Menschen wie Brother XII erscheinen mit einer überraschenden Regelmäßigkeit in der Geschichte. Alle paar Jahre betrügen sie leichtgläubige Menschen mit Glaubenssystemen und kombinieren dabei den Personenkult, Mystik und Religion. Sie profitieren von unserem Wunsch, Teil von etwas Größerem zu sein, als wir selbst. Zu oft hat das tragische Resultate.

Das vergrabene Gold in den Einmachgläser ist real, bestätigten Berichten aus den 1920er Jahren zufolge. Ob es immer noch vergraben ist, ist eine andere Geschichte. Obwohl die geschätzte halbe Tonne Gold zu schwer war, als das Brother XII sie auf seinem Schlepper hätte mitnehmen können, ist es sehr unwahrscheinlich, dass die Goldvorräte unberührt und versteckt blieben in dem Jahrzehnt, in dem der Kult aktiv war. Ich bezweifle auch, dass sie auf der Insel blieben, obwohl der Mythus weiterbesteht. Wahrscheinlich hat er die Goldvorräte über die Jahre aufgebraucht und den Rest mitgenommen, als er 1933 De Courcy Island für immer verließ.

Oder vielleicht liege ich falsch und eine glückliche Person wird den Goldschatz finden. Bei eintausend Dollar pro Unze, wäre er heutzutage mehr als fünfzehn Millionen Dollar wert.

Der unterseeische Tunnel zwischen zwei Inseln ist ein Fakt. In meiner Geschichte verbindet er De Courcy und Valdes Island. In Wahrheit, verbindet der unterseeische Tunnel die Valdes Island Höhle mit Thetis Island, nicht De Courcy. Der unterirdische Gang liegt zweihundert Fuss unterhalb der Höhleneingänge. Der Gang war bekannt und wurde von den ansässigen Coast Salish First Nations für mindestens hunderte, wahrscheinlich tausende von Jahren für zeremonielle Initiationsriten genutzt, bis ein Erdbeben im späten 19. Jahrhundert den Gang unpassierbar machte. Er wäre zu Zeiten von Brother XII auch blockiert gewesen. Aber wenn es nicht so gewesen wäre, vermute ich, dass er seine Goldmünzen dort versteckt hätte.

Und Sie wissen schon, dass Kat, Jace und Harry erfunden sind. Sie existieren nur in meiner Einbildung, aber für mich sind sie sehr echt!

Ich hoffe, Sie haben es genossen, Der Kult des Todes zu lesen, das dritte Buch der Katerina Carter Betrugsthriller Serie und die sechste Katerina Carter Geschichte überhaupt. Sie können sich auch die damit verbundene Katerina Carter Farbe des Geldes Serie ansehen. Solange Leser wie Sie meine Geschichten geniessen, werde ich sie weiterhin schreiben. Wenn Ihnen Der Kult des Todes gefallen hat, lesen Sie meine anderen Bücher. Gehen Sie zu www. colleencross.com, um dort Links zu Vertreibern zu finden. Sie können up-to-date bezüglich meiner Neuerscheinungen bleiben, wenn Sie sich für mein zweijährlich erscheinendes Rundschreiben anmelden bei http://eepurl.com/cojAbr

# ÜBER DEN AUTOR

Über den Autor

Colleen Cross war zunächst Grafikdesignerin, dann Wirtschaftsprüferin und ist heute Autorin von Thrillern und Sachbüchern im Bereich Finanzschwindel und Betrug. Ihre beliebten Krimi- und Thrillerserien drehen sich um die Figur Katerina Carter, eine Wirtschaftsprüferin und Betrugsermittlerin mit Köpfchen, die immer das Richtige tut, deren unorthodoxe Methoden aber manchmal haarsträubend und nervenaufreibend sind.

Außerdem schreibt sie Sachbücher, zum Beispiel über die größten Schneeballsysteme aller Zeiten und wie deren Initiatoren mit ihren Taten davonkamen. Sie sagt sogar voraus, wann und wo genau das größte Schneeballsystem aller Zeiten aufgedeckt werden wird.

Als Wirtschaftsprüferin weiß sie, dass die Welt sich tatsächlich nur um eines dreht, nämlich Geld. Fast jedes Verbrechen, ob Betrug, Diebstahl oder Mord, ist auf Geld zurückzuführen. Colleen war schon immer fasziniert davon, welche Beweggründe Menschen zum Betrügen, Stehlen, Lügen und Morden veranlassen. Und Wirtschaftsprüfer wie Colleen tragen ihren Teil dazu bei, dass diese Täter früher oder später gefasst werden.

Zu Neuigkeiten über Colleens Bücher, besuchen Sie ihre Website: http://www.colleencross.com

Einfach für den Neuerscheinungen Newsletter anmelden, um immer direkt über die Neuerscheinungen informiert zu werden!

Colleen Cross auf Social Media:

Facebook: www.facebook.com/colleenxcross
Twitter: @colleenxcross
oder als Autorin auf Goodreads
Website: www.colleencross.com

# AUSSERDEM VON COLLEEN CROSS

**Verhexte Westwick-Krimis**
*Verhext und zugebaut*
*Verhext und ausgespielt*
*Verhext und abgedreht*
*Die Weihnachtswunschliste der Hexen*

**Wirtschafts-Thriller mit Katerina Carter**
*Exit Strategie: Ein Wirtschafts-Thriller*
*Spelltheorie*
*Der Kult des Todes*
*Greenwash*
*Auf frischer Tat*
*Blaues Wunder*

Zu Neuigkeiten über Colleens Bücher, besuchen Sie ihre Website: http://www.colleencross.com

Einfach für den Neuerscheinungen Newsletter anmelden, um immer direkt über die Neuerscheinungen informiert zu werden!

CPSIA information can be obtained
at www.ICGtesting.com
Printed in the USA
BVHW040841250722
642936BV00016B/201/J